新时代外国语言文学
新发展研究丛书

总主编　罗选民　庄智象

西方女性文学新发展研究

Western Feminist Literature:
New Perspectives and Development

黄芙蓉　张　瑾／著

清华大学出版社
北京

内 容 简 介

本书重点总结了女性主义新思潮的演变进程和特征，呈现了当代女性主义研究前沿思潮的不同理论视角，包括地域、种族等女性主义分支研究情况，以及女性主义文学类别的新发展和叙事研究等。本书既在宏观层面探讨女性主义与后人类、现象学、伦理学、哲学本体论转向等理论的结合，也从微观层面探讨身体、疾病、衰老、针对女性的暴力等社会问题，以及流行文学、叙事风格等。本书对新时代西方女性主义文学研究的演化进程和各分支特征做了精细的梳理，对我国的同类研究具有参考意义。

版权所有，侵权必究。举报：010-62782989，beiqinquan@tup.tsinghua.edu.cn。

图书在版编目（CIP）数据

西方女性文学新发展研究 / 黄芙蓉，张瑾著. —北京：清华大学出版社，2024.7
（新时代外国语言文学新发展研究丛书）
ISBN 978-7-302-64352-4

Ⅰ. ①西⋯　Ⅱ. ①黄⋯ ②张⋯　Ⅲ. ①妇女文学—小说研究—西方国家　Ⅳ. ①I106.4

中国国家版本馆 CIP 数据核字（2023）第 144639 号

策划编辑：	郝建华
责任编辑：	郝建华　白周兵
封面设计：	黄华斌
责任校对：	王凤芝
责任印制：	丛怀宇

出版发行：清华大学出版社
网　　址：https://www.tup.com.cn，https://www.wqxuetang.com
地　　址：北京清华大学学研大厦 A 座　邮　编：100084
社 总 机：010-83470000　邮　购：010-62786544
投稿与读者服务：010-62776969，c-service@tup.tsinghua.edu.cn
质量反馈：010-62772015，zhiliang@tup.tsinghua.edu.cn
印 装 者：大厂回族自治县彩虹印刷有限公司
经　　销：全国新华书店
开　　本：155mm×230mm　印　张：17.75　字　数：301 千字
版　　次：2024 年 9 月第 1 版　印　次：2024 年 9 月第 1 次印刷
定　　价：118.00 元

产品编号：088106-01

中国英汉语比较研究会
"新时代外国语言文学新发展研究丛书"
编委会名单

总主编

罗选民　庄智象

编　委

（按姓氏拼音排序）

蔡基刚	陈　桦	陈　琳	邓联健	董洪川
董燕萍	顾曰国	韩子满	何　伟	胡开宝
黄国文	黄忠廉	李清平	李正栓	梁茂成
林克难	刘建达	刘正光	卢卫中	穆　雷
牛保义	彭宣维	冉永平	尚　新	沈　园
束定芳	司显柱	孙有中	屠国元	王东风
王俊菊	王克非	王　蔷	王文斌	王　寅
文秋芳	文卫平	文　旭	辛　斌	严辰松
杨连瑞	杨文地	杨晓荣	俞理明	袁传有
查明建	张春柏	张　旭	张跃军	周领顺

总　　序

　　外国语言文学是我国人文社会科学的一个重要组成部分。自1862年同文馆始建，我国的外国语言文学学科已历经一百五十余年。一百多年来，外国语言文学学科一直伴随着国家的发展、社会的变迁而发展壮大，推动了社会的进步，促进了政治、经济、文化、教育、科技、外交等各项事业的发展，增强了与国际社会的交流、沟通与合作，每个发展阶段无不体现出时代的要求和特征。

　　20世纪之前，中国语言研究的关注点主要在语文学和训诂学层面，由于"字"研究是核心，缺乏区分词类的语法标准，语法分析经常是拿孤立词的意义作为基本标准。1898年诞生了中国第一部语法著作《马氏文通》，尽管"字"研究仍然占据主导地位，但该书宣告了语法作为独立学科的存在，预示着语言学这块待开垦的土地即将迎来生机盎然的新纪元。1919年，反帝反封建的五四运动掀起了中国新文化运动的浪潮，语言文学研究（包括外国语言文学研究）得到蓬勃发展。中华人民共和国成立后，尤其是改革开放以来，外国语言文学学科的发展势头持续迅猛。至20世纪末，学术体系日臻完善，研究理念、方法、手段等日趋科学、先进，几乎达到与国际研究领先水平同频共振的程度，取得了令人瞩目的成绩，有力地推动和促进了人文社会科学的建设，并支持和服务于改革开放和各项事业的发展。

　　无独有偶，在处于转型时期的五四运动前后，翻译成为显学，成为了解外国文化、思想、教育、科技、政治和社会的重要途径和窗口，成为改造旧中国的利器。在那个时期，翻译家由边缘走向中国的学术中心，一批著名思想家、翻译家，通过对外国语言文学的文献和作品的译介塑造了中国现代性，其学术贡献彪炳史册，为中国学术培育做出了重大贡献。许多西方学术理论、学科都是经过翻译才得以为中国高校所熟悉和接受，如王国维翻译的教育学和农学的基础读本、吴宓翻译的哈佛大学白璧德的新人文主义美学作品等。这些翻译文本从一个侧面促成了中国高等教育学科体系的发展和完善，社会学、人类学、民俗学、美学、教育学等，几乎都是在这一时期得以创建和发展的。翻译服务对于文化交流交融和促进文明互鉴,功不可没,而翻译学也在经历了语文学、语言学、文化学等转向之后,日趋成熟,如今在让中国了解世界、让世界了解中国,尤其是在"一带一路"建设、人类命运共同体构建、讲好中国故事、传递好中国声音等方面承担着重要使命与责任,任重而道远。

20世纪初,外国文学深刻地影响了中国现代文学的形成,犹如鲁迅所言,要学普罗米修斯,为中国的旧文学窃来"天国之火",发出中国文学革命的呐喊,在直面人生、救治心灵、改造社会方面起到不可替代的作用。大量的外国先进文化也因此传入中国,为塑造中国现代性发挥了重大作用。从清末开始,特别是五四运动以来,外国文学的引进和译介蔚然成风。经过几代翻译家和学者的持续努力,在翻译、评论、研究、教学等诸多方面成果累累。改革开放之后,外国文学研究更是进入繁荣时代,对外国作家及其作品的研究逐渐深化,在外国文学史的研究和著述方面越来越成熟,在文学理论与文学批评的译介和研究方面、在不断创新国外文学思想潮流中,基本上与欧美学术界同步进展。

外国文学翻译与研究的重大意义,在于展示了世界各国文学的优秀传统,在文学主题深化、表现形式多样化、题材类型丰富化、批评方法论的借鉴等方面显示出生机与活力,显著地启发了中国文学界不断形成新的文学观,使中国现当代文学创作获得了丰富的艺术资源,同时也有力地推动了高校相关领域学术研究的开展。

进入21世纪,中国的外国语言学研究得到了空前的发展,不仅及时引进了西方语言学研究的最新成果,还将这些理论运用到汉语研究的实践;不仅有介绍、评价,也有批评,更有审辨性的借鉴和吸收。英语、汉语比较研究得到空前重视,成绩卓著,"两张皮"现象得到很大改善。此外,在心理语言学、神经语言学和认知语言学等与当代科学技术联系紧密的学科领域,外国语言学者充当了排头兵,与世界分享语言学研究的新成果和新发现。一些外语教学的先进理念和语言政策的研究成果为国家制定外语教育政策和发展战略也做出了积极的贡献。

习近平总书记指出:"要着力推进国际传播能力建设,创新对外宣传方式,加强话语体系建设,着力打造融通中外的新概念新范畴新表述,讲好中国故事,传播好中国声音,增强在国际上的话语权。"为贯彻这一要求,教育部近期提出要全面推进新工科、新医科、新农科、新文科等建设。新文科概念正式得到国家教育部门的认可,并被赋予新的内涵和定位，即以全球新技术革命、新经济发展、中国特色社会主义新时代为背景，突破传统的文科思维模式与文科建构体系，创建与新时代、新思想、新科技、新文化相呼应的新文科理论框架和研究范式。新文科具备传统文科和跨学科的特点，注重科学技术、战略创新和融合发展，立足中国，面向世界。

新文科建设理念对外国语言文学学科建设提出了新目标、新任务、新要求、新格局。具体而言，新文科旗帜下的外国语言文学学科的发展目标是：服务国家教育发展战略的知识体系框架，兼备迎接新科技革命的挑战能力，彰显人文学科与交叉学科的深度交融特点，夯实中外政治、文化、社会、历史等通识课程的建设，打通跨专业、跨领域的学习机制，确立多维立体互动教学模式。这些新文科要素将助推新文科精神、内涵、理念得以彻底贯彻落实到教育实践中，为国家培养出更多具有融合创新的专业能力，具有国际化视野，理解和通晓对象国人文、历史、地理、语言的人文社科领域外语人才。

进入新时代，我国外国语言文学的教育、教学和研究发生了巨大变化，无论是理论的探索和创新，方法的探讨和应用，还是具体的实验和实践，都成绩斐然。回顾、总结、梳理和提炼一个年代的学术发展，尤其是从理论、方法和实践等几个层面展开研究，更有其学科和学术价值及现实和深远意义。

鉴于上述理念和思考，我们策划、组织、编写了这套"新时代外国语言文学新发展研究丛书"，旨在分析和归纳近十年来我国外国语言文学学科重大理论的构建、研究领域的探索、核心议题的研讨、研究方法的探讨，以及各领域成果在我国的应用与实践，发现目前研究中存在的主要不足，为外国语言文学学科发展提出可资借鉴的建议。我们希望本丛书的出版，能够帮助该领域的研究者、学习者和爱好者了解和掌握学科前沿的最新发展成果，熟悉并了解现状，知晓存在的问题，探索发展趋势和路径，从而助力中国学者构建融通中外的话语体系，用学术成果来阐述中国故事，最终产生能屹立于世界学术之林的中国学派！

本丛书由中国英汉语比较研究会联合上海时代教育出版研究中心组织研发，由研究会下属29个二级分支机构协同创新、共同打造而成。罗选民和庄智象审阅了全部书稿提纲；研究会秘书处聘请了20余位专家对书稿提纲逐一复审和批改；黄国文终审并批改了大部分书稿提纲。本丛书的作者大都是知名学者或中青年骨干，接受过严格的学术训练，有很好的学术造诣，并在各自的研究领域有丰硕的科研成果，他们所承担的著作也分别都是迄今该领域动员资源最多的科研项目之一。本丛书主要包括"外国语言学""外国文学""翻译学""比较文学与跨文化研究"和"国别和区域研究"五个领域，集中反映和展示各自领域的最新理论、方法和实践的研究成果，每部著作内容涵盖理论界定、研究范畴、研究视角、研究方法、研究范式，同时也提出存在的问题，指明发展的前景。总之，本丛书基于外国语言文学学科的五个主要方向，借助基础研究与应用研究的有机契合、共时研究与历时研究的相辅相成、定量研究与定性研究的有效融合，科学系统地概括、总结、梳理、提炼近十年外国语言文学学科的发展历程、研究现状以及未来的发展趋势，为我国外国语言文学学科高质量建设与发展呈现可视性极强的研究成果，以期在提升国家软实力、构建人类命运共同体过程中承担起更重要的使命和责任。

感谢清华大学出版社和上海时代教育出版研究中心的大力支持。我们希望在研究会与出版社及研究中心的共同努力下，打造一套外国语言文学研究学术精品，向伟大的中国共产党建党一百周年献上一份诚挚的厚礼！

罗选民　庄智象
2021 年 6 月

前　言

　　19世纪下半叶至20世纪初，欧美等国的女性围绕教育、政治代表性、工作条件、健康、性（sex）、母性（maternity/motherhood）和法律权利等问题积极开展运动，形成了第一波女性主义（the first wave of feminism）。1949年，西蒙娜·德·波伏娃（Simone de Beauvoir）出版的《第二性》（The Second Sex）开启了女性主义的一个新时代，其核心观点是男女两性划分并非基于生物学意义上的身体差异，而是由社会建构而成，这一观点打破了延续千年的对性属（sexuality）的认知。20世纪60—70年代的第二波女性主义（the second wave of feminism）针对两性权力关系进行了理论构建并形成了运动浪潮。朱迪斯·巴特勒（Judith Butler）等女性主义理论家唤起了人们对两性关系及女性地位的哲学思考。第三波女性主义（the third wave of feminism）则是指20世纪80年代末开始的运动，体现了女性主义理论发展进程中不同派系的分化和代际差异。经过第二波女性主义者的斗争，第三波女性主义者在获得了前一代斗争赢得的权利之后，试图与之进行切割，其批判对象不仅包括父权制（patriarchy），还包括第二波女性主义者。

　　进入21世纪，我们迎来了第四波女性主义（the fourth wave of feminism）、后女性主义（postfeminism）等名目繁多的女性主义流派。第四波女性主义出现在英国，它沿用了"波"（浪潮）（wave）的概念，强调运动的强度，关注行动与实践。荡妇游行（Slutwalk）等依托互联网传播的女性主义实践彰显了女性的身体控制权。但我们应该批判性地看待这些比较激进的女性主义运动，警惕其可能带来的极端与负面影响。后女性主义与流行文化（popular culture）相关，在线媒体的兴起为女性提供更多的表达渠道，带来对女性诉求的重新定义。后女性主义融入当代社会中网络和民粹主义（populism）对女性主义的影响，与第四波女性主义在内涵上有一定的重合。这一波女性主义呈现出多元化（diversity）的倾向，女性主义文学或微博（MicroBlog）、脸书（Facebook）、推特（Twitter）等在线媒介作为女性自我表达和主体

（subject）确立的方式，体现出文类边界的拓展。

西方女性主义也经历了曲折。20世纪90年代第三波女性主义兴起之时，社会上出现了反女性主义（anti-feminism）浪潮。其间，美国民粹主义势力抬头，在商业利益的驱使下，社会上也出现了身体被客体化（objectification）的回潮。大量学者或认为女性已经获得平等地位，或书写女性主义运动带来的负面影响。21世纪，随着网络电子信息时代的来临，网络的开放性和匿名性（anonymity）在拓展女性表达自己渠道的同时，也使得女性的身体更多地成为被凝视（gaze）的对象，让她们遭受了大量的攻击，这体现了女性主义运动与反女性主义潮流的交锋。

每一代女性主义思潮都呈现出与时代相适应的特征，体现了女性主义者差异化的诉求。经过百余年的发展，无论是女性主义文学理论，还是女性主义文学作品，都呈现出多元发展的态势。女性主义在中国也已经是学者们耳熟能详的理论，甚至对初入学术门槛的研究生们来说，父权、专制、女性主义等也都是耳熟能详的术语。女性主义作为一种显学，其影响力已经渗透到各个领域，因此我们有必要对其已有成果进行梳理、总结和评价。此外，如果不单纯地将其看作一种文学理论，而是将其看作一种批评方法，那么就更有必要总结21世纪以来女性主义的新发展及其在文学批评领域的应用。本书将梳理女性主义理论、女性主义文学理论和文学作品的发展脉络，着重讨论2010年至今的发展动向，以期为文学研究者勾勒出一幅女性主义文学的图景。

20世纪，受女性主义理论发展的影响，桑德拉·M.吉尔伯特（Sandra M. Gilbert）和苏珊·古芭（Susan Gubar）的《阁楼上的疯女人：女性作家与19世纪文学想象》(*The Madwoman in the Attic: The Woman Writer and the Nineteenth-Century Literary Imagination*, 1979)、伊莱恩·肖瓦尔特（Elaine Showalter）的《她们自己的文学：英国女小说家——从勃朗特到莱辛》(*A Literature of Their Own: British Women Novelists from Brontë to Lessing*, 1977)、凯特·米利特（Kate Millett）的《性政治》(*Sexual Politics*, 1970)、杰梅茵·格里尔（Germaine Greer）的《女太监》(*The Female Eunuch*, 1970)等著作的出版，体现了女性主义学者在文学领域开拓并建立女性主义文学传统的努力。女性主义和女性文学之间相互促进、共同发展。

前言

21世纪以来，女性主义呈现了新的发展态势，体现了更加多元化的特征。朱迪斯·巴特勒、佳亚特里·C. 斯皮瓦克（Gayatri C. Spivak）、伊丽莎白·格罗兹（Elizabeth Grosz）等经典女性主义理论家依然笔耕不辍。女性主义和生态主义（ecologism）、人类世（Anthropocene）、后殖民主义（postcolonialism）、精神分析（psychoanalysis）、伦理学（ethics）、后现代主义（postmodernism）、哲学的面向对象本体论（object-oriented ontology，OOO）等理论相结合，呈现出跨学科的特征。女性主义理论与其他领域的融合为女性主义文学带来更为丰富的解读方向。西方女性主义在解构性属等基本概念的基础上，更进一步关注阶级（class）、族裔（ethnicity）、民族（nationality）、生态（ecology）等诸多影响女性身份（identity）的因素。人类世女性主义（Anthropocene feminism）、女性主义现象学（feminist phenomenology）等领域的理论发展也为女性主义文学解读提供了有力的理论支撑。新的生物技术、电子信息技术给人的主体性（subjectivity）带来冲击。唐娜·哈拉维（Donna Haraway）的赛博格女性主义（cyborg feminism）让人重新思考两性身体在生物学上的差异，以及生物技术对人的主体性做出的改变。女性主义关键术语从性属和性别（gender）、立场、社会地位、特权、压迫和抵抗拓展为酷儿政治（queer politics）、交叉性、跨学科融合等。在女性主义理论关于性与性别里欲望与色情的定义与表达中，性别认同（gender identity）、异性恋（heterosexuality）特权、跨性别恐惧症（transphobia）和同性恋恐惧症（homophobia）的文化建构本质是十分重要的研究内容。

女性主义文学的历史重建不仅涉及以英美为代表的西方女性主义文学，还拓展到离散、后殖民与跨国的视角；女性形象的文化艺术再现还包括女性文学的表演性（performativity）。女性主义文学批评者试图以哲学中对感官的关注为感性（sensuality）正名，改变男性理论家主导的文学解读与评价标准，进而提升女性主义文学在文学经典中的地位。这也是哲学认识论（epistemology）本身的变化，更强调感性、感官与情绪的表达。在认识论打破理性（reason）和感性的二元对立、提升感性地位的同时，学者们切割女性与情绪化的固有联系，从人的情感角度考察女性与感性的关系，为女性主义文学正名。

女性主义身体哲学关注的问题包括母性中的身体、种族化和性别化的身体、残疾的身体、衰老的身体等，这一类问题还融入了医药话语建构中对此类身体的控制。针对女性的暴力研究不仅包括针对女性个体的暴力，还包括战争、殖民等极端情况下女性身体承受的暴力。

女性主义者借鉴现象学（phenomenology）的理论和概念，拓展女性主义的研究领域，讨论女性的身体感知（perception）、身体欲望、生活体验和日常生活的意义。学者们以水为意象来隐喻女性的身体，关注地球上的生态变化，并与人类世概念相结合，提出人类世女性主义，关注人类与非人类（nonhuman）的关系，在对二元结构的颠覆中汲取力量。

女性主义伦理学（feminist ethics）的发展激发了女性主义伦理关怀（care），包括对女性身体脆弱性（corporeal vulnerability）的关注，以探讨女性身体脆弱性的伦理内涵。女性生命书写（life writing）理论在21世纪得到延续和拓展，生命书写的研究范围拓展到了西方文学的各个历史时期，以及女性生活的各个方面，以超越传统的方式书写女性生命历史，探索生命书写中的伦理反思维度。

生态女性主义（ecofeminism）文学批评借助当下的哲学和其他文学批评理论，通过跨学科融合来研究女性与自然，定义二者之间复杂的关系，以及对传统性别二元论（dualism）的颠覆。生态女性主义学者还在全球化（globalization）视角下研究女性与自然的关系，关注生态正义（eco-justice）。此外，受万物皆平的本体论（ontology）哲学思想的影响，学者们将关注点转向批判性动物研究，探索经典作品中男性话语构建的过程，以及主体性呈现方式的变化。

随着第三世界民族国家的崛起，第三世界女性主义（Third World feminism）和第三世界后殖民女性主义（Third World postcolonial feminism）开始探索具有民族特质的女性主义发展路径。在全球化浪潮和跨国女性主义（transnational feminism）语境下，第三世界女性的诉求也成为不容忽视的力量。一方面，帝国主义（imperialism）的控制可能在女性主义的遮掩下对第三世界国家文化造成影响；另一方面，文化相对主义（cultural relativism）也让第三世界的女性想要在不撼动其文化根基的前提下，改善她们的地位。

少数族裔女性遭受族裔和性别的双重压迫。族裔女性主义文学（ethnic feminist literature）探索种族（race）与性别相互交织、相互作用的机制，美国非裔、亚裔、奇卡诺（Chicano）女性作家，英国族裔女性作家，以及土著女性作家书写处于边缘地位的族裔女性的经历，为这一群体发声，同时又试图打破传统中产阶级白人女性主义的主导地位，颠覆白人霸权主义，更加深入、全面地书写女性历史。也有文学批评从医学与伦理的视角解读族裔女性主义文学，赋予族裔女性主义文学新的活力。

从大量的文学批评著作中可见，新时代女性主义文学研究更倾向于多元、综合的批评视角，其中具有关键影响力的是阶级、族裔、性别、后殖民等意识形态因素，也有在技术主导人类生活的当下对人主体性的再思考，以及随着生态领域中人类世概念的提出对人与自然关系的进一步反思。

女性主义文学研究继续挖掘历史上被湮没的女性文本，重建女性主义文学传统，也包括对经典作家及其作品的女性主义解读。在对亨利·詹姆斯（Henry James）这类男性经典作家的研究中，女性主义学者们通过对其个人通信的分析重新建立作家个人的交往关系，从中推断出作家对女性的态度及对后世作家的影响，从而拓展对其作品的解读维度。女性主义学者们还结合当时的社会历史文化背景来解读中世纪女性文学，从而更好地呈现女性生活及写作。此外，女性主义学者们对西方文学传统中但丁（Dante）、乔治·戈登·拜伦（George Gordon Byron）等男性作家所代表的经典文学在女性作家中的传承也给予了关注，挖掘其"精英"文化的继承，从而在更广阔的背景下考量女性作家构建文学传统的努力。

女性主义文学类别的拓展体现了女性作家建立女性主义文学传统的努力。当下的女性主义文学研究关注相对程式化的浪漫主义都市小说、都市小姐文学（chick lit）、大学女性小说，分析其呈现的女性生活及其对女性自我认知的影响。女性主义流行文学一方面反映了女性的精神生活需求，另一方面也反映了女性的受教育程度与受教育范围发生变化后女性情感得到的反映与迎合。这其中起重要作用的是资本和市场。女性成为阅读市场的主力之后，其需求也得到了更广泛的满足。这类小说不仅反映了高雅精英文化与流行文化的界限更加模糊，也体现了文学标准的多元化。女性因为阅读浪漫小说（romance）而创造了个人的精神世界，独立于琐碎的日常生活，但这在一定程度上也是男权话语对女性的控制。因此，女性主义批评学者们对此也要有清醒的认知。女性小说以女性为目标群体，但其中传递的意识形态未必是女性主义的，也未必会蕴含女性的反抗精神。

此外，哥特文学（Gothic literature）、奇幻小说（fantasy）、科幻小说（science fiction）等边缘化的文类被女性作家赋予变革的力量。文学总是随着哲学的发展而发展，反映社会思潮与人的情感和情绪。当下的科技进步引发对人主体性的再思考，这与科幻小说等相互印证，又相互促进。尽管哥特文学传统也存在庸俗化的倾向，但是女性主义作家仍然将其看作一种具有颠覆性力量的形式。众多主流女性作家，如托尼·莫里森（Toni Morrison）、安吉拉·卡特（Angela Carter）、玛格丽特·阿特伍德（Margaret Atwood）等，都在其具有广泛影响力的作品中采用哥特元素，使其作品呈现或诡异，或奇幻，或鬼影重重的想象世界。

新媒介和新技术的发展激发了学者们对科幻作品的更多关注，其中赛博格女性主义影响下对人主体性的重新思考也将科幻小说带入主流文学批评的视野，其解读体现了生物技术的发展、人类世的生态意识，以及技术加强后的身体所带来的对世界的理解和再现的变化。当代文学研究甚至超越了文学研究本身，融合了技术、网络、电子时代的因素，这种跨越会让人哀叹正典的衰落。但是，当代社会中的人们在面对技术带来的飞速改变时，那种恐惧与茫然恰恰需要文学作品来呈现，而且对这种情绪的阐释和研究正是文学批评的意义所在。

当下的女性主义文学研究包括特定社会、历史、文化语境下对女性形象的研究，以期构建更完整的女性主义文学传统。也有研究关注到女性作家书写的文体风格，从而揭示在以男性为主导的严苛环境中，女性表达并建构自己身份的形式。这类研究不仅探讨了女性如何被客体化，也构建了女性在边缘生存状态中借助各种文类形式表达自我的努力。女性主义者还关注了具有治愈和灵性（spirituality）作用的另类宗教，以及新灵性运动（new spiritual movement）等边缘化的宗教活动，这其中也包括灵媒（psychic）等传统学者避而不谈的领域。其出发点是反抗种族主义（racism）、异性恋父系宗教及欧洲中心主义（Eurocentrism）医疗等。我们在了解女性主义的这类倾向时，须采用批判性的视角去理解其底层逻辑。

哲学认识论中的本体论转向将物（thing）背后的社会、历史、文化因素带入文本的解读之中。物叙事（thing narrative）视角下的性别解读可以更深入地理解女性的生活、父权制的作用机制及女性的反抗方式。女性反抗父权制，试图以"世界是平的"来表达物的平等性。物转向带来多样化的表达手段，如在研究女性主义文学时，缝纫也被视作一种女性的自我表达。从认识论的哲学视角重新建立女性哲学，在文学作品的解读中，一度被视为琐碎与平庸的日常生活也获得了新的价值，从而使女性活动的价值得到承认。这一女性主义认识论（feminist epistemology）的重新建立，使女性主义文学中女性的日常活动被赋予延续人类生命的意义。

如今，女性主义已经成为一个涵盖性范畴，讨论女性主义文学需要考虑的因素错综复杂，包括来自文化差异、社会分工和权力关系中女性的不同体验。在这些因素中，父权、性或生殖被认为是压迫女性的关键机制，而种族主义、生产系统、民族主义（nationalism）、异性恋、健全主义（ableism）等的影响力可能被忽视。然而，这些因素以不同的方式塑造了女性的生活，并使两性的关系复杂化。定义和认识性别需要厘清诸多概念，女性主义认识论定义了性别的关键因素，包括性属和生殖性差异、具身性（embodiment）、男性、女性、双性人（bisexual）、其他人群的社会构成等。

女性主义本身就是一个多元的、内部充满了各种流派与诉求的理论领域。随着女性主义理论的发展，作为一种视角，它改变了其他学科的面貌，同时也吸收融合了其他学科的研究成果，使"女性主义"一词成为具有广泛涵盖性的术语。因此，在写作过程中，构建女性主义文学整体框架需要大量阅读文献，且因其驳杂，笔者在取舍时，深感力有不逮。

本书没有专门的章节论述女性主义叙事学（feminist narratology），这是因为对女性主义叙事学的界定比较难，女性主义文学是否有其独特的叙事方式也是学界一直在争论的问题。女性主义批评与叙事形式研究的结合可追溯到20世纪80年代，美国学者苏珊·S. 兰瑟（Susan

S. Lanser）在 1986 年发表的论文《建构女性主义叙事学》（"Toward a Feminist Narratology"）中首次提出了"女性主义叙事学"这一概念。此后，学者们开始关注叙事与女性主义性政治（sexual politics）之间的关联，叙事学的发展自然也会推动女性主义叙事研究的更新。在本书中，叙事方面的研究体现在对杰弗雷·乔叟（Geoffrey Chaucer）作品中会说话的鸟的分析，其中融合了女性主义、生态文学及叙事研究。关于母亲愉悦（jouissance）的研究可以作为潜叙事的例子，但这其实不能完全归类为女性叙事的案例，而是可以算作精神分析视角下对女性／母性的研究。由此可见，女性叙事研究涉及的交叉概念比较多，这给章节的划分带来一定的困难。

写作本书颇费时日，也得到了很多人的帮助。感谢上海外国语大学虞建华教授、北京大学高峰枫教授、哈尔滨师范大学王晓丹教授在写作过程中给予的点拨和指导；这期间审读专家们给出了高屋建瓴的建议，提升了本书的学术高度。哈尔滨工业大学的单予辉、田伟伟、李杰、黄岳晨、李泽龙、戴肖肖、鑫鑫、赵方愉在资料查找、整理、总结等方面提供了大力的帮助。也特别感谢丛书总主编的指导和支持及清华大学出版社外语分社郝建华社长的不断激励，让我们能够有前进的动力和信心。本书几易其稿，我们互相鼓励、互相支持，最终完成了书稿。我们希望读者能够凭借此书了解新时代女性主义文学发展中的一些新领域，如果读者感到本书有一定的参考价值，那么之前付出的努力就没有白费。

黄芙蓉

2024 年 5 月

目　　录

第1章　新时代女性主义思潮 ………………………………… 1
   1.1　女性主义运动新发展 ………………………………… 3
   1.2　第四波女性主义 / 后女性主义 ……………………… 5
       1.2.1　在线女性主义与对女性身体的审视和监控 ……… 11
       1.2.2　后女性主义视野中的女性气质 ………………… 13
       1.2.3　后女性主义中厌女症的网络表达 ……………… 15
   1.3　资本主义下的女性主义理论与实践 ………………… 18
       1.3.1　作为政治主体的女性 …………………………… 18
       1.3.2　新自由主义女性主义的兴起 …………………… 21
       1.3.3　新自由主义时代的表演、女性主义和情动 …… 25
   1.4　流行女性主义和流行厌女症 ………………………… 26
   1.5　激进女性主义 ………………………………………… 29

第2章　女性身体哲学的发展 ………………………………… 39
   2.1　文学母性中的女性身体 ……………………………… 48
   2.2　女性主义文学与残疾研究 …………………………… 50
   2.3　针对女性身体的暴力 ………………………………… 52
   2.4　跨国女性身体的暴力与恐怖 ………………………… 54
   2.5　女性身体衰老话语 …………………………………… 55

第3章　女性主义现象学的发展 ……………………………… 59
   3.1　女性主义现象学 ……………………………………… 59

3.1.1　女性主义现象学的未来 ··· 63
3.1.2　女性主义现象学视角下的羞耻 ······························· 65
3.2　后人类女性主义现象学 ·· 67
3.3　女性主义的本体转向 ·· 70

第 4 章　女性作家的伦理关怀与生命书写 ·· 75
4.1　女性作家的伦理关怀 ·· 75
4.1.1　女性主义关怀伦理 ·· 75
4.1.2　女性身体脆弱性的伦理关怀 ···································· 76
4.2　女性作家的生命书写 ·· 78
4.2.1　中世纪女性生命书写 ··· 80
4.2.2　特定历史时期的英国女性生命书写 ·························· 81
4.2.3　伦理反思视角下的德国女性生命书写 ······················· 84

第 5 章　生态女性主义文学的新发展 ··· 89
5.1　生态女性主义与早期现代性 ··· 90
5.2　跨国视角下的生态女性主义 ··· 93
5.3　生态女性主义视角下的动物叙事者 ·· 95

第 6 章　跨国女性主义的发展 ·· 99
6.1　跨国女性主义概述 ·· 99
6.1.1　第三世界女性主义 ·· 99
6.1.2　去殖民跨国女性主义 ··· 101
6.1.3　第三世界后殖民女性主义 ····································· 104
6.2　跨国女性主义文学实践 ·· 105
6.2.1　跨国女性主义文学与恐怖主义视角 ························ 105
6.2.2　英国流动女性和移民的声音 ·································· 109

  6.2.3 澳大利亚女性主义文学 ·············· 110
  6.2.4 女性主义与当代印度女性写作 ·············· 112
  6.2.5 后殖民主义视角下的巴勒斯坦女性主义文学 ···· 114
  6.2.6 黑色大西洋跨国女性主义文学 ·············· 115
  6.2.7 21 世纪的加勒比女性书写 ·············· 117
  6.2.8 亚洲的性别与伊斯兰 ·············· 120

第 7 章　族裔女性主义文学 ·············· 123

 7.1 美国黑人女性主义文学 ·············· 123

 7.2 英国族裔女性主义文学 ·············· 132

 7.3 跨学科视角下的族裔女性身体 ·············· 136
  7.3.1 医学视角下的族裔女性身体 ·············· 136
  7.3.2 艺术与文学中黑人女性身体的跨学科呈现 ····· 141

 7.4 亚裔美国女性主义文学 ·············· 142

 7.5 土著女性主义文学 ·············· 144

 7.6 奇卡诺女性主义文学 ·············· 146

第 8 章　经典文学的女性主义再研究 ·············· 149

 8.1 莎士比亚的女性主义 ·············· 149

 8.2 经典文学中母亲的愉悦 ·············· 152

 8.3 詹姆斯与女性主义 ·············· 155

 8.4 女性作家作品中的拜伦式英雄 ·············· 158

 8.5 西比尔在当代女性书写中的存在 ·············· 160

第 9 章　女性主义流行文学 ·············· 163

 9.1 文本的拓展：流行文学 ·············· 163

9.2 女性哥特小说 ·· 169
9.3 女性主义科幻文学 ·· 175
    9.3.1 女性主义哲学与女性主义认识论················ 175
    9.3.2 女性主义科幻小说与女性主义认识论············ 178
    9.3.3 女性主义科幻小说与女性身体···················· 189
9.4 其他女性主义文学 ·· 190
    9.4.1 女性主义印刷文化和激进主义美学················ 190
    9.4.2 作为女性表达空间的杂志·························· 193
    9.4.3 作为女性参与政治舆论见证的女性杂志·········· 194

第 10 章 女性主义风格的重新解读与传统的建立········ 197
10.1 文体风格的重新解读与传统的建立··············· 197
10.2 早期现代女性写作研究······························ 200
10.3 英国文艺复兴时期的悲伤和女作家··············· 203
10.4 早期现代女性写作和谦逊的修辞··················· 205
10.5 宗教与女性主义文学研究··························· 206
10.6 女性作家和替代宗教································· 210

第 11 章 物质文化研究与女性主义······························ 217
11.1 食物中的女性主义身体政治························ 219
11.2 女性主义文学与服饰································· 221
11.3 女性小说中的食物与女性气质······················ 225
11.4 饮食、烹饪、阅读和女性小说······················ 226
11.5 当代女性小说中的食物、进食与身体············ 227

参考文献 ·· 229

术语表 ·· 249

第1章
新时代女性主义思潮

女性主义文学一直以来采用现实主义标准，希望描写可以作为楷模的女性，塑造更丰富的女性形象，从而打破边界，涉足传统意义上男性独有的领域。在第一波女性主义运动中，玛丽·沃斯通克拉夫特（Mary Wollstonecraft）要求女性拥有平等的受教育权、财产所有权和选举权。以沃斯通克拉夫特为代表的自由主义女性主义（liberal feminism）者要求"获得与启蒙运动赋予中产阶级男性相同的自由和平等权利"，此外，"作为自己经历的完整主体和行为主体（agent），女性有权追求生活、自由和幸福"（Raphael，2019：27）。

女性主义建立在二元论的基础之上，反对父权制是其最初的主张。在《无关紧要的妇女：女性主义思想中的排斥问题》（*Inessential Woman: Problems of Exclusion in Feminist Thought*，1988）一书中，作者伊丽莎白·V. 斯佩尔曼（Elizabeth V. Spelman）指出："传统女性主义理论家没有认识到，否定人的差异和否定人的同一，这都同样有可能造成对人们的压迫。"（1988：11，转引自童，2002：318）女性主义经历了近两个世纪的发展，按发展阶段划分，女性主义流派可以分为争取选举权等的第一波女性主义、20世纪60—70年代争取平权运动的第二波女性主义、20世纪90年代的第三波女性主义，以及21世纪初英国女性主义者提出的第四波女性主义。但也有学者认为，女性主义"波"的隐喻遮蔽了有色人种女性（woman of color）、女同性恋（lesbian）、底层和工人阶级女性的努力，过度简化了女性主义的历史（Reger，2012：8）。

在争取男女平等这一基本共识的基础上，女性主义形成诸多分支和流派，其立场和诉求也不尽相同。女性主义流派包括自由主义女性主义、社会主义女性主义（socialist feminism）、激进女性主义（radical feminism）、在线女性主义（online feminism）、无政府女性主义（anarcha-feminism)、生态女性主义、女同性恋女性主义（lesbian feminism）、分离主义女性主义（separatist feminism）、革命女性主义（revolutionary feminism）等。不同国家的女性主义的侧重点也存在差异：早期英国女性主义侧重于阶级与性别的关系；美国女性主义偏重于实践，关注女性在现实生活中的处境；而以法国为代表的欧洲大陆女性主义的哲学思辨意味更浓。

新时代女性主义思潮与新自由主义（neoliberalism）相伴而行。新自由主义资本主义（neoliberal capitalism）将女性拉入生产性创造之中，使女性可以作为劳动力而与男性平等地存在。这是因为在全球化的经济浪潮中，女性劳动力的作用显得尤为重要。然而，人们相应地须警惕巨大的跨国公司以新的方式实施新殖民主义（neocolonialism）——以隐蔽的方式，借女性主义之名行文化殖民之实，对当地文化造成冲击。与之对抗的是前殖民地女性主义（ex-colonial feminism）、第三世界女性主义和跨国女性主义思潮。这些非西方女性群体成为不可忽视的力量，发展成为最近几十年女性主义浪潮中强有力的一个分支。此外，族裔女性主义（ethnic feminism）也是女性主义思潮中不容小觑的力量。从族裔视角来看，美国族裔女性主义包括非洲裔、拉丁裔、亚裔、土著女性主义等，其关注的问题各不相同。

第二波女性主义理论经历了超过半个世纪的发展，在这一过程中也必然会采用一些已有的术语，"通过利用父权制产生的术语和观念再现父权制的一些设想"（Wojtaszek，2019：9）。这是因为在父权制体系中，无论是哲学、社会，还是政治制度，都是以男性为主导发展起来的，女性在这一体系中被置于劣等地位。"女性主义学术研究所围绕的性差异形象源于占主导地位的、代表性的思想体系"（Wojtaszek，2019：9），也就是说，自学术女性主义（academic feminism）发展以来，占主导地位的女性主义思想的一个倾向就是利用父权制的术语来建构自己的理论话语。这就难免会让女性主义理论受到父权制政治、社会等制度的影响，包括其中的身体力量、语言、社会分工的划分方式等，因此女性主义需要借助父权制的话语并通过批判来完成自己的独立。文学的标准由中产阶级白人男性确立，并且由学术机构的书写得以树立和传播。"20世纪70年代到80年代早期，在女权主义批评家们的作品中，批评标准与政治参与之间真实或明显的冲突不断以各种面貌复现。"（莫伊，2017：23）文化研究与意识形态的斗争相互促进，并行发展，女性主义文学批评也推动了女性主义运动的发展。因此，我们在谈论女性主义文学批评时，须将其置于女性主义的大理论框架之下。

1.1 女性主义运动新发展

近年来，"女性主义已死"的呼声甚嚣尘上。当代女性主义的议题似乎被一些诸如种族主义、同性恋恐惧症、跨性别者（transgender）权利等问题所掩盖（Reger，2012：5），然而女性主义仍无处不在。正如女性主义作家詹妮弗·鲍姆加德纳（Jennifer Baumgardner）和艾米·理查兹（Amy Richards）所说，"女性主义就像氟化物，溶于水中"（2000：17，转引自 Reger，2012：5），女性主义的观点持续影响着人们的生活。乔·瑞格尔（Jo Reger）考察了美国女性运动的生命力和持续性，研究群体层面的行动，探索了"无处不在"的女性主义思想（2012：5-6）。瑞格尔通过研究位于美国中西部、东海岸和西北部的女性主义社会运动群体，了解女性主义运动的现状以及争取女性权利的方式。这三个群体在定义女性主义身份问题上，"主要采取注重文化的策略和战略，并与种族主义、包容性（inclusion）和性别流动性（gender fluidity）等问题做斗争"（Reger，2012：6），其多层次的活动因群体环境文化的改变而各异，呈现出多样化特征，延续着女性主义运动。

瑞格尔在描述活跃于女性主义运动的不同群体时，倾向于使用"代际"（generation）一词，这让运动变成重叠的代际而不是由事件定义的波浪（Reger，2012：9），呈现为历史进程中女性运动的连续性和动态性。第一代女性主义（the first-wave generation of feminism）运动主要以正式组织为基础，女性主义活动者也通过"妇女教会团体、俱乐部、传教士组织、大学妇女校友会和职业妇女联盟等网络解决问题"（Giele，1995：2，转引自 Reger，2012：10）。1869 年，这场运动在一些主张上出现分歧，形成了两个致力于女性选举权的组织——全国妇女普选协会（National Woman Suffrage Association）和美国妇女选举权协会（American Woman Suffrage Association），二者于 1890 年合并，持续为女性争取选举权做出努力（Reger，2012：11）。至 20 世纪 40 年代末与 50 年代初，由于家庭主妇的角色主导了美国文化，女性主义组织又陷入低迷。但是随着女性受教育机会增多，受教育水平逐步提升，到了20世纪60年代，女性运动开始复兴，出现了第二代女性主义（the second-wave generation of feminism）。

第二代女性主义分为两股不同的力量：一方面是诸如全国妇女组织（National Organization for Women）、妇女平等行动联盟（Women's Equity Action League）和全国妇女政治核心小组（National Women's Political Caucus）等具有正式组织机构的女性权力组织分层次地开展活动；另一方面，一些集体主义组织（collectivist organizations）则致力于阻止等级结构的发展，让每个女性在群体中享有平等的发言权（Reger，2012：12）。第二代女性主义在20世纪70—80年代得以持续发展，但也因分歧和包容性的缺失而分裂。这段历史呈现了在一个风起云涌的时代背景下女性主义运动的起落以及几代人曾经面临的挑战和努力。

女性主义运动会随着时代的前行而相应地改变策略。多代人之间也存在着身份认同（identification）的问题，"运动参与者在其群体中相互作用，以确定内部和外部的边界，这个过程被称为'边界框架构建'（boundary framing）"（Reger，2012：18）。运动参与者彼此互动，构建强大的集体身份，从而推动运动的持续发展。女性运动包含代际女性主义身份，她们在阐述群体和网络中的性别不平等观点时可以分为诸如自由主义（liberalism）、激进主义（radicalism）等不同派别，女性身份认同联系更加紧密。多元化问题也同样是美国女性运动的一部分，多元化问题有两种形式：有文献记载的排斥和偏见的历史，以及历史记录中对边缘群体的忽略（Reger，2012：20）。瑞格尔通过对女性运动历史的考察及其延续性、策略、身份和多元化的思考，指出当代女性主义在社会运动群体中延续，并且影响了女性主义身份的构建。

女性主义发展的一个重要方向还包括对某个特定类别女性群体的研究。例如，黛博拉·L.罗德（Deborah L. Rhode）对女性主义运动的研究起源于1970年她在耶鲁大学求学时的境遇。她的研究回顾了大学中女性争取并逐渐获得更多权利的历史，通过调查等方式了解女性面临的种种实际问题，以期增强女性面临问题的显现度，从而促进实际问题的解决。1970年是耶鲁大学开始招收女性本科生的第二年，当时女性被指责分散了男性的注意力，而那些专注学习或者在课堂表现自信的女性则被抨击为缺乏吸引力或女人味（Lever & Schwartz，1971：186–188，转引自Rhode，2014：1）。女性往往被双重标准所束缚，常因太女性化或不够女性化而受到批判。体育运动是摩擦的一个特殊来源，运动员和教练不愿与女性分享资源和空间（Rhode，2014：2），女性不得不为了参与运动项目而做出让步甚至受到歧视。她们因为资源分配不平衡的问题而长期斗争，但是多年来，耶鲁大学的大部分课程仍旧是男性的专属，与女性相关的课程寥寥无几（Rhode，2014：3）。随之而来的30年里，女性的地位逐渐提高，但是她们也面临着不少问题。对于女性来说，其核心问题是缺乏共识，女性在社会上仍面临着更糟糕的境遇。为此，罗德从女性运动概述入手，通过调查就业问题来探讨工作和家庭问题，关注性、婚姻、生育、经济自主权、性骚扰、强奸、家庭暴力、人口贩卖、女性的身体外观、政治、变革策略等问题，聚焦社会平等、人身安全和经济生活等基本问题，旨在让女性意识到她们想要什么，以及如何采取行动。

1.2 第四波女性主义/后女性主义

21世纪以来，学者们提出了第四波女性主义的概念。尽管一些学者对于用"波"的概念来划分女性主义各阶段持怀疑态度，但还是有相当一部分学者乐于使用"第四波"的概念，并将其与"情动"（affect）和"时间性"（temporality）的哲学概念结合，对女性主义理论进行拓展（Chamberlain，2017：1）。英国记者基拉·科克伦（Kira Cochrane）在2013年出版的《所有叛逆女性：第四波的兴起》（*All the Rebel Women: The Rise of the Fourth Wave*）中明确提出了"第四波"的概念，并给出了这一波思潮产生的原因。强奸文化（rape culture）、在线女性主义、幽默、间性（intersectionality）和包容性是其关注的重要内容。其中，对强奸文化、在线女性主义等问题的关注与后女性主义探讨的焦点问题有交叉之处。

不同女性主义思想流派之间的主张存在差异，这种差异已然进入主流媒体的视野，因此我们需要探讨女性主义流派的创新性与突破性。女性主义的概念凝聚了社会力量，并形成了强有力的运动，因而也被隐喻为"波浪式"的运动。但是，女性主义各个流派之间的"不和谐或相互冲突的观点是否可以与几代女性主义者整齐地保持一致"（Rivers，2017：2），或者仅仅以波浪的起伏作为女性主义运动的隐喻，这种看法是否得当也值得探究。

女性主义内部一直存在分歧和批判,这也是其保持批判活力的来源。例如,在争取选举权的过程中,她们更多地表达了白人中产阶级女性的诉求,而忽略了种族和阶级因素所带来的复杂而矛盾的关系,这种女性内部的差异使当下关于女性主义的辩题呈现出多元化的倾向。这种差异和多样性让女性主义内部充满活力,能够对外部压力做出迅速反应,从而"抵制本质主义(essentialism)和普适性,以适应女性不断变化的经历和持续变化的政治格局"(Rivers, 2017:3)。

第四波女性主义浪潮旨在提出一种"不以身份或代际为前提的波浪叙事(wave narrative)方法,专注于异常的能量,而不是区分"(Chamberlain, 2017:10)。在英国,这一研究焦点的哲学背景是源于吉奥乔·阿甘本(Giorgio Agamben)对于当代性的理解,其研究对象包括"新社交媒体(social media)阵地的建立"及"保守党政府的经济政策与立法"(Chamberlain, 2017:11)。社交媒体的作用、经济政策等都影响着第四波女性主义浪潮的兴起,其背景是20世纪以来的经济危机和日益两极分化的性别讨论(Aune & Dean, 2015:381,转引自 Chamberlain, 2017:11)。这一波女性主义被赋予阶段性的名字,其主要原因是新一代女性主义者期待得到承认,并与其前辈切割,划清界限。事实上,黛比·斯托勒(Debbie Stoller)在鲍姆加德纳的访谈中提到,"包括社交媒体在内的技术平台刚刚允许年轻女性主义者以新的方式传播相同的信息"(Baumgardner, 2011a:72, 转引自 Chamberlain, 2017:11),第二波女性主义的一些主张及第三波中被忽视的身份政治(identity politics)在第四波中再次浮现。斯托勒认为,第四波浪潮尚未来临,因为女性主义并无突破性的创新。然而,普鲁登斯·钱伯伦(Prudence Chamberlain)则认为,尽管"浪潮"一词强调的是运动的强度,它同时也考虑任何政治运动都存在的内在连续性。第四波女性主义从一开始就存在差异化的理解,其生成可以被看成女性主义历史的一个阶段。学者们试图在描述这一浪潮时,将其置于情感时间性(affective temporality)范围内,但描述"浪潮"是具有挑战性的,其中重要的内容是探究"当代的情感表述"(Chamberlain, 2017:12)。

钱伯伦给出了第四波"情感时间性"的具体案例研究,探讨了"情感从个人向政治转移的方式,进而动员活动家们掀起连续和群体性的女性主义浪潮"(Chamberlain, 2017: 13)。她强调波浪的汇聚力量——从个人情感体现为政治性的方式,再到体现为活动家的行动,并最终形成集体女性主义浪潮。这些案例可以揭示情感激增如何凝结成社会运动、如何以共同的诉求凝聚具有相似情感的人群。第四波女性主义中的情感时间性研究涉及形成状态(the state of becoming)的"私人和公众的情感、外亲性(extimacy)、亲密性(intimacy)"等因素,研究者要分析其"响应性(responsiveness)和偶然性(contingency)"(Chamberlain, 2017: 13)。在钱伯伦看来,这些生成中的情感都揭示了第四波女性主义中时间的独特性,并且造成了连续性的感觉。

除了女性主义理论外,钱伯伦还借鉴了希瑟·洛夫(Heather Love)和安·茨维特科维奇(Ann Cvetkovich)关于 ACT UP[1] 的观点,"思考激烈的艾滋病行动主义(AIDS activism)时期如何以某种方式映射到女性主义浪潮中"(Chamberlain, 2017: 14)。当下的女性主义着重对传统的两性划分、异性恋等标准进行解构,也就是针对女同性恋、男同性恋(gay)、双性恋(bisexual)和变性者(transsexual)来研究美国的抗议传统和发展,其结果呈现出不确定性和高度的跨学科融合特征。

第四波女性主义强调情感理解及女性主义运动的不确定性,其中需要定义的一个关键词是"情感环境"(affective environment)。在第四波女性主义的研究中,该词是指在线社交媒体中传播的关于女性遭受性别歧视(sexism)的经历,"这展现了在快速沟通和社交媒体发展的时代个人与政治的关系"(Chamberlain, 2017: 15)。第四波女性主义探究女性主义实践的情感环境,如荡妇游行发展历程中的符号解读,同时也思考日常性别歧视的档案记录特性,如"2012 年建立的推特账户'每日性别歧视'(Everyday Sexism),以记录女性在日常生活中面对的厌女症(misogyny)"(Chamberlain, 2017: 15)。

钱伯伦认为,2013 年迅速蔓延的脸书平台强奸运动(Facebook Rape Campaign)与资本的力量有关(Chamberlain, 2017: 15)。其表现形式为在网络上发布的女性照片中,将家暴作为调侃的内容,并认为女性被强暴是其得偿所愿。一开始,这种针对女性的恶意言论被脸书纵容,但当女性团体借其购买力作为杠杆给脸书施压时,对抗性别歧视和

---

[1] ACT UP: 全称为 AIDS Coalition to Unleash Power,这是 1987 年在美国成立的国际组织,致力于艾滋病的防护和治疗。

厌恶女性的运动取得了一定的成效,最终脸书在其广告商的压力下删除了这类内容。此种文化领域内的对抗体现了这一波女性主义中女性作为商品消费者的力量。

第四波女性主义中还存在语言标签问题,包括荡妇游行中建议使用的语言,以及脸书上反对强奸运动带来的后女性主义思考;也包括2015年的巴哈·穆斯塔法(Bahar Mustafa)被指控事件,她因为使用了"杀光白种男人"(killallwhitemen)标签而受到指控。钱伯伦认为,"第四波女性主义对白人女性主义者来说仍然是一个比对有色人种女性更安全的空间"(Chamberlain, 2017: 16),然而女性主义者的言论经常会被指责或者被断章取义地引用,并且被指控为偏执。

英国女性主义第四波浪潮避免仅仅将身份、实践或代际差异作为定义女性主义的手段(Chamberlain, 2017: 17)。既然特别提出了女性主义运动的另一次波峰,那我们就需要明确其与之前运动的显著差异,而且也需要考虑国家的差异,即英国和其他具有文化影响力的北美国家的差异。英美女性主义都经历了三波浪潮,但是英国学者更专注于案例研究,并且在第四波女性主义中重点考虑"情感时间性"。但是,随着网络的发展,这些国家的女性主义运动相互影响,在很大程度上有趋同的特征。

当下的女性主义运动在美国的视野中表现为后女性主义及作为其延续形式的在线女性主义,其重要关注点是与社交媒体、在线媒介等流行文化相关的女性主义,其重要支撑点是技术发展对女性主义的影响。女性主义思潮依托网络平台得到更广泛的传播,但是也遭遇了更汹涌的逆潮(backlash)。这方面的研究侧重女性的在线身份、遭遇的威胁、网络暴力及强奸话语的延续。

女性主义的历史存在复杂和周期性的特征。在罗莎琳德·吉尔(Rosalind Gill)和克里斯蒂娜·沙夫(Christina Scharff)等女性主义学者看来,后女性主义这一概念有四个方向:作为女性主义内部的一种转变,表达与后现代主义、后殖民主义和后结构主义(poststructuralism)相关的认识论的断裂;女性主义已是明日黄花;后女性主义的概念是对女性主义的逆潮;后女性主义是一种文化现象(Rivers, 2017: 3-4)。第四波女性主义思潮具有较强的包容性,使其能够处理后女性主义话语的矛盾性、各个女性主义流派之间的冲突,以及女性主义和反女性主义之间主题的纠缠。

虽然汉娜·雷塔莱克（Hanna Retallack）、杰西卡·林格罗塞（Jessica Ringrose）和艾米莉·劳伦斯（Emilie Lawrence）曾认为，随着第四波女性主义浪潮的兴起，尤其是基于社交媒体的女性主义行动主义的兴起，后女性主义的主张现在可能是多余的，但罗莎琳德·吉尔认为，这一概念具有持续相关性（Rivers，2017：4）。当前，女性主义的许多表现形式——尤其是在主流媒体出版物中以专栏形式出现的内容——实际上"完全符合后女性主义"（Gill，2016：618，转引自 Rivers，2017：4）。同样，后女性主义有助于分析流行文化中的女性主义，在解读中体现其内在的复杂性。第四波女性主义的到来可能标志着后女性主义的转变及二者的相互影响，但并不意味着后女性主义的消亡。我们处于新浪潮发展的当下，对后女性主义的理解以及对其表现形式的解读目前看来还不够充分。因此，当下的学者们仍然需要继续从后女性主义的视角去挖掘并发展其理论内涵与表征的解读。

当然，第四波女性主义和后女性主义不仅是命名上的差异，二者在理论背景上也存在差异。第四波女性主义是基于英国的文化背景并具有一贯以运动表达诉求和以哲学为其理论支撑的特点。关于后女性主义的主张，斯蒂芬妮·哈尔泽斯基（Stephanie Harzewski）认为，"后女性主义所具有的多重而相互矛盾的含义反映出女性主义的发展超越了统一的政治议程，并分裂为相互竞争，有时甚至是敌对的派别"（2011：151，转引自 Philips，2014：19）。这种后女性主义构想挑战所有认为两性具有稳定内涵的观点，并颠覆这种二元对立，辩称性别不是一个固定的类别。1999 年的插图指南《介绍后女性主义》（*Introducing Postfeminism*）是最早出版的标题中包含"后女性主义"一词的书籍之一。指南开篇介绍道："后女性主义并不意味着女性主义已经终结。"（Philips，2014：19）该书指出："20 世纪 60 年代末以来，后女性主义从对父权话语的解构中发展而来。这是女性主义的发展，借鉴了当代思想的关键分析策略——精神分析、后结构主义、后现代主义和后殖民主义。"（Phoca & Wright，1999：3，转引自 Philips，2014：20）

学术界认为，即使是在后女性主义阶段，女性主义运动仍需继续。但在大众的想象中，后女性主义意味着女性业已获得其想要的平等，"争取女性平等的斗争已然结束"（Philips，2014：20）。但是，苏珊·法吕迪（Susan Faludi）认为，后女性主义的进步主张已经被侵蚀和滥用，人们对女性主义的认知还停留在 20 世纪 70 年代女性主义盛行时期的那些诉求和主张上（1991：95，转引自 Philips，2014：20）。当下的后女性主义由美国女性主义学者发起，更多地传播女性主义与流行文化相互影响下的女性主义理论。在一些学者看来，后女性主义是一种需要抵制的文化现象，以新自由主义和消费主义（consumerism）为其背景。例如，曾经风靡一时的《布里奇特·琼斯的日记》(*Bridget Jones's Diary*，1996）代表了后女性主义的"乏味、消费主义和自我痴迷"（Philips，2014：20）的状态。安吉拉·麦克罗比（Angela McRobbie）将后女性主义理解为对女性主义的"无情破坏"（Philips，2014：20），这是因为后女性主义对生活经验的强调并不能替代第二波女性主义的政治和历史视角。因此可以说，虽然我们讨论的是女性主义的两个时期，但二者的主张在当下同样具有不可替代的意义和作用。

如前所述，流行文化影响下的女性主义被定义为后女性主义的一个重要方向。流行文化中蕴涵着媒体对社会化身体的作用，通常是通过图像（image）、叙述和观念对个体产生广泛且深刻的影响。流行文化元素之所以能够流行，是因为它表达了对大众的普遍适用性和影响力。"从社会科学的角度来看，它通常是我们可以消费之物。"（Trier-Bieniek，2015：xiv）流行文化中关于酷儿（queer）形象的塑造以及关于有色人种、民族、阶级等的表述都让最新一波女性主义理论拥有令人瞩目的力量和持续性。

女性主义研究者提倡采取女性主义立场来对抗父权制基础，将所有女性的声音置于前景，从而创造一种情境知识（situated knowledge）。她们从不同女性，尤其是被边缘化女性的角度或立场切入女性主义研究，从而强化女性主义观点。研究者自身的因素，包括职位、身份、女性的立场等对其研究具有很重要的作用。秉持这一主张的桑德拉·哈丁（Sandra Harding）强调情境因素，"要求将知识主体与知识对象置于相同的关键因果平面"（2004：36，转引自 Trier-Bieniek，2015：xxiii），挖掘方法和研究中的权力结构，同时也考虑女性主义研究者的职位等身份因素，这样可以"了解女性的立场在哪里以及如何被忽视"（Trier-Bieniek，2015：xxiii）。

后女性主义对流行文化的研究引入情境的因素。流行文化对女性身体的影响和监控包括诸多现象，其研究范围可以涉及肚皮舞中体现的男性凝视（male gaze）、流行歌曲的歌词与女性主义潮流变化的关联性、流行文化中的黑人女性形象，以及流行歌曲天后（diva）的形象、美国网飞（Netflix）连续剧的性别再现中异性恋的规范性（normativity）和酷儿的颠覆性之间的对抗、电视节目中男性气质（masculinity）的定义和再现、女性名人讲述中被淹没的第三世界女性声音；还可以涉及具有广泛女性读者的浪漫小说的叙事套路，以及推特等数字文化对女性主义的影响。这些文化现象的研究进一步推动了女性主义的发展，让女性主义研究与当下的文化结合能够更进一步，从而带来对社会文化现象的理解和对女性诉求和所处情境变化的了解。

1.2.1 在线女性主义与对女性身体的审视和监控

21世纪的前20年可以被视为后女性主义时代，女性主义者也在欢呼第四波女性主义的到来，其中，在线女性主义是美国学者们关注的重要领域。女性主义思想和行动意愿通过网络传播并得以实施，如MeToo运动，但是网络也带来了对女性身体日益严苛的审视，一些人通过网络传播女性主义的主张，但人们也发现自己"容易受到羞辱、嘲笑，甚至身体暴力的威胁"（Smith，2015：1），并且遭遇到前所未有的对"非标准身体"的批评。

理想的女性身体形象从文艺复兴时期的丰腴到维多利亚时期圆润的沙漏形（hour-glass silhouette）的审美变迁，都体现了社会对女性身体标准的制约（Smith，2015：2）。20世纪60年代以后，女性拥有苗条的身材成为潮流，这和第二次世界大战后富裕文化的出现有关联，也与节食产业及健身房文化（gym culture）的兴起相一致。20世纪70年代，女性有氧运动课程、健身房文化、隆胸手术、整容手术开始兴起；80年代重新定义女性身体，要求女性"严格节食和锻炼"（Smith，2015：3）。凡此种种，都可以被看成对女性身体的约束，同时也是女性身体焦虑的来源。女性被要求保持身材，并且通过技术手段改变不完美的身体。在主流文化中，性化身体（sexualized body）的形象似乎成为自然而然的选择，女性若不保持苗条身材，则会被贴上暴躁、愚蠢或者冷漠的标签。

当下的女性主义经历了激进的第二波女性主义以及后女性主义。而后女性主义的主张被认为是超越了传统的女性主义政治，后者"认识到所谓对异性恋爱的威胁"（Smith，2015：4）。第二波女性主义之后成长起来的女性将前一辈通过斗争赢得的权利视作理所应当,并开始主张更具有个性化的权利,构建新的女性主义话语。后女性主义也被认为是女性主义的"成年"(coming of age)(Brooks,1997:4,转引自 Smith,2015:4)。21 世纪初,女性主义运动又迎来了女性回归家庭浪潮的复兴,重新将家庭主妇塑造为完美女性,替代了男性凝视所要求的完美女性标准。至少在中产阶级女性群体中,女性自己也希望能够鱼和熊掌兼得,通过将家务外包而得以从家务劳动中解放出来,追求自己的职业生涯。

流行文化中的媒体影响了人们对女性形象的认知。在美国,女性赋权(empowerment)可以通过戏剧、社交媒体、博客(Blog)等网络媒体中的女性形象塑造来实现,以呈现对女性身体和行为的认知。现代性(modernity)的弊端,即"冷漠、不安和无聊的社会情绪"促使女性在社交和博客媒体表达自我,她们在网络媒体中展示自己的照片,并以这种"安全"的空间来"满足个人形象的隐含需求"(Smith,2015:11)。

网络带给女性自我展示平台的同时,也带来相关话语建构的问题。网络的匿名性让女性以自拍(selfie)的形式呈现自己的身体,而网络的公开性又让这些照片在本人不知情或不同意的情况下被拿去供其他人评价、转发,甚至消费。安妮·彭斯(Anne Burns)分析了性化自拍中"对身体形象的自我指涉使用,以及这些自拍如何被用来制作非自愿的色情作品"(Smith,2015:11)。当下媒介塑造女性形象的另一个例子是日本的卡哇伊文化(kawaii culture),这是一种要求女性可爱且具有依附性的女孩文化(girls' culture),其中体现的厌女症倾向及潜在的性别分裂话语也是值得警惕的。

对女性身体话语的社会建构(social construction)通过互联网得以广泛传播,如"瘦之愿"(Thinspiration)博客通过展现数千名时尚瘦女孩的照片鼓励女性减肥。作为一个友好而亲密的女性博客,它在女性同性社交群体中贩卖理想的身体,照片被用来煽动女性的比较、竞争、嫉妒、认同和渴望等情绪(Winch,2013:1)。"瘦之愿"强调同伴控制,展现了一种新兴的女友文化(girlfriend culture),将友谊与被企业家精神定义的身体管理联系在一起,造成了男性的缺席和显现的幼态女性(Winch,2013:2)。艾莉森·温奇(Alison Winch)在关于当代女性主义的讨论中将自己的研究置于后女性主义的批判之中,分析女性主义和个人主义(individualism)的关系,将后女性主义解读为利用自由主义女性主义的观念"在消费者和品牌之间建立联系"(Banet-Weiser, 2012, 转引自 Winch, 2013: 2)。温奇认为,新自由主义作为一种侵略性的资本主义形式,渗透到生活的各个领域,包括女性之间的亲密关系中(Winch, 2013: 2),因此需要考量女友文化中女性亲密关系的体现形式。安吉拉·麦克罗比(Angela McRobbie)和戴安娜·内格拉(Diane Negra)认为,理想的女性主体是少女般完美无瑕的,她对超可见性(hypervisibility)的渴望具有排他性,这就破坏了女性间的团结(Winch, 2013: 2)。标准的后女性主义主体是白人、异性恋和身体健全的中产阶级。温奇研究女性如何被塑造成跨越了种族差异,她指出,"事实上,女友文化中的有色人种女性处于缺席或从属地位"(Winch, 2013: 3),处于流行文化中的女孩友谊是一种情感社会关系,情感先于商品化而存在。她还给出了对于父权制的复杂理解,认为霸权主义权力结构通过女友文化得以延续,"面向女性的流行文化将女性身体定位为审视、焦虑和渴望的对象"(Winch, 2013: 5),这种机制会唤起女性的自卑和无价值感。对女友文化的批判可以让人们在新框架中理解女性主义,看到在流行文化中拥有更大影响力的女性如何因这种父权控制而变得保守,从而将女性身体从父权社会中解放出来。

1.2.2 后女性主义视野中的女性气质

如前所述,第二波女性主义之后,一些学者认为平等、解放等词汇已经过时,女性的平权诉求已经得到了满足。到了20世纪90年代,"女孩力量"(girl power)这个词进入西方女性主义的文化舞台,这一时期的女性气质(femininity)以性自由作为其标志。小姐文学等流行文学盛行,时尚和出版业也都在倡导着精神独立、经济自由的女性形象,而单身职业女性的独立形象也伴随着脱离婚姻、终生单身的可能。流行文化呈现的单身女性形象成为后女性主义讨论的核心。这一代女性在享受着第二波女性主义斗争成果的同时,也在努力反抗她们母亲的一代,这种代际间的差异成为后女性主义的鲜明特征。前一代女性主义所关注的两性权力斗争,包括其中的姐妹情谊(sisterhood)都可能被质疑。

后女性主义通过研究流行文本来讨论当代女性的地位及其代表性,总结第二波女性主义之后女性气质变化中文化的作用。它作为一种文化研究重新评估女性主义理论、女性气质和女性特征（femaleness）的概念，进而了解女性主义学术研究和流行文化对于女性气质定义的影响。自然（生物学）意义上的女性气质与文化中定义的女性也一直处于变化之中。当然，这其中占主导地位的仍然是对白人、异性恋女性的描述。女性主义者也承认，女性气质是最具有争议且最具有矛盾性的概念，这是一个复数概念，超越了主客体、施加权力的一方与被统治一方的二元对立。

不同代际及代际内部的女性主义者对女性气质的理解交错重叠，她们的关系也错综复杂，但对她们来说，女性气质的内容却总是不同。女性气质并不是稳定一致的，而是受制于文化、社会和个人的变化。总结20世纪90年代以来女性气质的现代化进程，我们可以看出，新的女性气质的核心要求是性自信和自主。"女性气质被视为年轻女性个人主义、自由、性的自我表达的'权利'的一部分。"（Genz, 2009: 8）这种定义改变了要求女性沉默、顺从的传统，转而提倡女性在事业上的成功。然而，在现实生活中，当女性闯入男性阳刚气质主导的领域之后，因为害怕男性的反击，她们会有意强调女性的阴柔特质，其目的就是构建一种不具有威胁性的气质与伪装。这种性别的定义借鉴了朱迪斯·巴特勒的性别表演性（gender performativity）理论，即认为性别"既不是真的，也不是假的；既不是真实的，也不是貌似真实的；既不是原始的，也不是派生的"（Butler, 1990: 141, 转引自 Genz, 2009: 14）。

20世纪后半叶以来，后女性主义一直是个有争议的概念，该词的前缀"后"的含义也是学者们争论的焦点。其中一种解读是，"后女性主义"一词中的"后"字暗示女性主义运动业已达成目标，或是业已失败，因而不再具有影响力。采取这一立场的学者包括娜奥米·伍尔夫（Naomi Wolf）、凯蒂·罗伊夫（Katie Roiphe）、娜塔莎·沃尔特（Natasha Walter）和瑞妮·丹菲尔德（Rene Denfeld）。她们都支持个人主义和自由主义立场，该立场强调"选择"，并假定第一波和第二波女性主义关于选举权、同工同酬、性解放等政治主张已经得到了满足（Genz, 2009: 20）。后女性主义也受到了新自由主义的影响，强调个人生活方式的自主选择及个人消费乐趣，但是这种观点"通过挪用和借鉴女性主义的赋权和选择概念，向女性兜售一种进步的幻觉"（Whelehan, 2000: 100, 转引自 Genz, 2009: 21）。

关于后女性主义在女性主义理论中的位置，"大多数批判性分析倾向于将后女性主义视为存在内在分歧的术语，由两个不同且相互竞争的分支组成：一个被定义为主流女性主义；另一个被定义为后现代女性主义"（Genz，2009：22）。也有学者认为，后女性主义实际上拓展了女性主义的研究视野，"涉及一系列政治、社会和文化问题，并与关于性别、种族和民族、性属、阶级甚至肉身性（corporeality）的各种理论交叉"（Braithwaite，2004：27，转引自 Genz，2009：22）。但是，后女性主义也被认为是误解了女性主义的主张，扭曲并削弱了女性主义的多样性。

后女性主义者将20世纪和21世纪的评论、小说和电影纳入其批评视野，从流行文化中的女性形象出发来讨论女性主义、女性气质和女性受害者的关系，呈现"女性主义、女性气质、对女性的批判性分析、流行文化对女性的再现等领域中变化的可能性，以及正在持续进行的转变"（Genz，2009：27），同时也考虑女性主义对流行文化领域的影响方式。

在经历了激进女性主义焚烧作为女性性符号的胸罩、抨击家庭主妇的角色等阶段后，20世纪80年代倡导女性做兼顾事业和家庭的超级女性（superwoman），随后又进入时尚杂志中宣称的年轻女性已经成为新家庭主妇（new housewife wannabes）（Kingston，2004；Dutton，2000）的时代。"20世纪90年代，单身女性（the singleton）以新一代女性的代表形象出现，她们试图将对异性恋浪漫和取得职业成就的需求统一起来。对这类单身女性的再现进一步加剧了超级女性所经历的女性主义和女性气质、家庭生活（domesticity）和职业主义（careerism）之间的紧张关系。"（Genz，2009：32）然而，这种在家庭和事业间取得平衡的女性，其背后总是存在其他阶级、第三世界国家女性、有色人种女性的低报酬劳动的支撑。总之，后女性主义让人们能够思考女性主义、女性规范和女性气质之间的关系，从而重新制定意义体系，将女性的主体性推入更复杂、多元的领域。

1.2.3 后女性主义中厌女症的网络表达

在后女性主义中，抵制在线厌女症（online misogyny）是女性主义媒体研究的一个方面。黛比·金（Debbie Ging）和尤金妮亚·赛阿彼拉（Eugenia Siapera）指出，厌女症和反女性主义之间的区别在于："前者通常被理解为针对女性的更普遍的态度和行为；后者则是针对并非只有女性支持的一套独特的性别-政治价值观的反应。"（2019：2）互联网渗透到生活的各个方面，因此网络上对于个体的攻击往往是个性化且针对性别的攻击。以匿名性为特征的网络社交媒体带来了"当代社会运动历史上一个新的未知领域"，可以让厌女症作为一种"有意识的政治策略来驯化女性，控制女性的性行为，破坏女性的团结"（Ging & Siapera，2019：2）。当下的性别政治（gender politics）中，这一现象带给人们的直观感受是网络上针对女性的对抗行为尤其突出。女性主义者揭示了在线厌女症中压制、约束和惩罚女性欲望的手段，以此来应对并对抗这一控制女性的新方式。

受女性主义的启发，男性批评学者在社会文化中将男性气质去本质化，从而揭示了现存制度内部正在进行的历史变化和政治变革（Wojtaszek，2019）。但父权制远未消失，当下向传统价值观回归的后现代趋势再次证明了这一点，对于男性气质的传统定义并没有在本质上得到改变。由于在认识论上对表征（representation）的依赖，女性主义的干预行动及对男性和男性气质的研究成果都无法彻底颠覆统治制度，"表征从外部，在故事、电影和广告的意识形态流动中发挥作用，同时也从内部通过已经为父权制服务的主体自己的神话和（自我）塑造发挥作用"（Wojtaszek，2019：11）。这种对表征的认识论依赖有其道理，因为将其放弃必然意味着失去批评的基础。但是实际上，没有二元论当中的对立，批判也就没有了靶子，又如何将批判进行下去呢？在去中心化（decentration）和去宏大叙事（grand narrative）的普遍趋势影响下，人们的自我意识也逐渐呈现多元化和碎片化的倾向。意识形态的杂糅带来了自我形象的流动性，因而容易陷入混杂和矛盾之中。

女性主义运动给男性带来的危机感激发了美国社会中"男性气概"的重新建立和传播。例如，20世纪80—90年代的动作片中阳刚男主盛行，阿诺德·施瓦辛格（Arnold Schwarzenegger）和西尔韦斯特·史泰龙（Sylvester Stallone）饰演的角色就是其中的代表；同时也出现了能够表达女性致命吸引力的文化产品，如《本能》（*Basic Instinct*，1992）等一系列电影，表达了白人男性所遭遇的诱惑或生命威胁。这些都是第二波女性主义带来的"一系列更微妙、更具文化内涵的反应"（Ging & Siapera，2019：3）。2016年，唐纳德·特朗普（Donald Trump）在与希拉里·克林顿（Hillary Clinton）的竞争中获胜，当选总统，这昭示着反女性主义保守势力的抬头，也可以被视为男性群体面对女性权力的增长而深感威胁,联合起来进行阻击的表现形式。

与美国类似,英国的女性主义运动也遭遇了男性群体运动的抵抗,体现在社会生活、法律、政治等诸多领域,这些男性运动关注家庭法、社会保障规定等问题,要求恢复彰显男性气质的传统成人礼(rite of passage)等项目。一些表达男权的逆潮网站,"如'愤怒的哈利'(Angry Harry)('女性主义者的噩梦')警告读者,'男性运动即将到来',同时采用民粹主义、论战性的语气暗示女性主义正在经历痛苦的溃败"(Ging & Siapera,2019:5)。这一反女性主义的潮流在英国呈现上升趋势。男性感到其权利在社会的政治、经济、文化等诸多领域遭到挤压,因此要求伸张和重新塑造男性权利。

随着网络的普及及其影响力的增加,女性的生育权和美国校园强奸文化受到广泛关注。围绕女性生育权产生的问题从美国取消堕胎权的新闻便可见一斑,此外,在意大利等欧洲国家,很多医生拒绝实施堕胎手术,在第三世界的巴基斯坦等国家,有些人受到宗教影响,仇视并想要控制女性身体。这些通过网络传播的厌女倾向和与女性主义主张的对立,昭示着当下性别理念冲突的活跃性。2014年,"玩家门"(Gamergate)网络反女性主义骚扰运动争议的爆发带来女性主义与反女性主义的对抗,这说明"女性主义与反女性主义的历史正处于一个独特的复杂关头"(Ging & Siapera,2019:6)。

对于理想生活的定义、改变父权制的切入点、性属等问题,不同流派的女性主义会给出迥异的答案,甚至其内部也有冲突。自由主义女性主义要求"消除父权制对自由的阻碍",其关注的领域为"私人财产、政治权利和家庭";社会主义女性主义则是将经济制度与父权制结合;激进女性主义认为,父权制和性别分化更为根本,干脆要求消除性别划分;族裔女性主义则要求考虑族裔女性的权利,"同时反对厌女症和种族主义"(Ging & Siapera,2019:9)。

女性主义的内涵从一开始就包含了多元的思想、概念和政治体系。学者们探讨新厌女症和反女性主义的表征及其社会历史转变、政治维度,并将其与帝国主义的殖民遗产结合起来,探讨其中的暴力压制、话语权争夺对女性斗争的阻碍、家庭暴力、社会对女性的排斥,以及这些行为在互联网中的体现。后女性主义批评、西尔维娅·费德里奇(Silvia Federici)的社会主义女性主义和莎拉·艾哈迈德(Sarah Ahmed)的情感经济学(affective economics)等理论在厌女症和反女性主义研究中的应用，都促进了女性主义批评实践的空间拓展（Ging & Siapera，2019：16）。令人欣慰的是，"女性已经有效地利用新技术来解决性别暴力问题。例如，阿佩塔·查克拉博蒂（Arpita Chakraborty）讨论了网上性骚扰者名单所带来的争议和潜在影响，而雷切尔·郭（Rachel Kuo）则讨论了动图（GIF）在提供情感释放和表达女性主义愤怒方面的潜力"（Ging & Siapera，2019：11）。在美国曾经发生过的性骚扰案件激发了广泛的MeToo运动，随后有团体在网上公布了性骚扰者名单。这一系列行为在社会上引发了关于针对女性的性暴力、强奸和强奸文化的讨论。尽管人们质疑曝光行为程序的正义性，但是也有大批女性支持这种措施。尽管这种曝光行为和GIFs运动（使用动图来表达女性主义思想）的收效值得考量，但是至少起到了宣泄愤怒、汇集力量的作用（Ging & Siapera，2019：14）。

金认为，当下的在线女性主义处于新自由主义和后现代文化交汇之时，宣扬男性气质助长了反女性主义和厌女症（Ging & Siapera，2019：11）。厌女症在社会文化生活中有各种表现，在金等学者看来，"厌女症不仅涉及文化，还关乎主体地位、阶级和社会领域"（Ging & Siapera，2019：12）。但借助网络的广泛影响力，女性在网络空间建立起共同体（community），传播自己的主张，发出自己的声音，颠覆霸权叙事，这是当下在线女性主义者的任务。厌女症一直存在，随着互联网平台的涌现而得到了更为广泛的传播，与之对抗的在线女性主义也得到了进一步发展，成为女性主义研究的一个重要领域。

1.3 资本主义下的女性主义理论与实践

1.3.1 作为政治主体的女性

作为政治主体（political subject）的女性是女性主义关注的内容之一。与法国女性主义者的哲学倾向、美国女性主义者关注社会实践等问题不同，英国的女性主义者更多强调阶级因素。因此，作为政治主体的工人阶级女性的权力问题成为其研究的重点之一。一些女性主义者采用米歇尔·福柯（Michel Foucault）的生命政治（biopolitics）理论，将女

第1章 新时代女性主义思潮

性想象为一个政治主体，探讨其在竞争中如何行使应有的权力。但也有学者认为，福柯的理论框架"排除了为行为分配责任的可能性"（Alcoff, 1990: 76，转引自 Leeb, 2017: 2）。

关于女性主义政治主体的问题，雅克·拉康（Jacques Lacan）、西奥多·W. 阿多诺（Theodor W. Adorno）和卡尔·马克思（Karl Marx）等思想家共同关注的领域是权力和能动性（agency）的政治。克劳迪娅·勒布（Claudia Leeb）采用马克思的理论，将话语主体的形成与资本主义生产方式联系起来。她认为，马克思"关于商品拜物教（commodity fetish）的思想解释了他对资本主义权力结构非完整性（non-wholeness）的细致入微的观点，并进一步表明主体从未完全服从或从属于权力"（Leeb, 2017: 3），即主体在争取权力或者与政治权力主导的体系进行抗争的过程中是形成性的，其中权力关系处于动态变化之中。

在定义女性主义政治主体时，可能存在两个争议。一方面是在定义政治主体时的排他性，而这又是社会转型的必要条件。对于当代政治和女性主义理论的争论，学者们建议放弃"政治主体"的概念，或者将其看作形成性的（Leeb, 2017: 4）。琳达·泽里利（Linda Zerilli）基于阿伦特（Arendt）以公共领域的多元化和行动为中心的自由概念，建议女性主义者完全摆脱"以主体为中心的框架"，将其注意力从主体转移到世界，以应对（女性主义）政治主体中固有的紧张关系（2005: 24，转引自 Leeb, 2017: 4）。温迪·布朗（Wendy Brown）认为，女性主义对"身份政治"的关注导致了对资本主义批判的消亡，因此需要将关注点从主体转移到"庞大、不断变化的多元性"观念上，以及由此产生的"流动、竞争、不稳定"的包容性政治（inclusive politics）（1995: 37，转引自 Leeb, 2017: 4）。同样，南希·弗雷泽（Nancy Fraser）认为，政治和女性主义思想家必须转向"不稳定、流动、不断变化的"身份，从而形成对资本主义的批判（1995: 83，转引自 Leeb, 2017: 4），然而，当下的女性主义者对身份的关注已经不再进行此种批评。另一方面，一些女性主义理论家认为任何对政治主体概念的批评都会给能动性的理论化带来问题，还有一些女性主义理论家挑战单一政治主体概念，但反对将"不断变化的身份"作为变革性政治的基础（Leeb, 2017: 4）。例如，南希·哈索克（Nancy Hartsock）认为，任何对单一主体的批评"都会抑制任何形式的政治行动主义"（1996: 938，转引自 Leeb, 2017: 4）。

以温迪·布朗与弗雷泽为代表的女性主义理论家试图批判并改变资

本主义,最终却陷入新自由主义资本主义之中。流动的主体存在的目的是追求并积累更多的利益,而当身份处于形成之中时,会令人产生焦虑,"产生一种排他性的政治主体"(Leeb, 2017: 5)。

女性运动内部对追求女性主义政治理论也抱有怀疑。第二波女性主义者担心女性主义者对理论的关注会走向学术精英主义(academic elitism),从而强化而非推翻父权关系。政治理论和女性主义理论往往从实践中提炼出来,这些实践"旨在挑战资本主义社会",并将其改造为"苦难已经终结的美好社会"(Leeb, 2017: 6-7)。在讨论社会变革时,女性主义理论必然需要定义苦难。女性主义思想中对于苦难的关注将受害者的经历同质化,导致其忽视了女性内部相矛盾的诉求。第三波权力女性主义(power feminism)不包含任何对资本主义的批判,而是沉浸在自由和自主主体(free and autonomous subject)的新自由主义意识形态中(Caputi, 2013),这意味着其政治主张是对争取女性权利的第二波女性主义的质疑,这样就导致了对于资本主义批判的消解。勒布认为:"女性主义者不能放弃从理论上提出一个更好的政治框架性主体(political subject-in-outline)概念,这个概念会再次唤起资本主义造成的痛苦——异化(alienation)、剥削和孤立——并且不会将主体囚禁在受害者身份中。"(Leeb, 2017: 8)她将痛苦概念化为身体上的痛苦时刻,这时就要引入非文化同一性的观点,如阿多诺的非同一性(non-identity)和拉康的"真实"(the real)时刻(Leeb, 2017: 8),即女性主义必须继续强调实践特征,关注现实的痛苦,从而避免陷入过于强调理论的学术精英主义。

等级对立(hierarchical opposition)是现代资本主义社会中普遍存在的思维和理论化模式,这种对立在为资本主义所造成的苦难进行辩护和掩盖苦难方面发挥了核心作用,这些苦难包括阶级化、性别化、种族化和性化的劳动分工,以及对工人阶级、女性、族裔、性少数群体[lesbian, gay, bisexual, transgender, queer (LGBTQ)]的剥削。如果女性主义政治思想的核心任务之一是与资本主义的弊病做斗争,那么它也必须与话语的弊病做斗争,重新定义政治主体(Leeb, 2017: 10)。

一些女性主义政治理论家旨在将精神分析概念整合到女性主义思想中,而不是将精神分析从对社会的分析中剥离出来。但总的来说,对精神分析的关注会将政治降低为个人主体的心理。弗雷泽拒绝接受拉康主义(Lacanianism)。在她看来,拉康主义意味着一种从社会政治背景中抽象出来的心理主义（psychologism）和一种使象征领域成为全能力量的符号主义（symbolicism），正因为对社会现实问题缺乏关注，导致了拉康在女性主义政治思想中的边缘性（Fraser，2013：139-158，转引自Leeb，2017：12）。

勒布阐述了拉康的精神分析思想在处理（女性主义）政治主体思想中固有的紧张关系，以及在变革性能动性（transformative agency）理论化过程中的中心地位，重新建立了精神分析思想与女性主义政治思想的关联（Leeb，2017：12）。勒布指出，拉康在象征的主体 [the subject (*je*) of the symbolic] 和想象的自我 [the ego (*moi*) of the imaginary] 之间做出了关键性区分（Leeb，2017：13）。她以拉康的区分为基础定义了真实的主体（the subject of the real），这对其政治框架性主体理论的形成至关重要。勒布将阿多诺与拉康联系起来，保留法兰克福批判理论学派（the Frankfurt School）中的"自主和自由主体的观念"（Leeb，2017：14），重新思考主体与客体（object）的关系。同时，她还将拉康与马克思联系起来，借鉴了阿多诺和女性主义思想，拒绝将主体性匮乏（subjective destitution）和象征性自杀作为变革性政治的基础（Leeb，2017：15）。勒布将拉康与马克思结合起来，这种解读不仅为拉康提供了一个框架，使他的思想植根于社会政治世界，而且为马克思提供了一个精神分析框架，这凸显了精神分析在批判资本主义方面的中心地位。

1.3.2 新自由主义女性主义的兴起

在女性主义取得了令人骄傲的成果、两性平等的观念似乎已经深入人心之时，代表美国保守势力的共和党人特朗普被选为总统，这被众多女性主义学者看成反女性主义言论的反弹，因为"特朗普总统试图将其政府的性别歧视和反堕胎议程付诸行动的速度"（Rottenberg，2018：1）让人感受到了针对女性进步的强烈反击。当下的女性主义学者们很难回避新自由主义政策造成的破坏，因为这种强资本、弱政府的体系让贫穷女性和有色人种女性的生活越发雪上加霜。在新自由主义占据主导地位的今天，社会上出现了巨大的结构性不平等，各个领域的持续压迫变得更加隐形。美国学者自身也十分警惕新自由主义带来的危害，因为极端的新自由主义原则是"强化放松管制、私有化和资本增值"

(Rottenberg，2018：3）。在全球化浪潮中，新自由主义往往"与促进资本和商品不受阻碍的跨国流动联系在一起"（Rottenberg，2018：3）。在这一进程中，经济发展、资本流动和本土民族主义也相互作用，因此康奈尔·韦斯特（Cornel West）等学者甚至将当下的新自由主义与新法西斯主义（neofascism）联系在一起（Rottenberg，2018：2）。

在此情况下，人们需要重新定义社会正义和平等的概念，从而有效地对抗新法西斯主义倾向和极端新自由主义倾向。平等权利、解放和社会正义曾经是女性主义长期以来关注的问题，但在新自由主义女性主义（neoliberal feminism）理论中，这些词已成为明日黄花。女性主义这一变体关注个人生活，并将之带入公共领域，创造了新的女性主义词汇，在主流文化中成为显性的现象，如"从报纸和杂志文章到电视连续剧、畅销自传（autobiography）和女性'如何成功'指南，以及所谓的妈妈博客"（Rottenberg，2018：5）。

自由主义本身对公共领域与私人领域的区分给自由主义女性主义思想带来了重大影响。尤其是在公共领域，自由主义的政治主张中已经包容性别差异。这一变化带来的是中产阶级获得一定的话语权之后，女性主义主张中的霸权特征日益凸显。女性主义者更需要关注女性之间的民族、阶级、种族等差异，而不再简单地将女性视为一个对抗父权制的整体。

在凯瑟琳·罗滕伯格（Catherine Rottenberg）看来，新自由主义不仅是一种经济体系，或一系列强调私有化、放宽市场管控的政策，还是"一种占主导地位的政治合理性（rationality）或理性的规范形式，它从国家管理转向主体的内部运作，将个体重新塑造成资本增值的推动者"（2018：7）。这种理性不仅是对自由主义女性主义的冲击，并引起后女性主义的出现，而且还催生了一种新的女性主义形式，即新自由主义女性主义。新自由主义女性主义的深层逻辑和错综复杂的机制是当下女性主义需要面对的问题，其中涉及阶级、种族、民族的问题。

19世纪后半期，随着第一波女性主义的兴起，女性进入公共领域，开始要求获得作为公共主体（public subject）的认可，同时她们也需要在私人领域和公共领域间找到平衡。20世纪90年代和21世纪的前十年被认为是后女性主义时代，人们认为女性主义的目标已经基本实现，不需要再进行大规模的女性运动。女性主义似乎进入了理性新自由主义时代的轨道。21世纪以来，主流文化正在发生变化，政治舞台上再次出现了女性主义的宣言，引起了媒体的关注，也带来了新观点的碰撞，

第 1 章　新时代女性主义思潮

其中，"最突出的问题是为什么受过良好教育的中产阶级女性仍然在努力同时发展事业和抚养孩子"（Rottenberg，2018：10）。在女性主义运动中获益的女性毫不掩饰其女性主义者的身份。女性主义议题也已普及，却与新自由主义和新保守主义的议程媾和，逐渐偏离了女性主义诞生以来的关键术语的内涵，女性主义话语日益与全球的主流意识形态和保守势力的主张相吻合，其质疑和挑战的潜力被削弱，经典的自由主义女性主义逐渐淡出，甚至遭到批判。新自由主义女性主义的兴起是建立在第二波女性主义所代表的自由主义女性主义、第三波女性主义中的选择女性主义（choice feminism）（即女性在家庭和事业中有权做出选择）的基础之上，其核心主张是要达到工作与家庭的平衡，这被认为是"新自由主义女性主义的终极理想"（Rottenberg，2018：13）。

当下主流女性话语的建构，包括各种畅销书、流行杂志的文章、电视媒体、网络博客等都倡导一种家庭与事业平衡的女性形象，这种大女主成为女性奋斗的目标——"一个能够平衡成功事业和令人满意的家庭生活的职业女性"（Rottenberg，2018：14），因此成本效益计算（a cost-benefit calculus）成为女性主义的一个重要议题。新自由主义女性主义通过主流媒体的话语建构塑造女性的欲望、抱负和行为来实现对女性行为的规约，从而形成对女性行为的控制。而在这种话语主导下的女性，其主要构成为年轻有为、有抱负的中产阶级女性。她们接受新自由主义话语，希望构建一种新型的新自由主义治理术（governmentality）来实现自己的主张。新自由主义女性主义所关注的资本分配要求效率最大化，其中中产阶级年轻女性被看作"通用的，而非性别化的人力资本"（Rottenberg，2018：16），超出了性别的限制，成为大市场中一个微小的环节，而且也能让更有能力的女性将家务工作外包。新自由主义合理性（neoliberal rationality）将人们的生活分成不同的区域，重新定义私人领域和公共领域的划分，模糊并重塑了自由主义的概念以及原有的政治边界，其关于劳动力分配模式的观点实际上是对某些类别的女性实行剥削。

新自由主义女性主义具有排他性，尽管其宣称自己为后种族（post-racial），超越了种族歧视，并表达了对性少数群体的友好，其根基和主张源自白人、中产阶级与异性恋群体。女性主义的这种新变体的确支持有色人种、酷儿或者跨性别女性向往的工作与家庭平衡，但实际上，新自由主义与反种族主义（anti-racism）或性少数群体的主张并不相同

(Rottenberg, 2018: 20)。

当新自由主义女性主义的主张成为主流,其他形式的女性主义诉求就被遮蔽,因而增加了追求最大限度的社会正义的难度。女性主义者希望可以从社会正义的愿景出发,在新自由主义时代能够关注边缘群体的脆弱性(vulnerability)。这样,新自由主义女性主义被委以重任,将女性主义打造成"解决不定性(precarity)在全球的分布日益广泛这一问题的工具"(Rottenberg, 2018: 22)。

西方女性主义内涵杂糅,美欧等国的女性主义在政治倾向、主张和发展阶段上都存在较大差异。有学者研究了在美国生活、工作和抚养孩子的法国女性群体,从身处异国的法国女性的自身经历出发,比较两个国家的政策和文化特征。在美国和法国,人们对于政治是否应该参与规范男女关系及实施男女平等都倾向于肯定的答案,但是其效果仍有待考量。尽管学者们的出发点都是追求平等,但其对性别差异和平等抱有不同的看法(Mousli & Roustang-Stoller, 2009: 2)。学者们从家庭与工作问题、对法国平权运动(the parity movement)的认识、跨文化视角下不同时期女性主义及其相关论题(Mousli & Roustang-Stoller, 2009: 2–3)三个角度入手,比较系统地阐释了对性别平等的理解。

法国的公共政策有利于女性进入职场,也使得她们更容易获得享受优质儿童保育服务的机会。亚历山德拉·米戈亚(Alexandra Migoya)探讨了法国和美国文化观点上的差异对女性身体欲望表达的影响。她认为,法国女性因其更自由的性生活成为美国女性羡慕的对象(Mousli & Roustang-Stoller, 2009: 3)。尽管如此,法国女性在就业方面依然面临危机。20世纪70年代以来,美国女性的工作和家庭生活都有很大改观,职业的性别特征也逐渐削弱。在发达国家,配偶之间的平等程度虽然有所提高,但是仍存在改善空间,因此创造更具有灵活性的工作时间表可以赋予两性更多自由,对双方都有益处。克里斯汀·A. 利特尔顿(Christine A. Littleton)关心工作中的女性,她认为,虽然反歧视法是允许女性获得平等职业机会的关键,但是法律也同样有限制女性自由的风险(Mousli & Roustang-Stoller, 2009: 6)。在性别平等的进程取得成效但是已经放缓的当下,政治手段也很重要。在性别平等这一问题上,我们无法区分私人领域和公共领域(Mousli & Roustang-Stoller, 2009: 6)。法国平权运动旨在保证女性和男性在政治上有平等的代表权,但当选女性的人数远少于男性这一事实已经成为学术研究和公共政策的议题，男性被认为比女性更适合成为政治家，而且男女平权未能使女性以和男性平等的身份进入法国政界（Mousli & Roustang-Stoller，2009：7）。但是，平权也可能是美国女性嫉妒法国女性的一个原因，法国平权运动取得了巨大成就，甚至团结了意见相左的个体和群体，但是并没有将种族和族裔问题纳入关于女性政治代表性的讨论范畴（Mousli & Roustang-Stoller，2009：8）。美国和法国的家庭中男女平等的结果喜忧参半，在某种程度上仍停留在传统的性别角色上（Mousli & Roustang-Stoller，2009：9），而在此种背景下，两国重振女性主义的方法还有待考量。平等这一概念面临诸多挑战，对于不同观点的梳理可以展示性别平等问题的重要性，鼓励人们对实现这个目标做出贡献。

1.3.3　新自由主义时代的表演、女性主义和情动

新自由主义女性主义在成为女性主义的一种主流形式之后，在其理论框架之下也出现了更具体的研究领域，其中一个十分重要的领域为话语建构与传播。女性主义者研究如何利用表演（performance）等话语建构方式影响女性的情感认同。戏剧中的女性主义以表演作为行动的表达，通过情感来感染观众，"表演是为了让观众认识到身体的脆弱性"（Diamond et al.，2017：2），使观众对女性主义的主张能够产生更深切的认知，并了解新自由主义对个人自由和个人责任的定义。大卫·哈维（David Harvey）认为，新自由主义旨在恢复"统治阶级权力"的"阶级关系的彻底重构"（Diamond et al.，2017：2）。但是，新自由主义无论对于男性还是女性，都带来薪酬下降、工作无保障，以及工作时长的增加等问题。尽管如此，"勤劳的女企业家仍被媒体誉为后女性主义的赢家"（Diamond et al.，2017：3）。新自由主义在当下女性主义理论中占据主导地位，但是艾琳·戴尔蒙（Elin Diamond）等学者认为，新自由主义"滋生了新保守主义的偏执、新民族主义的侵略，以及一种掩盖了持续存在的同性恋恐惧症和厌女症的失忆性怀旧情结"（Diamond et al.，2017：3）。这就意味着新自由主义女性主义之中同时存在保守与反女性主义的主张。

女性主义问题具有全球性、交叉性和多元化的特征。瑞文·康奈尔（Raewyn Connell）、温迪·布朗、哈维、艾哈迈德和朱迪斯·巴特勒

等众多女性主义学者在"结合新自由主义、情感理论和女性主义表演批评传统"(Diamond et al., 2017: 4)方面尤其显示了其影响力。在世界各地,女性主义者都将表演作为抵抗行为的一部分,"她们的身体在表演中产生了情动、图像、口号和令人愉快的活力"(Diamond et al., 2017: 4),这种反抗形式的具体指向可能是民主政策、过多消耗地球能源的消费主义及新自由主义治理带来的社会压迫,表演中激发出的情感让观众更好地认识社会关系。新自由主义女性主义的行动特征体现了强大的政治意识,"女性主义、表演和情动的联系构成了对当代生活深入、积极的参与"(Diamond et al., 2017: 5),其目的是反对当下社会生活中对弱势群体生存空间的侵占。

在戴尔蒙等学者编辑的论文集《新自由主义时代的表演、女性主义和情动》(*Performance, Feminism and Affect in Neoliberal Times*, 2017)中,"暴力和表演行动主义"("Violence and Performance Activism")部分聚焦拉丁美洲、印度和欧洲等地由艺术家领导的公众抗议,反对政府准许的、针对女性的暴力行为(Diamond et al., 2017: 6)。例如,在印度德里,为反对强奸和谋杀女性的暴力,行动主义者通过表演实践来实现持续性的抵抗。"在新自由主义思想的指导下,国家减少或者撤销了对文化项目的支持,具有强烈女性主义政治意识的表演者可能会有更少的选择。其表达被社会压迫和市场指标所限制,然而她们坚持不懈,努力在这个新自由主义盛行的时刻引起共鸣。"(Diamond et al., 2017: 11)这种推动女性运动前进,并以表演影响人们认知的方式,虽然受到了一定的限制,但是对于族裔、前殖民地民族,以及底层女性来说,仍然具有不可替代的意义。我们在思考女性主义文学时,以戏剧为代表的女性主义实践活动,其存在的背景以及存在的意义也是值得研究的方向。

1.4 流行女性主义和流行厌女症

性别歧视的典型定义是"基于性或性别的偏见或歧视,尤其是针对女性的偏见和歧视"(Ukockis, 2019: 2)。相比之下,厌女症比性别歧视表现更为激烈,其核心定义为对女性的仇恨,隐含着公开和暴力的因素。在美国,性别歧视和厌女症都很普遍,油管(YouTube)和推特上随处可见对女性发表政治观点,甚至只是分享日常生活经历的批判（Ukockis，2019：3）。除了嘲笑政治正确性（political correctness）之外，厌女症观点持有者还将互联网视为威胁女性和色情复仇的场所（Ukockis，2019：4），互联网成为厌女症得以广泛传播的主要途径之一。

传统社会只允许男性进入公共领域，即使到了现代社会，部分人也会用街头骚扰的方式驱赶进入公共领域的女性，工作中的性骚扰也屡见不鲜。针对女性的暴力行为是客体化的一种形式，受到暴力的女性被看作损坏的物品而非人类。而厌恶女性者所施加的残忍有时远远超出对受害者的客体化，伴随非人性化（dehumanization）的是一种侮辱人的快感，而这正说明他们"承认对方的人性"（Iling，2017，转引自 Ukockis，2019：12）。客体化与美丽偏见也有关系，因为外貌往往成为衡量女性价值的首要标准（Ukockis，2019：12），而女性则被男性凝视所困扰。流行厌女症（popular misogyny）以将女性客体化作为达到目的的手段，这体现为"对女性的系统性贬低和非人性化"，而且流行厌女症是网络化的，体现为"各种形式的媒体和日常实践节点的相互联系"（Banet-Weiser，2018：2）。

尽管女性主义的含义也被污名化（stigmatized），但是其对性别平等的呼吁绝不过时，性别的社会建构仍然存在，并且对人们的生活产生强大的影响（Ukockis，2019：20）。性别观念和厌女症仍然存在，将当下定义为后性别时代为时尚早，尽管"女性主义"这个词有诸多内涵，但其本质是寻求性别平等。

女性主义和流行文化的相关性体现为其在流行文化中的表达媒介，如博客、推特等当下流行的商业媒体，而且流行文化中的女性主义也呈现出主张各异的流派。社交媒体中存在以各种标准定义女性的现象，肥胖羞辱和身体羞辱泛滥。在流行文化中，女性主义的主张必然给一些群体带来威胁，因此这些主张所激发出来的反女性主义倾向，可能体现并表达为"恐惧、惶恐、侵略和暴力"等来自父权文化的反弹（Banet-Weiser，2018：2）。

流行女性主义（popular feminism）和流行厌女症之间的关系盘根错节，二者以网络为主要斗争场域，相互对抗，吸引着民众的注意力。当代网络媒体语境表达了流行女性主义和流行厌女症，这是女性主义和厌女症之间长久以来斗争的一个体现（Banet-Weiser，2018：3）。女性主义影响力逐渐增强，如《赋权：流行女性主义和流行厌女症》（*Empowered: Popular Feminism and Popular Misogyny*，2018）一书的作者莎拉·贝纳特-韦瑟（Sarah Banet-Weiser）所说，当它"超越了通常被斥为小众女性主义的飞地"（2018：3）时，在挑战规范和意图维持规范的人之间不可避免地会产生冲突。"厌女症长期以来一直作为一种规范存在，已经根植到社会结构、法律、政策和规范行为中。"（Banet-Weiser, 2018：3）厌女症以常识的形式存在于人们生活的方方面面，规范并影响着人的认知和行为。随着女性主义争取女性权利的主张越来越强势，其所遇到的厌女阻力也随之加剧。

新自由主义关于个人能力的概念，如工作、自信和经济上的成功，让女性主义者希望在空间、工作、欲望、育儿等各个方面都能够扩大自己的权力。而持有厌女观点的人则将女性权力和男性权力看成此消彼长的关系，因此试图通过网络来实现对女性主义的遏制。厌女症不仅在网络等媒体中获得广泛传播，在制度结构中也有体现，如体现在工作场所的"不平等的报酬、性骚扰、无形顶障（glass ceiling）"；在有组织的宗教中持续性地"诋毁女性"；在国家政治领域，女性仍然"经常被打断，被贬低，完全沉默"（Banet-Weiser, 2018：5）。

对流行文化研究中的厌女倾向研究是女性主义者当下涉足的一个重要领域，如贝纳特-韦瑟选择了社交媒体、有线真人秀电视节目（cable reality television show）等具有广泛影响力的例子，分析其中的厌女倾向，揭示其传播具有厌女倾向的女性形象的内在机制；又如，"在2015年'超级碗'（the Super Bowl）年度职业橄榄球大联赛期间播出的'Always#LikeAGirl'运动"（Banet-Weiser, 2018：6）。贝纳特-韦瑟还总结了一些社交媒体上的女性主义运动，如bringbackourgirls、solidarityisfor、yesallwomen、NotOkay、MeToo等表达女性诉求、反对工作场合性骚扰的运动等（Banet-Weiser, 2018：8）。

这些流行文化中的例子背后都有巨大的注意力经济（attention economy）的驱动，学者们将其作为研究对象，让其女性主义的主张得到关注，也使公众关注到西方女性主义实践的广泛时代背景。女性主义运动与厌女症的主张与举措同时发挥作用，在矛盾与斗争中蹒跚前行。流行女性主义以实践性为其主要特征，组织游行，表达激进的主张，其表现形式、传播方式、构成与目标等都是研究的议题。

如上所述，流行女性主义被认为是注意力经济的一个部分。人们的"喜欢""关注""转发"背后都可能是重大的经济利益。前面提到的流行文化中的标签，一开始是女性主义者主张权利的行动，但是很快就被获得利益的行动淹没,如"MeToo很快就有了市场,从饼干到珠宝再到服装,以及试图记录工作场所性骚扰的新应用程序和其他媒体技术的出现"(Banet-Weiser,2018:17)。利润、竞争和消费驱动下的女性主义虽然让性别身份得到关注,但是并不能保证性别、种族和性属等身份类别将不受性别歧视、厌女症以及同性恋恐惧症的束缚。网络的匿名性使社交媒体上针对女性的语言暴力、人身安全威胁和女性主义主张一样得以广泛传播。

流行女性主义试图建立的秩序越来越趋向于新自由主义女性主义,强调诸如自信、自尊和能力等自由主义主张,从而达成了与新自由主义资本主义中对成功的定义的媾和。女性主义者发起的"重新夺回夜晚"[Reclaim the Night (RTN)]以及荡妇游行等行动也是流行女性主义的表现形式之一,其内核依然是关注女性的赋权问题,强调女性的个人属性,这发展了之前女性主义者提出的"个人的即政治的"这一主张,将其理解为"政治的即个人的"(Banet-Weiser,2018:17)。

流行文化中女性主义研究的目的是揭示媒体中被过度性化和商品化的女性、劳动场所中的不平等现象、个人自尊中的性别差异以及对女性身体的监管等。"流行女性主义的历史前身——如反种族主义运动、自由主义女性主义和妇女解放女性主义、LGBTQ运动、第三波女性主义运动和后女性主义——为流行女性主义在当下蓬勃发展提供了必要的条件。"(Banet-Weiser,2018:18)流行女性主义和后女性主义的主张也存在重合之处。当代的媒体和数字时代的特征是可视化(visualization)和可见性(visibility),即人的任何体验都可以以可视化的方式被媒体呈现。在当代媒体的可见性中,"后女性主义和流行女性主义相互纠缠"(Banet-Weiser,2018:20)。前者仍然是女性主义可见的主导力量,而流行女性主义则是对后女性主义起到支撑的作用。

女性主义在过去的50年里一直与厌女症进行较量,尽管如此,也无法阻止女性被视作他者(other)。女性日常经历着厌女症的困扰,女性主义仍旧能带给女性摆脱其影响的力量。

1.5 激进女性主义

激进女性主义关注行动,其目的是凝聚女性行动力,从而持续改变女性生存现状。激进女性主义与女性主义者在20世纪80年代提出的理论相结合，当政治形势发生变化的时候，激进女性主义者开始活跃，并试图通过行动来改变当下的政治现状。激进女性主义的两次蓬勃发展呼应了美国两位右翼总统罗纳德·里根（Ronald Reagan）和特朗普的政府，在英国则是玛格丽特·撒切尔（Margaret Thatcher）和鲍里斯·约翰逊（Boris Johnson）的政府（Grant，2021：1），女性主义者将特朗普当选看成右翼势力抬头和反女性主义运动的逆潮，而女性主义发展的一个趋势是回归女性基本诉求。"女性主义问题，如同工同酬、节育的平等机会、关注女性健康、支持美国宪法修正案第九条、性骚扰概念的存在和支持性骚扰的法律、婚内强奸被定罪及'熟人强奸'概念的引入，都进入了国家意识，有时是国际意识，尽管它们有时与将其变成现实的女性主义者脱钩。"（Grant，2021：2）

激进女性主义主要以行动为其特征，试图以运动改变人们对两性的认知，这类行动包括荡妇游行及网络上的MeToo等彰显女性主义理念、具有影响力的大规模运动。女性主义者根植于现实世界，定期举办活动和集会，为女性发声，反对针对女性的暴力侵害运动，如"重新夺回夜晚"运动，要求保证女性即使在夜晚也能够获得人身安全。然而在印度，针对女性的暴力事件并非个例，而是一种系统性的侵犯，性暴力的最终定罪率非常低。面对这种情况，提升社会关注女性身体安全的意识是激进女性主义运动的目标之一。

学者们对男权社会中存在的性别歧视以及针对女性的暴力表达了忧虑，因为在一些关键的社会领域，如文化、政治、商业、法律、军事和警察领域中，男性占据主导地位。在第二波女性主义运动过后，人们普遍认为，女性主义政治已经过时，女性已经获得了其要求的权利，世界已经全面获得了改变。事实上，女性主义内部也存在不同的声音，有些女性主义者鼓励个人努力，在面对不公时，将原因归咎于个人，而不是性别歧视、种族主义、阶级压迫或者恐同等因素。然而，激进女性主义者则认为，只有集体的行动才能够改变社会中的系统性压迫。因此，她们将针对女性的暴力定义为"强奸、家庭虐待、强迫婚姻、性侵犯、儿童性虐待、跟踪、卖淫中的性剥削和拐卖卖淫、女性生殖器切割和所谓的'荣誉犯罪'（honor crime）"（Makay，2015：9）。

针对女性的暴力不仅作用于身体，也体现在政治领域，被认为是父权统治的基础。"这种女性主义学派认为，男性对女性的暴力行为既是男性至上和女性自卑的原因，也是其结果，同时将其视为父权制的征候"，即"虽然男性暴力确实是父权制的一种直截了当的血腥症状，但同时也是支撑父权制的基础"（Makay，2015：11）。激进女性主义将男性暴力看作一种社会控制形式，一种广泛针对女性的暴力，如对女性自由和人格的限制影响着整个社会的女性。当新自由主义影响下的女性主义将家庭虐待和性暴力看作私人空间的事件时，英国的女性激进主义者则将其视作社会问题，并且有组织地对受害女性施以援手。20世纪90年代，欧洲爆发了游行和抗议行动，并且得到了其他国家女性的支持，成为全球性的女性主义行动。

对于两性的角色认识问题，女性主义内部也存在分歧，如是否将跨性别者、变性者或性别酷儿（genderqueer）纳入女性主义范畴。然而，这些都是激进女性主义者持有反对意见的领域。种族背景、母语、年龄、性取向、社会阶层背景、性别认同、身体健康程度，以及经济地位的差异都会带来女性主义者诉求的差异。

当下的激进女性主义能够利用网络的传播来实现集体的、实时的、以女性为主体的抗议行动，并能够建立具有共同激进理念的群体。调查发现，强奸的定罪率只有约6%，而且有1/4的英国女性生活在家庭暴力中（Makay，2015：23）。"重新夺回夜晚"和荡妇游行等具有影响力的女性主义运动的目的是反对针对受害者的指责，即受害者有罪的推定。美国"新左派、民权、黑人权力、同性恋解放和反战组织的兴起都带来了英国第二波女性主义的高涨"（Makay，2015：28）。英国女性主义者创办了众多杂志来宣传女性主义主张，对抗并试图改变针对女性的暴力现状。

酷儿理论本身是新生代女性主义者的标签，她们拒绝将性别分为男女两性，认为这种划分是狭隘的，因此酷儿被视作一个具有包容性的描述词，它按照性取向和心理认同来划分人群，包括跨性别者、同性恋、双性恋。跨性别打破了二元划分，"指代那些认为自己属于非性别（non-gender）规范或非二元（non-binary）的人，这意味着任何不按照主流方式将自己的表现或身份定义为女性或男性的人跨越了性别界限"（Makay，2015：31）。

卡尔·乌尔里希（Karl Ulrichs）在19世纪60年代将男人之间的欲望解释为"女性的灵魂被封闭在男性的身体里"（Heaney，2017：3），这样的说法构成了20世纪对跨性经历的普遍理解。但是，跨性者通常认为自己的男性器官是另一种形式的女性身体，打破了对女性身份的顺式（cis）理解，即身体性别决定其身份的理解。"通过被困在男性身体里的女性的医学隐喻，性学家将跨性女性的多样化经历凝练成这种单一的受困形象，随后，小说家和理论家将其纳入关于性别、欲望和历史变迁的虚构和理论叙事中。"（Heaney，2017：5）基于这种对跨性女性气质（transfemininity）的单一定义追溯跨性主义的历史进程，我们可以看出跨性女性存在（trans feminine existence）恰恰说明人们对性身份（sex identity）类别的定义是随着时间而变化的。随着乌尔里希的观点被重新评估，生殖系统作为性身份的判断标准也被颠覆，"对顺式逻辑（cis logic）提出挑战的是跨性女性的多样性生活，而不是现代主义时期在内分泌学和生殖器手术方面的技术创新"（Heaney，2017：6）。在对性的理解发生历史性变化的时刻，有两种文化形态对维护跨性女性话语尤为重要：首先是现代主义性学（sexology）和精神分析以及文学文本的发展使得两性的定义被颠覆；其次是20世纪90年代初，酷儿理论文本强化了现代主义者在跨性生活医学化时期所创造的跨性女性寓言的形象假设。性学家、精神分析学家、现代主义小说家和酷儿理论家重塑了跨性女性，使其超越了顺式性别的定义，人们在20世纪对跨性女性的顺式假设和跨性女性对此种假设的质疑是要重点研究的内容（Heaney，2017：6）。现代主义时期有关跨性女性的文学文本体现了关于性与性别认知的变化，而跨性女性自己对于身体的理解与定义使这一群体脱离了文学和理论的范畴，发出了自己的声音，建构了跨性女性独特的文化领域。20世纪后期，酷儿理论对跨性女性作为象征符号的运用也是此类研究的重要组成部分，这颠覆了性别的二元结构，进而打破了女性顺式范畴的定义。

在现存的性别和生物性别（biological sex）的分类受到全方位质疑的今天，间性者（intersex）群体正在主张获得更大的自决权（self-determination），蓬勃发展的酷儿运动则致力于性别解构的实践。长期以来，女性主义思想家一直认为，解决性别问题的最佳途径是挑战性别分类。克里斯汀·德尔菲（Christine Delphy）认为："也许只有在我们能够想象非性别的那一天，我们才能真正思考性别问题。"（1993：9，转引自Nicholas，2014：2）近年来，学者基于酷儿理论提出对二元身份的解构，思考这种解构对积极的伦理或社会性（sociality）的支撑作用、性/性别差异的解构与消除对个体的益处，以及构建后性别伦理（post-gender ethics)的意义。一些理论家探讨性别构成与运作的社会根源,如朱迪斯·巴特勒、苏珊妮·凯斯勒(Suzanne Kessler)、温迪·麦肯纳(Wendy McKenna)、坎迪斯·韦斯特(Candace West)、唐·H. 齐默尔曼(Don H. Zimmerman),以及莎拉·芬斯特马克尔(Sarah Fenstermaker),她们都挖掘了性/性别的构成和相互作用的力量(Nicholas, 2014: 3)。但是,思想家们也会质疑完全超越性别的可取性。随着性别理论与生物学的交叉,人们开始对生物性别差异进行更复杂的本体论解释,并考虑这种差异的社会影响,她们的思想会被归类为新物质主义(new materialism)、女性主义身体物质主义(feminist corpomaterialism)或后建构主义(post-constructionism)等,这些思想家认为,生物二态性(biological dimorphism)实际上是性别化的社会理想,这一观点将文化塑造身体发展的可能性纳入考量范畴,对身份重构意义重大(Nicholas, 2014: 3-4)。虽然出现了关于性/性别本质的研究,但是"终结性别"的政治呼吁仍旧罕见,因为相当一部分人的论述往往是乌托邦(Utopia)愿景而缺乏对存在(being)或生物学的本质的明确论述(Nicholas, 2014: 4)。露西·尼古拉斯(Lucy Nicholas)采用塞拉·本哈比(Seyla Benhabib)称之为解释-诊断(explanatory-diagnostic)和预期-乌托邦批判(anticipatory-utopian critique)的形式(1985: 405,转引自 Nicholas, 2014: 4),以为什么"性关系被体验为一种差异和对立……(这是否)必要?"(Heinamaa, 1999: 115, 转引自 Nicholas, 2014: 4)为核心问题进行理论研究,发展一种雌雄同体(androgynous)但不同质的思维方式,对一种可能且更可取的身份认同/认可模式做出全面和面向实践的考虑(Nicholas, 2014: 5)。

尼古拉斯将研究定位在酷儿理论的框架下,"试图将对性属和性别的解构延伸到重建伦理学"(Nicholas, 2014: 5)。1991年,迈克尔·沃纳(Michael Warner)在名为《对酷儿星球的恐惧》("Fear of a Queer Planet")一文里创造了术语"异性恋规范"(heteronormativity),表明社会对异性恋的稳定性和规范性的认可,以及对异性恋的维护和促进(Nicholas, 2014: 6)。酷儿理论不仅涉及性属,也涉及性/性别,因为它认为,二元规范构建的两种文化类别彼此依存,如果没有固定的性别,就无法定义自己的性取向(Nicholas, 2014: 6)。异性恋规范的概念与早期女性主义思想的相似之处在波伏娃的《第二性》中有所体现。二元性别主义(bigenderism)的定义在一定程度上主导人们理解性别的方式,即使对它的挑战也往往诉诸对立的差异。酷儿理论提倡的多元性也会被误解为一种立场或批判的冲动,而非一种身份或者积极的理论。尼古拉斯认为,通过酷儿理论在解构身份的过程中发展的新见解,可以为一种新的、可行的思维模式和社会性提供参考(Nicholas,2014:7)。她希望将性差异看作一种构建和生产身体的社会模式,提出可以基于非二元本体论来理解身体,这是另一种理解自我的方式,能够支撑"真正雌雄同体、非二元、后性别、后性别伦理的伦理论证"(Nicholas,2014:8)。尼古拉斯主张摒弃性/性别身份,这是其研究的出发点。她认为,二元对立的性/性别差异对受其影响的人造成了象征性暴力,而对性/性别的解构"开始质疑对女性主义政治理论化的基础性限制,实现不仅对性别和身体,还包括政治本身的其他规划"(Butler,2007:194,转引自Nicholas,2014:16),最终重构伦理自我(ethical self)。

女性主义者和酷儿研究者往往用非传统的方式颠覆规范,也会采用诸如弗兰肯斯坦的新娘这样反传统的女性形象来达成自己的目标。女性的性别被西方文化中母性和其他照顾者(caretaker)的想象所定义,这导致女性需要用化妆品维系其符合社会定义的女性外表。女性主义者利用各种媒介和手段来揭示社会话语对女性气质的建构。例如,阿利·凯特摄影(Alley Kat Photography)拍摄的弗兰肯斯坦新娘的日常活动,呈现了一位被人为制造、拼合在一起的女性形象,从而抨击了电影叙事中的女性规范。新娘的白色底妆暗示化妆所带来的女性气质和白皮肤,"她的技术与人造身体(technological and prosthetic body)由医疗、摄影、美容等手段生产而成,这破坏了女性气质与真实自然状态的联系"(White,2015:2)。然而,弗兰肯斯坦的新娘有别于传统的新娘,其形象凸显了这种生产性,表达了女性的反抗,女性将自己生产为主体。与之类似,在网络上交流和分享化妆品等事情的全职妈妈和新娘也在女性传统的范畴内解构了性别规范。

米歇尔·怀特(Michele White)在其研究中以网站文本和设计、女性互联网推文和多媒体产品、新闻报道和学术文献为分析对象,重新设定女性气质和立场,指出传统的女性家庭生活在互联网中得到扩展的同时,也颠覆了对女性的传统定义(2015:3)。文本细读(close reading of text)在互联网时代被改良,可以用来研究网站中图像元素的排列和组合等,并将其运用在对女性个体的探索、分析女性被性别化的过程中。例如,人们依据从左至右的阅读习惯,将网站的浅色皮肤放在深色皮肤

第 1 章 新时代女性主义思潮

的右侧,从而隐晦地传达身份等级观念,类似做法也被用来凸显男性和男性特质(White,2015:5)。此外,女性主义者对西方标准的女性气质表达反感,因为女性不得不接受媒体施加的对女性美的定义及对其行为的控制。互联网将技术和白人异性恋男性联系在一起,从而排除了关于女性及女性气质的内容(White,2015:9)。例如,拥有更多女性用户的脸书,其员工大多为男性,他们用白人男性的图标代表理想用户,此外,脸书还被用来在传统女性气质的框架下谴责和羞辱女性(White,2015:10)。新家庭生活运动(New Domesticity)的概念则受到争议,芭芭拉·韦尔特(Barbara Welter)认为,19 世纪的家庭生活限制了女性的权利、能力及发展(White,2015:12)。新家庭生活的从业者试图通过个人和家庭中的劳动来创造价值,但她们仍被困囿于家庭的环境中,从事手工业工作。女性尽管具有创造性和解放性,其能力仍被刻板印象化。虽然互联网的功能和赋权偏向男性气质,但是女性仍然可以通过互联网发出反对的声音,将技术和女性的主体联系在一起。女性在互联网上生产文化,这有助于女性主义的发展。同时,互联网发展了生产女性(producing women)的概念,人们通过研究女性在互联网上的价值发挥,依靠传统观念突破文化概念,可以为女性提供参与和反思身份和文化生产的方法(White,2015:25)。

女性发起全球性、周期性的游行来应对针对女性的性侵犯,提升人们对性暴力的认知。这种游行借着互联网得以在世界范围内广泛流传,成为全球规模的运动,体现了新时代女性主义的发展。女性主义者研究互联网等媒体中的女性主义表达,挑战性别歧视、厌女症和强奸文化。"虽然主流新闻无疑仍然是人们了解和理解现代抗议的重要载体,但博客、在线杂志和社交媒体平台的兴起开辟了需要更多研究的新空间。"(Mendes,2015:2)抗议游行首先在加拿大和美国兴起,并传播到英国、澳大利亚、新加坡、新西兰、南非以及其他非西方和非英语国家。其诉求包括改变强奸文化中受害者有罪的推定,改变荡妇(slut)的定义,抵制强奸文化,改善现行的司法和警察体系,提高公众对性暴力的认识并为幸存者提供支持和帮助,尊重个人的选择,争取女性权利,并包容所有性别、年龄、种族、阶级和性取向。这一运动的目的是反抗父权制下的强奸文化。强奸文化是指"男性主导地位被色情化的社会文化背景"(Herman,1978,转引自 Mendes,2015:5),将强奸视为合法,认为两性关系中男性侵略性是健康和正常的。这种文化将针对女性暴力的责任转嫁到受害者身上,从而减轻施暴者的罪责。

一些文化中存在荣誉杀害(honor killing)、街头骚扰、强奸笑话、色情图片发布等形式的针对女性的暴力。因而,针对女性承受的暴力开展的源自民间的全球性运动也吸引了主流媒体的关注。女性主义者讨论了社交网络的发展对这一运动所起到的推动作用。当然,这一运动更多发生在前英属殖民地,有色人种女性则认为,这一运动将其边缘化。此外,脸书等社交媒体平台虽然有助于招募组织者和参与者,但是也让她们成为网络攻击的目标,因此网络平台成为女性主义话语和反女性主义话语的交锋之处,女性主义者在研究中也关注攻击性语言的话语分析,试图揭示其中的规律与逻辑。

文化产业以性感女性理想为基础构建故事和图像(Zoonen,2015:xii)。社交媒体一方面为女性主义的发展提供了平台;另一方面,也被反对者利用来让女性噤声,"在一些社交媒体上,可以看到恶意发帖人(troll)、霸凌者(bully)和其他滋事者(griefer)的强烈反对,他们试图让所有女性,尤其是那些自称女性主义者的人噤声"(Zoonen,2015:xiii)。当代文化将女性的成功定义为女性的性感身体和暴露衣着,流行文化对女性的规范通过社交媒体建立起来并影响女性认同,而女性话语也相应地在流行文化中建构、传播并且被接受。女性主义者在研究中结合政治科学、媒体与文化等领域,探讨流行文化中女性的不同表现形式,揭示了媒体试图构建女性特有的刻板印象,以此满足特定的政治需求机制。

酷儿政治是女性主义衍生出来的一个领域,它植根于女性主义对传统性属规范性的质疑。酷儿政治在后殖民的语境下则关注前殖民地中同性恋等反规范的行为,同时也揭示其中的暴力因素。酷儿政治关注性异常者(sexual deviant)或性变态者(sexual pervert)等边缘化群体及其中蕴含的反霸权动力。但是,在内维尔·霍德(Neville Hoad)等学者看来,这种性变态者形象的塑造是一种表达发展受阻、发育迟缓、堕落和颓废的实例(Rao,2020:1)。在延续酷儿理论(queer theory)反对规范的斗争中,学者们关注殖民主义之后各种酷儿政治的时间性,即进行酷儿政治发展历史的研究。例如,1950年,乌干达刑法将同性恋定义为犯罪,这被认为是英国殖民刑法的遗产,是英国殖民时期建立并留存的道德观念。除了殖民影响之外,这种反同性恋的倾向也与美国的福音运动(evangelical movement)有关(Rao,2020:4)。以乌干达为例,除了国家以法律和宪法来限制同性恋之外,也存在使用其他污名化手段来打击同性恋的行为。

酷儿政治不仅仅是西方国家的独有现象,考虑其产生的文化语境及其反抗规范的力量,在其他国家和文化中也被视作批判主流话语的方式。如种姓制度(caste system)根深蒂固的印度一度受到英国殖民统治的影响,也产生了一系列反鸡奸法。在法律历史的研究中,我们也可以看到这种影响在前殖民地的存续。

酷儿政治的视角为前殖民地国家历史的研究提供了审视当地社会文化的理论支撑。但是,第三世界的学者们也需要警惕酷儿政治中内生的西方新自由主义资本主义的意识形态对当地文化的冲击。酷儿政治也被用来解读自杀式炸弹袭击者的反殖民行动。自杀式炸弹袭击者以摧毁身体的方式来针对占领其领土的殖民地当局,试图借此实现独立的后殖民国家的愿景。他们"不是通过制度化的政治渠道或口头谈判进行工作,而是利用肉体摧毁自己和他人"(McCormack,2014:1)。从逻辑上讲,血肉之躯证明了国家和个人的持续压迫、反抗压迫者的团结和力量,以及必须以共同目标取代一切个人需求的斗争方式。"这种斗争、战争和暴力与民族主义相结合,反过来往往又产生一个基于一系列排斥的政权,其中包括殖民前的理想、异性恋的婚姻和生育以及种族、生物和文化起源的纯粹性。"(McCormack,2014:2)在《酷儿后殖民叙事与见证伦理》(Queer Postcolonial Narratives and the Ethics of Witnessing,2014)中,唐娜·麦考马克(Donna McCormack)通过阐述幸存者的故事,希望他们可以在减轻历史负担的同时防止类似事件的再次发生,让听众见证未阐明的、未知的和不可言说的历史(2014:2)。酷儿后殖民叙事严肃地看待身体的作用,以及身体传达未被或无法用语言表达的能力和欲望。麦考马克聚焦那些遭受殖民和家庭暴力的人,分析他们依靠身体、让身体参与分享不可言说之创伤(trauma)的创造性和破坏性。她探讨了重复对酷儿后殖民叙事的重要性,指出创伤研究采用了表演性理论来描述创伤叙事和经历的重复结构(McCormack,2014:4),挑战规范性的可塑性,抵制更多规范性的稳定性。酷儿后殖民叙事试图捕捉殖民监视和控制技术对具身存在(embodied being)最私密体验的关注,酷儿后殖民历史关注读者反应,从而修订叙事。酷儿后殖民性(queer postcoloniality)与其说是一种分类模式,不如说是阅读过程的一种方法,阅读在文本中被重置,这些文本呼吁读者对所讲述的故事及边缘化群体的可生存性（livability）负责，此外，文本也影响自我和他者的关系，以及生产知识的模式（McCormack，2014：5-6）。上述研究进一步说明了女性主义发展的方向已经超出了两性关系，其反二元的倾向所蕴含的力量被进一步拓展。

本章回顾了过去十年女性主义思潮引人关注的方面，并介绍了女性主义的新发展、第四波女性主义的起源以及正在进行的议题。21世纪以来，新的媒体技术将网络作为传播女性主义主张更为广泛的平台，而且它也成为女性主义逆潮和厌女症发声的媒介。激进女性主义以其行动力为标志，借助网络平台在世界范围内传播。酷儿政治根植于女性主义，又与后殖民理论结合，作为研究前殖民地性别政治的切入点，成为研究西方国家霸权与前殖民地的殖民遗产的理论工具之一。

第 2 章
女性身体哲学的发展

女性主义身体哲学在将女性的身体视作意识形态作用场的基础上，研究针对女性身体的暴力及在全球化的语境中针对女性的跨国暴力，也开始重视之前女性主义身体研究一度被忽视的方向，如女性残疾的身体和衰老的身体、性别的社会话语建构及消费主义的影响等，这些研究都推进了女性主义身体哲学的发展。女性衰老身体的研究在面对当下老龄化严重的社会问题时，关注反映老年女性的文学，探讨处于不同生命阶段的女性的精神世界与生活，这也是文学研究十分重要的内容。当下老龄女性试图通过改变容貌，努力减少年龄的痕迹，以期被公众接受。这种焦虑情绪的书写和研究将曾经隐身或被污名化的群体带入公众视野。

1. 女性的身体与具身性

女性主义理论和哲学持续关注女性的身体和具身（embodiment）。尽管女性主义的研究已经延续了几十年的时间，但是女性身体的象征意义仍然饱受争议。新时代的女性主义运用现象学、实用主义（pragmatism）和新物质主义等哲学方法研究女性身体。学者们分析全球化和新自由主义世界中的新技术和新政策问题，推进女性主义对身体的研究，特别是脆弱性及其他与女性身体相关的未被触及的领域。蒂金斯·迈耶斯（Tietjens Meyers）讨论了全球性贩运（sex trafficking）的现象，并指出女性身体的贩运和剥削对女性具身产生了直接的影响（Fischer & Dolezal, 2018:2）。由于跨国经济差异的存在，性贩运和代孕（surrogacy）中的女性仍旧缺乏人权保护，而新物质主义的方法打破了传统的二元论观点，这为思考身体问题提供了新的理论框架。此外，对于女性具身的研究也反映出女性主义学术界对脆弱性的关注。女性主义试图打破西方传统对肉身存在的否认所带来的逃避脆弱（Bergoffen，2016），正视女性的脆弱性问题，认为其产生的原因不只在于女性身体相对于男性的脆弱，更重要的是女性身体受到社会政治力量中权力关系的"直接控制"（Foucault，1979：25，转引自 Fischer & Dolezal，2018：3），致使女性遭受的性暴力在公共话语中被否认。具身的脆弱性既来自彼此的接触，也来自社会条件和制度。女性作为具身主体（embodied subject）的地位仍受到质疑，生育权利和性暴力等问题依然是痼疾，因而从多种角度探讨女性性别化身体的地位仍旧是十分紧迫的问题。

2. 现象学视角下的女性身体感知

身体作为女性主义关注的核心之一，一直被视作各种意识形态作用的场域。新时代女性主义理论的发展不仅关注并论证女性欲望的正当性，更是将其拓展到现象学的研究。身体意象（body image）隐喻的发展也为女性主义文学开拓了新的方向。身体意象表达身体与世界的互动是理解人的同一性的核心。当代神经学、心理学和现象学在定义身体意象时各有侧重，有的明确区分了身体意象和身体图式（body schema），前者指"对我的身体及其可能性的有意识的反射"，后者为前反射的但"使身体能够执行身体任务的动态组织（dynamic organization）"（Weiss，1999：2，转引自 Olkowski & Fielding，2017：xxix）。莫里斯·梅洛-庞蒂（Maurice Merleau-Ponty）并未明确区分身体意象和身体图式，在其理论框架下，有意识的意象产生于前反射的身体，并与之交融。他质疑精神和身体、内部和外部的二元结构，认为具身主体的结构中并无明显区别。如现象学家盖尔·维斯（Gail Weiss）所说，身体意象"既非个体的建构，也非一系列有意识选择的结果，而是一个有自身记忆、习惯和意义范畴的活跃的媒介"（1999：3，转引自 Olkowski & Fielding，2017：xxix），是一个等价系统（system of equivalences），允许我们转换某些"运动任务"，并在个人和世界的整个有意义的交织网络中被理解。也就是说，"身体图式不仅仅是我的身体的体验，还是我的身体在世界中的体验"（Merleau-Ponty，2012：142，转引自 Olkowski & Fielding，2017：xxix），这意味着感觉和运动不可分割。

女性主义发展至今，关于身体和身份的重要理论包括朱迪斯·巴特勒的性别表演性、伊芙·塞奇威克（Eve Sedgwick）的新分类法（new taxonomies)、卡罗尔·万斯（Carole Vance）的愉悦与危险的色情配对（erotic paring of pleasure and danger）等女性主义酷儿理论概念，以及关于少数非规范性别和性身份的相关论述。此外，性别表达和欲望的流动性在性别酷儿身份和政治中得以体现（Melzer，2006：28）。

20世纪后期开始，关于女性主义和身体研究的出版物激增，覆盖女性身体的各个方面，包括怀孕、分娩、月经、更年期、生殖技术等。在研究这些女性主义理论时，学者们批判了科学和医学的学科框架，以及诸如贱斥（abjection）、女性渗漏的身体（women's leaky bodies）等关键概念，探讨女性身体被削弱的方式，尤其是饮食失调和整容手术。女性通过调整饮食、整容手术、健身等控制自己的身体形态，这也体现了文化对女性身体的约束和塑造。女性主义者研究了公共／私人差异（public/private divide）这一核心问题，并讨论了政治体（body politic）的概念，特别关注女性和法律问题。此外，对健美、日本音乐剧、马戏团、表演艺术等案例中健康身体及其运动的研究，揭示了作为男性凝视对象的女性身体相互矛盾的文化观念（Brook，2014：xiii）。对这些问题的女性主义解读有助于识别对女性身体的规训及关于女性气质的讨论。

3. 图像文化中的具身自我

我们处于图像信息爆炸的时代，无论是电视、电影，还是互联网上的各种媒体，都带来标准的、理想的女性身体形象。女性主义学者对于图像文化带给女性身体的压力，尤其是凝视的潜移默化的规约作用，一直心存警惕。卡拉·赖斯（Carla Rice）认为，美容行业通过激发女性对身体的焦虑实现对其心理的控制，并且探讨"美丽神话"存在的原因。消费、个人主义和媒体驱动的文化使得女孩将身体作为身份和自我塑造的一部分，身体也相应地成为女性的障碍和痛苦的来源。越来越多的青少年由于对身体的过分关注而受到饮食问题的困扰，如"27%的加拿大女中学生面临饮食失调的问题"（Rice，2014：3）。而利润丰厚且覆盖全球的美容行业利用并扩大了女性的隐秘愿望和对身体的焦虑，不断扩大消费市场、推出产品并获取更高的利润。

赖斯访谈了近百名20~45岁的普通加拿大女性，她们的社会阶层、种族背景、职业、体型、身体健康程度等各不相同。这些女性在充斥着图像的世界长大，视觉技术、整容手术等改造外表的手段日益多样化，她们多数在 20 世纪 70 年代末至 90 年代初成年，受激进的女性主义运动影响较小，是经常被忽略的一个群体。赖斯探讨了文化误现（cultural misrepresentation）对普通加拿大女性认知的影响，以及她们如何在身体话语的影响下成长为女性，又是如何在文化传递的信息中塑造身体自我（bodily self）的意识。社会话语对女性的自我认知和身体产生的压力促使其采取应对措施。传统观念和大众媒体塑造的女性形象根深蒂固，促使女性对于"理想女性"产生认同。但是，文化理论学者吉尔认为，从外部的男性评判凝视到内部的自我监管凝视的转变，可能意味着一种更深层次的操纵，促使女性审视自己（Gill，2007：151，转引自 Rice，2014：7-8）。公众凝视中的女性同时也是凝视者，她们也会通过自我调节与身体达成和解。赖斯的研究汇聚了不同女性的声音，有色人种女性和残疾女性也参与对话，力求打破对自身的刻板印象和观念。她对处在第二波和第三波女性主义之间这一特定历史时期的一代女性进行研究，关注她们在文化图像（cultural images）的冲击下如何成为女性（becoming women）。赖斯提出的一个关键问题是："参与者在面对严格的身体标准时，如何寻找并争取一个可接受的自我。"（Rice，2014：16）她认为，女性的自我追寻是一个持续的过程。身体作为人存在的载体与自我密切相关，具身自我（embodied self）意味着"自我通过身体被表达/物质化（materialized），赋予身体的意义必然又塑造自我"（Rice，2014：17）。

赖斯的研究聚焦身体意象和具身的相关问题，从社会、文化和经济的视角分析女性身体认知和实践，重点突出一度被忽视的有色人种女性和残疾女性，引入身体形成（body becoming）和新物质主义理论框架来纠正早期女性主义研究方法，并提出新的具身形成（embodied becoming）批评理论，挑战传统的人类发展理论。赖斯从具身自我出发，创造出开放式的身体自我形成的故事，指出具身自我的形成由历史和社会建构而成。她阐述了图像文化中性别化和性化对身体意识的影响、身体和外貌对身份的塑造、文化对青春期女性意识形态及衡量女性身体标准的塑造，认为商业化社会利用女性的塑造为消费主义和利益化服务。

4. 受到监控和规训的女性身体

女性身体受政治、宗教等意识形态的影响，女性成为母亲及堕胎等

第 2 章 女性身体哲学的发展

母性权利涉及女性主体性的问题,这是女性欲望的体现,但却受到宗教和法律的控制。不同地域的跨国女性主义叙事秉承了钱德拉·塔尔帕德·莫汉蒂(Chandra Talpade Mohanty)的无国界女性主义(feminism without borders)的精神,超越了女性的国别差异,雄心勃勃地要将种族、性别和阶级纳入理论框架和批评实践中。例如,对于劳动阶级女性或者非洲裔美国女性来说,她们由于阶级地位和肤色而遭受身体暴力的概率陡增。而这种暴力会被认为对这类女性伤害性不强,尤其是将白人女性作为参照的时候,似乎族裔女性或者劳动阶级女性的身体更低贱。她们即使受伤并受到暴力的胁迫,也可以忽略不计,身体因此被加诸等级和价值高低。

后殖民女性主义(postcolonial feminism)理论的发展在文学批评领域已经不再停留在理论层面,而是更为深入,能够与文本深度融合,后殖民理论和女性主义成为相互促进、并行发展的跨学科研究领域。诸多后殖民批评家都关注了针对女性身体的暴力,如弗朗茨·法农(Frantz Fanon)、爱德华·萨义德(Edward Said)、斯皮瓦克、艾琳·格达洛夫(Irene Gdalof)、安·劳拉·斯多勒(Ann Laura Stoler)、劳拉·E. 唐纳森(Laura E. Donaldson)、詹妮·夏普(Jenny Sharpe)和南希·L. 帕克斯顿(Nancy L. Paxton)等。实际上,女性的身体一直是殖民/反殖民、帝国主义/反帝国主义话语的场域(Thompson & Gunne, 2010: 6)。女性常常被看作国家的隐喻,因此无论是对帝国主义还是反帝国主义的男性来说,强奸都是一种意识形态的工具。

美国"9·11"事件之后,其社会思潮的基调发生了变化,政治趋于保守,体现为超越保守主义,转向反动的威权政治。亨利·吉鲁(Henry Giroux)将这种转变称为"威权主义(authoritarianism)的新模式"(Lugo-Lugo & Bloodsworth-Lugo, 2017: viii)。这种话语在特定社会群体中具有相当的影响力。这是一种为公共政策和立法工作服务的话语,从而对特定群体产生重大影响,其影响包括"女性及其身体、生殖能力、经济可能性和总体安全"(Lugo-Lugo & Bloodsworth-Lugo, 2017: viii)。2022 年,美国反堕胎法案的通过便是这种意识形态斗争的体现。

国家对于女性身体实施权力控制,如美国推翻"洛伊诉韦德案"(Roe v. Wade)的判决,其争论的焦点是胎儿是否为独立的个体,并拥有生命权。美国学者罗纳德·M. 德沃金(Ronald M. Dworkin)从人类生命的内在价值的视角论证堕胎的合理性,"我认为女性主义的观点与研究,其立论根据不只在于她们不认为胎儿是个人,或者她们认为堕胎是可容许的;同时也在于她们对于人类生命之内在价值的积极关心"(2013:62)。关于女性的身体自主权及对作为胎儿"容器"的身体的认知一直以来都存在争论。美国不同的州对于堕胎权的控制可以被解读为对胎儿生命权的认可,但也是对女性身体生育选择权的否定。

女性对于自己身体的控制体现在堕胎的抉择权上,这不仅涉及女性和腹中胎儿的主体性界定问题,也关系到"人类生命是否、为何、如何具有内在价值"(德沃金,2013:193)的问题。无论是有神论者还是无神论者,人们对于人类生命的意义都有其信念,因而影响其对女性身体与胎儿生命的判断。因此,女性是否可以自主决定成为母亲、是否可以堕胎这一社会问题最终上升到伦理抉择的问题,而伦理会因为文化的差异而对女性构成约束。这也是女性主义理论研究的一个重要方面。

生育问题也受到宗教教义和法律的影响。罗尼特·厄萨伊(Ronit Irshai)研究了犹太律法,讨论了宗教律法对女性身体的约束及对女性身体和生育权的控制。她解构了犹太律法表面上的客观性,揭示了律法中的男性视角和性别偏见。例如,不允许男性聆听女性唱歌,其中的逻辑是将女性的声音认定为有诱惑力的。该规定表面上是约束男性的行为,实际上隐含了对女性的认知和定义,将女性客体化。运用女性主义理论分析犹太律法中关于生育、节育和堕胎的论述,我们可以揭示关于女性身体的认知及对女性身体的定义。法律中关于生育、节育和堕胎的规定实际上强调了女性的生育价值,并没有考虑其作为个体的价值和主体性,其中的关键词是"侵入式",即公共权力侵入个人的权力空间。

弗朗索瓦丝·韦尔斯(Françoise Vergès)聚焦去殖民女性主义(decolonial feminism)这一方向,该研究的语境是当下争取全面解放的斗争,反父权制、反种族主义、反资本主义、反帝国主义的长期斗争,以及南半球的女性主义理论和实践(2021:ix)。韦尔斯研究的起因是巴黎北站火车站的黑人和棕色人种女性清洁工人举行的罢工。以女性罢工为起点,她讨论了"实践中的社会冲突",以及这种社会冲突"如何将存在的不定性(precarity of existence)政治化,使其成为与权力剥夺(dispossession)和压榨密不可分的一部分"(Gago,2020:17,转引自Vergès,2021:ix),阐明其对文明女性主义(civilizational feminism)激进的批判立场。当下世界的人们关注去殖民化(decolonization),致力于构建一个后种族、后资本主义和后帝国主义,因此也是后异性恋父权制(post-heteropatriarchy)的世界。这种女性主义的分析立场实际上体现了后殖民女性主义的诉求。无论是资本、殖民、种族主义还是异性恋父权制(heteropatriarchy),都并非某一历史时期出现的独立系统,而是相互交错、互相构建的系统。"资本是殖民者,正如其也是异性恋父权制和种族主义者。"(Bohrer,2021:xiii)

女性主义对女性身体的关注涉及哲学中梅洛-庞蒂探讨的身体感知、身体图式、身体与空间互动等领域。其对身体的关注并非本质主义的,即生物学上的差异,而是结合社会角色以及女性特有的繁衍与生育的功能。对生育的控制表达了女性身体的社会属性,即女性怀孕与堕胎受到了法律、宗教的干预。

身体书写是女性主义理论中十分重要的一个方面。学者们将女性主义身体理论与后殖民话语结合,研究第三世界女性在恐怖与暴力中身体被客体化的主题。也有学者将帝国主义的统治看成对被殖民土地的暴力入侵,分析了强奸隐喻的使用。女性主义的身体哲学也以挑战身体二元论的质疑精神来探讨残疾(disability)与正常的划分,将女性的残疾叙事纳入女性主义文学的研究范畴。女性主义哲学关注女性的欲望表达,探讨不同族裔女性的欲望被主流意识形态控制,受到扭曲而变得面目全非的境况。身体研究也将目光投向族裔女性的有色身体,分析这些女性被用作医学实验,甚至在不知情的情况下被施以节育措施,被剥夺了生育权背后的性别与种族因素。在这种背景下探讨文学作品中族裔女性的身体和医学伦理,体现了伦理、医学、性别之间的跨学科结合,将女性主义身体哲学纳入更广阔的领域,拓展了研究的视野,也具有更强的改变现实的力量。它们相互影响、相互构成,形成了新的主体认知,带来了性别和性属概念的持续性变化。

5. 技术与身体

当今时代见证了身体技术与媒体技术的快速发展与融合。"随着肉身(corporealities)、媒体和机器越来越多地参与并陷入相互构成的关系中,性别和性属的概念不断被重新校准。"(Durham,2016:2)新的性主体性(sexual subjectivity)在与媒体和技术的纠缠中形成,技术和文化也影响着人们对性发展(sexual development)的理解。在对技术与身体的研究中，学者们将女性主义理论与其他领域融合，包括伦理学、媒体研究、批判种族理论、心理学、社会地理学等其他认知理论的见解。在追踪当代生活中技术性属（technosexuality）的演变和表达时，米纳克什·吉吉·达勒姆（Meenakshi Gigi Durham）假设了一种理解，认为技术、肉身性和地缘政治（geopolitics）之间受权力影响的关系能够带来新的伦理见解和实践（2016：3）。她认为，肉身性并不是身体物质性（materiality）简单的同义词。肉身性这一概念是具身性复杂体验的必然结果，这两个术语都涉及的观点是：身体与社会文化和历史背景交织在一起，并且由其构成（Durham，2016：3）。格罗兹认为，身体根据历史、社会和文化的需要以不同方式得以表现，而它又以一个稳定的状态得以延续（Grosz，1994：x，转引自 Durham，2016：4）。达勒姆的肉身性指的是身体与文化背景的相互作用，身体作为实践的场所，是表征和物质性的接口（Durham，2016：4）。达勒姆认为，技术性（technosex）的幻想诱惑与社会关系的物质性密切相关，技术性可以是叛逆的、开拓性的，但任何权力渠道都有可能引发暴力、功能障碍和社会伤害，这迫使研究向数字化和性伦理的方向转变（Durham，2016：4）。哲学家卢西亚诺·弗洛里迪（Luciano Floridi）则认为，必须要建立"一个伦理框架，将信息界视为一个值得身在其中的人类居民（human inforgs）给予道德关注和关怀的新环境"（2014：219，转引自 Durham，2016：4）。

女性主义科学史家和生物学家哈拉维早已意识到身体和技术之间的界限日益模糊。对于每一个社会定义的性别类型，媒体技术倾向于为其描绘理想的身体，并规范和利用实现这些目标的实践（Durham，2016：6）。身份受到肉身事件（corporeal event）和表演的约束，数字技术的互动性和自助性被用来表达和传播性欲望。女性主义者探索技术在性别化权力关系中的构成角色，如朱迪·瓦克杰姆（Judy Wacjman）认为，技术是一种社会工具、"一种文化或'物质–符号学实践'（material-semiotic practice），使我们能够理解我们与技术的关系如何成为男女两性主体性构成的一部分"（2010：145，转引自 Durham，2016：9）。人类与媒体的接触是人际关系中隐秘的部分。尽管人类可能承认受到电子产品的影响，但只是将自己定位为媒体消费的管理者。人类可以将媒体和文化产业作为已然存在的环境，或者重新思考其作为文化–历史结构的功能，这种结构与阳具中心主义（phallogocentrism）、异性恋规范等

第 2 章 女性身体哲学的发展

权力形式一起构成的象征性机构对身体—性—性别—欲望矩阵进行具体干预，重新阐述这些概念，其阐述方式冲击了人类自己对亲密关系和身份等关键载体的想象。所以，身体并非固定的、稳定的或自然的，而自我被认为既与身体分离，又与身体紧密结合。有人使用生物医学技术进行实际的身体改造，这体现了自我和身体的结合／分离，如有人认为整形手术会提升人的自我满意度（Durham，2016：11）。她们认为，自我以身体为基础，对身体的技术干预可以舍弃没有吸引力的肉体外壳并释放真实自我，身体和自我之间的裂隙得以弥合（Durham，2016：12）。达勒姆指出："身体和主体之间不匹配的概念暗示着一种有机的或内在的不协调，然而任何对这种不协调的质疑都将文化构建的逻辑作为其来源和立场。"（Durham，2016：12）

以电脑生成的女性为主角的成人电子游戏主要由男性程序员和艺术家为男性观众制作（Durham，2016：13），但男性并不总是控制身体的策划者。正如桑德拉·李·巴特基（Sandra Lee Bartky）所说："女性气质的技术是由女性掌握和实践的……所有女性都内化了身体可接受性的父权制标准。"（Durham，2016：14）由此可见，整容手术、身体整形、化妆和表演性也渗透了相同意识形态的女性美。

大众媒体中的性别类型是二元的，性属与实现每个类型中特定的身体理想紧密地交织在一起，其中既有种族化的成分，也有性别化的成分。因此，改造身体可被视为对拉康意义上的"真实"和社会认可的追求。媒体作用于人的想象。"想象力开启了对世界和自我的理解和想法，激发了新的叙事和政治、移民和融合、策略和颠覆。媒体激发我们的想象力，诱使我们沉溺于其幻想出来的世界，表达出我们最深切的渴望和匮乏感，触及我们最隐秘的秘密并驱动我们的性欲。"（Durham，2016：18）媒体图像成为我们生活中的一种架构，与调动我们日常生活的技术联系在一起，重构了社会空间。弗里德里克·詹姆逊（Fredric Jameson）认为，后现代空间令人迷惑且疏远，他呼吁个人通过对周围环境的不断审视，努力找到自己的方位，这一过程改变了他们对自己作为主体的理解（Durham，2016：20）。

达勒姆在研究中审视了身体、图像、技术、性、权力之间的复杂关系。她认为，女性主义电影制片人和艺术家的开创性发现在于承认具身性属（embodied sexuality）表征中的权力机制，将身体主体（body-subject）构建为对话式／辩证的活动（dialogic/dialectical enterprise），探讨"后女性主义、后种族"时代的肉身性、支撑性化（sexualization）的逻辑以及新自由主义和新帝国主义的当代全球逻辑，这些有助于她们通过各种身份轴（axes of identity）来解释身体主体（Durham，2016：22）。

2.1 文学母性中的女性身体

社会变革受到性别、阶级、地区、种族等诸多因素的影响，母性体现了"教育、保健、心理学、劳动力市场趋势、国家干预等许多话语和实践相结合的领域"（Davis，2012：1），是社会发展的缩影。母性的概念在相当长的时间内被认为是女性的天性而非意识形态的产物。第二次世界大战结束后，母性开始与性、同居和资本主义消费联系在一起，并受到了以母亲为中心的精神分析、结构功能主义社会学（structural-functionalist sociology）和第二波女性主义的影响。

20世纪下半叶以后，女性的社会作用也发生了巨大改变。卡罗尔·戴豪斯（Carol Dyhouse）认为："第二次世界大战后的几年对女性来说是一个充满矛盾的时代。"（Davis，2012：2）安吉拉·戴维斯（Angela Davis）以社会学（sociology）研究的方式，通过记录166名居住在英国牛津郡一带女性的口述历史（oral history），建立年龄从50多岁到90多岁跨越40年、代表不同阶级和教育程度的样本，分析不同变量对女性作为母亲的经历的影响。她的口述历史采访将英国不同地域及不同代际的女性作为中心人物和调查对象。家庭在记忆的构建中起着至关重要的作用（Davis，2012：5），戴维斯对受访女性的物质和情感资源在家庭中传递的方式进行了细致研究，揭示了不同家庭和历史背景对人们生活观念和行为的影响。口述历史突出"女性主体和女性意识形态形象之间关系的复杂性、模糊性甚至是矛盾特征"（Chanfrault-Duchet，1991：89，转引自Davis，2012：6）。此类研究揭示了女性如何运用复杂的叙述方式调和母性的期望和生活现实，以及20世纪下半叶女性对未来的期待和面临的限制。特定时期女性的口述历史研究以女性生活的历史为主体，萨莉·亚历山大（Sally Alexander）认为，主体性既不必是普遍的，也不必是非历史的，主体性"是通过缺席与丧失、愉悦与沮丧、差异与分裂的关系得以建构的，这些关系与亲属、社区、学校、阶级之间的社会

第 2 章 女性身体哲学的发展

命名与定位（social naming and placing）同步，总是具有历史特定性"（1994：109，转引自 Davis，2012：7）。此类研究呈现出特定历史时期女性真实的母性体验，复原、建构出 20 世纪下半叶社会对女性的普遍期望。

母性的研究体现了跨学科的特征，如何做母亲的论题具有复杂性和争议性。尤其是在当下家庭结构发生深刻变化的全球化浪潮中，女性就业与家庭生活之间存在潜在的冲突，母性被重新定义。生殖技术的发展让定义母性变得更为复杂，例如代孕母亲所产生的伦理问题。女性成为母亲这一过程受多方因素影响，是各种力量作用的场域，成为跨学科交汇之处。"文学、艺术和文化在这里与法律、医学、哲学、政治、精神分析、社会学和社会政策进行对话。"（Rye et al.，2018：1）因此，我们需要跨学科研究来揭示诸如能动性、具身、身份和权力等问题。例如，阿德里安娜·里奇（Adrienne Rich）的《女人的诞生》（*Of Woman Born*，1976）"将个人反思与历史、文学、社会学和神学的见解交织在一起"（Rye et al.，2018：3）；法国女性主义者将拉康的精神分析与语言学和文学结合在一起；玛丽安·赫希（Marianne Hirsch）在其《母女情节：叙事、精神分析、女性主义》（*The Mother/Daughter Plot: Narrative, Psychoanalysis, Feminism*，1989）中"利用精神分析来探索文学文本"（Rye et al.，2018：3）。这种跨学科研究能够"丰富和加强多样化且不断发展的母性研究领域，同时针对养育在我们这个时代的重要性和地位激发起公众和政治辩论"（Rye et al.，2018：1）。

在全球人口流动与文化交流中，地方的母性话语建构也受到了诸如阶级、残疾、种族、国籍、宗教和性取向等因素的影响，而西方的母性话语也不可避免地影响着世界上其他国家、民族、文化中的女性群体，冲击着全球女性的自我认知与身份认同。移民母亲可能在公共话语中被污名化，更可能受到公共政策的影响。性少数群体母性的自我定义和主张可能会因其边缘地位而面临质疑和挑战，例如女同性恋母亲所面临的压力。吉尔·莱伊（Gill Rye）讨论了这一群体的母性特征，性行为的差异可能给母性定义带来不确定因素（2018：98–110）。毕竟，她们所面临的话语是"一种基于白人、资产阶级、异性恋家庭模式的规范性母性话语，这种话语惩罚和污名化那些背离这些标准的人"（Rye et al.，2018：2）。

女性主义者对母性的思考经历了三个阶段，伊莲·塔特尔·汉森

（Elaine Tuttle Hansen）发现，第一阶段是对母性的否定（repudiation of mothering），如波伏娃（Beauvoir，1949）、弗里丹（Friedan，1963）、费尔斯通（Firestone，1970）等女性主义者的主张；第二阶段是更具恢复性的主张（a more recuperative view），如迪纳斯坦（Dinnerstein，1976）、里奇（Rich，1977）、乔多罗（Chodorow，1978）、克里斯蒂娃（Kristeva，1986，orig. 1977）、鲁迪克（Ruddick，1989）、伊里加蕾（Irigaray，1991，orig. 1981）、西苏（Cixous，1994，orig. 1975）；第三个阶段是一种僵局，其特征是对未来解决方案和发展趋势的不确定性（1997：5-6，转引自 Rye et al.，2018：3-4）。

传统观点认为，母亲形象是被动的，与之相反，母性的定义从朱迪斯·巴特勒（1990）的理论进行解读，成为一种行动（doing），具有表演的特征。表演性指"反复和引用的实践，话语以此产生它命名的效果"（Butler，1993：2，转引自 Rye et al.，2018：4）。在巴特勒和莱伊等人看来，这种表演性"不仅解释了话语如何实施监管，而且还指出了身份和主体性可以被拓展和转换的方式"（Rye et al.，2018：4）。

从历史上看，母亲这一身份一直是由"意识形态、政治和宗教活动以及指南"所定义和规约的，她们需要接受"卫生访视员、社会工作者，甚至家庭成员和同龄人"（Rye et al.，2018：4）的监督和指导，使其行为符合社会规范的要求。母性叙事（narratives of mothering / matrifocal narratives）包括新保守主义和新自由主义对生殖的定义、母性叙事的主体、母性叙事中体现的关怀伦理（ethic of care）、成为母亲的经历、从成为母亲中获得的能动性，以及作为母亲获得的社会地位或进行的文化生产。"母性也涉及伦理和情动，母亲的经历继续推动并促成对这些问题的复杂研究。"（Rye et al.，2018：5）

2.2　女性主义文学与残疾研究

女性主义身体哲学的跨学科特征之一体现为与残疾研究（disability studies）的结合。残疾的定义得到重新梳理，学者们从社会建构的角度分析残疾与正常标准的偏离，包括年龄、性别、社会和文化因素等。在20世纪60—70年代女性、黑人和同性恋权利运动的背景下，人们对残疾的认知及残疾人的权利进入公众视野，并且和女性主义运动结合，形成

第 2 章　女性身体哲学的发展

了与女性主义理论的交融，残疾女性的诉求因而得到关注。残疾研究学科在学术领域的出现与这些社会运动和社会变革密切相关。伦纳德·J. 戴维斯（Lennard J. Davis）在《残疾研究读本》（*The Disability Studies Reader*，2006）的导言中强调"从历史角度理解该领域的形成，以及与其他关注权利和社会正义的跨学科领域形成对话的重要性"（Hall，2016：23）。

　　传统文学中的残疾研究与其时代背景和观念相联系，反映了男性至上的观念及阶级因素。在肖瓦尔特看来，小说中致残情节的线索以及情节设定是为了表现女性情感的崇高之处，并能够因此获得男性的激情，被感恩戴德地牢记，从而获得情感回报。"她们相信，女性情感补足并拯救了男性的缄默冷淡。当她们想象出作为自身延伸的女主人公，对之呵护有加、牵肠挂肚时，她们就遇到了真正的困难：勾勒出与之匹配的男性形象。"（肖瓦尔特，2011：141）肖瓦尔特的分析可以用来解读浪漫主义小说在女性中的市场。这类小说按照男权主义的逻辑铺陈情节，其作用是让女性在阅读中构筑自己的空间与精神世界。女性情感补足并拯救了男性的缄默冷淡，这种对女性文学的分析定义了主导文化中的女性气质，但其可被质疑之处在于它迎合了女性的刻板印象。如果用当代的残疾理论去分析这种致残情节，我们就可以看出残疾由身体的能力定义被拓展为一种社会身份的定义，在婚姻的"势均力敌"的社会性考量中，它和财产的平等一样占有一席之地。因此，文学研究的重点就不仅仅是男女主角的爱情、身体与思想的吸引和情感的诉求，还是在两个社会人的综合考量中看到作者对所谓"平衡"的吸引力的认知。《简·爱》（*Jane Eyre*，1847）中的男主人公罗切斯特需要在身体和财产上变弱，简·爱则相应地增强女性担任照顾者的角色并超越社会身份，这样才可以达到并维持婚姻的幸福。

　　女性主义文学研究的视角揭示了高度政治化的残疾研究领域存在着话语的建构、解构与重构。残疾群体要求重新评价残疾，寻求一种积极的群体身份。21 世纪以来，残疾研究的范围扩大到了"法律、表演、生命书写、设计、生物伦理学（bioethics）和物质文化（material culture）等跨学科领域。与此相呼应，方法论也逐渐多样化，包括对文本的细读、民族志（ethnography）、档案工作及视觉文化（visual culture）理论的参与"（Hall，2016：25）。残疾研究突破了传统的医学概念，与其他领域结合，形成更为丰富的残疾话语，其研究也为女性主义文学研究开拓了新的视角。

在残疾研究中，残疾本身定义的界限不再明晰，融入了性别研究、后殖民理论和同性恋理论，体现了杂糅与融合的特征。这种反二元对立的多元倾向与女性主义本身的抵抗与颠覆意识不谋而合。当代的残疾研究体现为类别化与交叉性，其研究领域包括残疾研究、性别研究、后殖民和同性恋理论之间的关系等。残疾研究的理论根基是采取话语解构的路径定义身体，探究能力主义（ableness）和残疾等概念，以此为理论出发点分析文学文本可以获得更多的解读层次和意义。

残疾研究可以和科幻小说结合，并为其解读提供新的视角。身体的残疾可以用科技来弥补，甚至加强到普通人无法企及的程度，这种以科幻小说人物设定为表象的思想实验激发了对残疾的重新定义和身体能力的再思考。在科幻小说中加入种族、性别等因素，创造出更激烈的冲突，这种书写更深刻地揭示了残疾话语的建构和颠覆。一些主人公的人物设定可能是黑人、残疾人、女性身份的叠加，这种设定使冲突越发尖锐化，使身份成为分析小说的主线，而科幻元素退居为背景，成为实现作者思想实验的工具。对此类小说分析的例子之一是帕特里夏·梅尔泽（Patricia Melzer）的《外星构造：科幻小说和女性主义思想》（*Alien Constructions: Science Fiction and Feminist Thought*，2006）。该书以科幻小说研究为切入点，讲述一个利用科学手段消除个体身体能力差异的世界，激发人们对现有制度与意识形态的思考。

2.3 针对女性身体的暴力

暴力存在差异化的行为和等级，"暴力开始是对身份和身体完整性的威胁，并演化为非人化，使施暴者有可能将毁灭人的生命合理化"（Fields，2013：1），极致暴力就是种族灭绝（genocide）。现实世界针对女性的暴力包括非洲的割礼等以保护女性为名，进而控制女性身体的习俗。以宗教、文化、法律、历史习俗进行的针对女性的暴力包括杀害女婴、战争中大规模的强奸、剥夺自由及杀害。罗娜·M.菲尔兹（Rona M. Fields）归纳了八种影响女性地位的因素，包括社会政治条件，婚姻和家庭因素，女性的阶级地位，女性所在国家是否使用强奸、绑架和奴役等手段来控制和恐吓女性，在工作中是否存在对女性劳动力的剥削，女性所处的族群在整个群体中的地位，社会是否容易受到自然

第2章 女性身体哲学的发展

环境变化影响而产生紧急状况,以及群体生存中是否存在战争和暴力(Fields,2013:3-4)。

关于暴力的等级和威胁性,罗娜·M.菲尔兹给出了十分形象的描述,"暴力一开始是对身份和身体完整性的威胁,并像水上的涟漪一样蔓延,进入不断扩大和吞噬一切的圆,最终造成破坏:种族灭绝。每个扩大的圆包括所有之前的圆,包括更多的圆"(Fields,2013:7)。反对针对女性的暴力尽管已经被写入国际公约,但实际上直至今日,人们仍然难以杜绝大规模的种族灭绝行为。罗娜·M.菲尔兹引用了联合国秘书处特设委员会(UN Secretariat Ad Hoc Committee)1948年关于种族灭绝的定义,"种族灭绝是指基于某一民族、种族或宗教团体的特性,蓄意破坏其语言、宗教或文化的任何行为。针对上述任何一个群体的犯罪行为,目的是整体或部分摧毁该群体,或阻止其存在或发展"(Fields,2013:10)。重新从女性主义视角回顾针对女性暴力的历史,有助于我们了解人类社会中的系统性行为,而不会将暴力看作女性个体的行为所招致的后果。无论是《圣经》(Bible)中埃及法老的杀婴(infanticide)行为,还是第三帝国纳粹的种族灭绝,或者针对同性恋者的监禁和死刑,这些暴力行为在当今的世界中依然是无法遏止的事件。阿富汗等国家仍然会发生针对女性的暴力,如"让年仅13岁的女孩结婚,维持性别隔离,禁止女孩接受教育,实行一夫多妻制和'荣誉'杀害"(Fields,2013:12)。"女性被丈夫、父亲和其他男性亲属强奸、致残、毁容和谋杀时有发生,而施暴者(perpetrator)却逃脱了法律制裁。"(Fields,2013:12)女性主义关注种族灭绝社会中的心理健康问题,如罗娜·M.菲尔兹在实地调查中发现,接受荣誉杀害的社会中"自杀、杀婴、杀害同胞(fratricide)、杀父(patricide)、吸毒、脱离现实或精神病的发生率高"(Fields,2013:14)。

暴力问题在全球范围内得到了广泛的关注。但是,国际公约并不能从根本上改变暴力泛滥的现状。罗娜·M.菲尔兹从美国的人权视角出发,为美国武力干预阿富汗、利比里亚等国国内暴力事件的正当性进行辩护。她认为:"对女性的暴力行为呈现出升级的模式。我们知道为了防止种族灭绝,必须在这一进程展露势头时进行干预。"(Fields,2013:19)罗娜·M.菲尔兹试图以其认同的普世价值来推动女性地位的改变。当然,她也无法评估武力干预的效果,只能寄希望于武力干预之后反对暴力的效果能够有可持续性。

2.4 跨国女性身体的暴力与恐怖

跨国女性主义强调女性经历的文化特殊性，提倡让不同群体的女性对话，创造一种更具包容性和代表性的女性主义。女性主义者审视了男性诗人作品中的隐喻特征，如将被侵犯的土地等同于被侵犯的女人，将领土被暴力侵犯看成女性的身体被强暴。一些学者质疑这种隐喻，这是因为其将女性看成男性的资源和财产，同时也将性别二元概念化（binaristic conceptualization），将被强奸的身体和被征服的土地等同。爱尔兰诗人谢默斯·希尼（Seamus Heaney）的诗中用强奸的比喻来解读帝国主义，但没有考虑到该行为的核心是暴力和侵犯，也未考虑到这一隐喻对女性主体性的影响，将侵犯女性的身体等同于强奸土地和文化（Thompson & Gunne, 2010: 2）。

《女性主义、文学和强奸叙事：暴力和侵犯》（*Feminism, Literature and Rape Narratives: Violence and Violation*, 2010）一书分析了女性作为受害者的地位、其个人的尊严被践踏、对女性及其族群的实质和象征性的侵犯和征服。该书将女性的身体作为切入点，分析其中的阶级、性别和民族的话语特征，体现了女性主义与后殖民话语的融合。该研究将强奸叙事（rape narrative）作为反抗话语，体现了跨越国家界限的女性主义，探讨了叙事行为本身的意义（Thompson & Gunne, 2010: 7）。有学者将强奸叙事看作帝国对殖民地的政治统治，大英帝国在性和政治上以强迫的方式将爱尔兰置于屈服的境地；以施暴者和受害者（victim）的身份分别比喻殖民统治中的帝国殖民行径和被殖民者（Thompson & Gunne, 2010: 4）。一些作家（女性作家为主）在处理强奸和性暴力的题材或情节时，采用颠覆性的、省略的叙事策略，这些策略可能出现在小说、诗歌、回忆录（memoir）或戏剧等文类中，也有可能出现在关于大屠杀（holocaust）的半自传性质的文类中。强奸话语中还体现阶级因素，具体表现为对女性的污名化，将其被强奸的事实扭曲，转而采用受害者有罪的推定，认为底层女性和妓女是引诱男性、诱使男性采取暴力行为的原因。

当下针对女性暴力的研究不仅局限于西方的女性主义文学批评，更扩展到不同国家、种族背景的学者对强奸叙事的分析，包括沉默的反抗作用，揭示了重新讲述的行动意义和颠覆性的作用。随着视觉文化的广泛传播与发展，强奸叙事的视觉呈现也成为学者们研究的对象（Thompson & Gunne，2010：15）。丽莎·菲茨帕特里克（Lisa Fitzpatrick）讨论了强奸叙事中视觉呈现的剥削性特征，而佐伊·布罗格利·汤普森（Zoë Brigley Thompson）指出帕丝卡·佩蒂特（Pascale Petit）的诗作中不再将女性视为受害者，而是将其遭遇视作认识论的创伤（epistemological trauma）。当下的女性主义文学批评发展体现了研究领域的交叉融合，对女性经验与心理进行了更深入的挖掘。强奸叙事是女性身体自主权的表达，针对女性暴力的更进一步研究是进行女性生命经历的书写和探索，让来自不同种族、阶级和国家的女性的生命经历得到更完整的体现，是对父权话语体系的反抗，更是女性研究与女性主义文学传统建构的十分重要的一个方面。

女性主义者要超越受害者/施暴者的二元论，用琳娜·A. 希金斯（Lynna A. Higgins）和布兰达·R. 西尔韦（Brenda R. Silver）的话来说，"强奸和可强奸性对性别身份的建构至关重要，我们的主体性与作为性存在（sexual beings）的我们自己的感觉不可避免地纠缠在表征之中"（1991：3，转引自 Thompson & Gunne，2010：4），即个体主体性的定义中重要的内核是性存在。

在商业化的技术科学中，身体成了主要的争夺领地。异性恋男性欲望主导了全球消费主义和变态欲望的泛滥，其中，女性、残疾、族裔群体的身体更容易被剥削。全球性交易、贩卖女性和儿童、国际色情业都是这种消费主义与男权话语的表征，以及异性恋男性消费者的欲望表达。

针对女性的暴力不仅体现为日常生活中的真实暴力，也包括隐喻的暴力，如将女性身体等同于国家，以被侵入作为隐喻的出发点，成为跨国行为的侵略性表达。在大规模屠杀等民族或国家间的行为中，尽管女性受到联合国公约的保护，种族灭绝体现的针对女性身体的暴力行为仍然时有发生。当然，前殖民地国家也需要警惕新的殖民形式借着女性主义的外衣实施文化影响，但当涉及一些残害女性的传统行为时，女性主义仍然是激发普遍伦理判断的一个重要视角。

2.5 女性身体衰老话语

年龄歧视（ageism）表现为正常的衰老却被认为是偏离常规并被

标记为异常，衰老的身体被污名化，类似的还有被标记为异常的残疾人。重新思考衰老和残疾就意味着对正常和异常进行重新定义（Weiss，2017）。生物技术带来了社会规范和结构的变化。生物现象学考虑经验发生变化所带来的改变，尤其是生殖遗传学和生命本身的生物技术给人类身体认知和感知能力带来的变化。身体作为新生物技术的核心带来的新的实践形式改变了我们对经验、认知、社会关系的认识，进而改变了生命意义（Schües，2017）。维斯从现象学视角提出了具身的身体间性（intercorporeality）问题，也就是人与人之间身体的关系问题，生物技术的发展也带来了对衰老和残疾身体重新定义以及对"正常"定义的拓展（Olkowski & Fielding，2017：xxx）。

学者们对女性身体的关注范围扩大到一度被忽视的女性。年长的女性只能通过"将自己伪装成年轻女性，通过其服饰、头发颜色、化妆或通过整容手术来使自己变得可见"（King，2013：xi）。衰老的时代背景和现实因素，以及老年群体人数的增加带来养老的焦虑。然而，老龄化危机对两性的影响存在差异。女性老龄化成为新闻时，人们会关注其身体和外表，从事电影和电视工作的女性受年龄的影响更大。人们认为，女性更年期之后的生育能力终结，必然会经历疾病、衰败、萎缩和衰老。之后，女性的身体变得不可见，人们会将其视作一个"孤独的老女人"。

学者们开始关注性别老龄化和衰老的精神病学心理表征。安妮·怀特–布朗（Anne Wyatt-Brown）等人的文集和芭芭拉·韦克斯曼（Barara Waxman）对当代小说中老年女性的研究开辟了与老年女性的文学再现相关的话题，韦克斯曼将女性的年龄重新概念化为自我发现和肯定的过程；该领域最重要的贡献者之一凯瑟琳·伍德沃德（Kathleen Woodward）也通过专著和论文集将讨论范围扩展到相关代表领域（King，2013：xiv）。这也许是因为一些享有盛誉的女性作家自己步入老年，因而更关注老年女性的心理世界。诺贝尔文学奖得主艾丽丝·门罗（Alice Munro）、多丽丝·莱辛（Doris Lessing）等女性作家的书写让老年女性获得更多关注。"小说家可以富有想象力地探索衰老的主观体验，她们对衰老的描述可能会与这些强大的话语语境中所体现的那些既定的话语形成对抗，从而提供理解女性衰老的替代方法。"（King，2013：xv）

学者们关注19世纪文学作品中老年女性的虚构世界，并将19世纪

第 2 章　女性身体哲学的发展

和 20 世纪的话语进行对比，围绕主题或形式问题进行研究。学者们还关注到第一波女性主义中老年女性扮演的重要角色，但是在文学作品中几乎找不到年龄超过 40 岁的女性主人公，这种对于衰老女性的沉默是一个值得研究的空白。与性别建构一样，老年也同样是文化建构的产物。老龄女性也是女性群体不可或缺的组成部分，因此这方面的研究还有待开展。

女性主义身体哲学研究体现了对于之前相关议题的延续，如母性、女性身体欲望的表达。同时，女性主义对于身体的关注也包括她们承受的身体暴力和强奸等对于女性主体性的侵略，这一现象在跨国女性主义中表现得尤其突出。在针对衰老身体、残疾身体的研究中，学者们将其与阶级、种族，甚至技术相结合，讨论诸多因素影响下的女性身体，为女性主义身体研究提供更加多维的视角，因而也必将为女性主义文学研究带来更强大的理论工具。

第 3 章
女性主义现象学的发展

3.1 女性主义现象学

现象学的影响十分广泛，已经发展成为具有多样化形式和侧重的哲学，包括各种可以被称为"现象学"的分支，如自然科学或宗教的现象学、现象学心理学（phenomenological psychology）、本构现象学（constitutive phenomenology）、存在现象学（existential phenomenology）和解释学现象学（hermeneutical phenomenology）。现象学的重要哲学家包括弗朗兹·克莱门茨·布伦塔诺（Franz Clemens Brentano）、埃德蒙德·胡塞尔（Edmund Husserl）、马丁·海德格尔（Martin Heidegger）和梅洛-庞蒂等。

现象学代表了一种特定的概念框架和方法，与女性主义代表了截然不同的世界观，现象学被认为是一种本质主义的哲学，而本质主义则是女性主义批评的目标（Fisher，2000：3）。但是，拓展后的现象学方法对于女性主义研究仍然起着不可估量的促进作用。因此，以女性主义现象学为指向的文学研究应当成为今后女性主义文学批评一个重要的分支。

女性主义和性别分析经过几十年的发展，已经广泛渗透到其他领域和学科，产生了新的理论维度，并且推动该领域或学科的发展。女性主义认识论更是被命名和承认，并带来了转型和变革。女性主义和马克思主义（Marxism）、结构主义（structuralism）、精神分析、解构（deconstruction）及后现代主义的结合已经被广泛接受，而女性主义和现象学的结合也逐渐显现出强大的批判力量。

女性主义现象学除了将注意力转到女性的身体之外，还拓展了现象学的定义，即在梅洛-庞蒂的现象学概念中缺乏的对女性身体问题的关注。就其理论本身来说,女性主义现象学并没有解决两性身体差异中女性身体的特殊性问题,但是女性主义学者又担心其对身体的本质主义认知与女性主义反本质论的观点相悖。

女性主义现象学从一开始就对现象学保持着矛盾心理:一方面是要警惕本质主义的认识论;另一方面又要在对两性身体差异的研究中发挥出现象学的独特功能。在文本分析中,女性主义文学理论从女性主义视角出发,融合现象学的理论,关注身体对于世界的感知,从人物的身体视角分析作品,并从女性主义视角出发,研究女性身体的特殊性,从而揭示女性主义文学表达的独特生命体验。

《女性主义现象学的未来》(Feminist Phenomenology Futures,2017)一书指出人成为"主体"的实践因素,并且将女性的身体视为水的隐喻(水的身体),融合了生态女性主义和现象学对身体的阐释,从而生成具有强有力解读效力的理论体系。这是过去十年女性主义者从怀疑和警惕现象学本质主义特征,到找到将两者融合的切入点,获得新发展的标志。日常生活现象学则是将女性生活的现象学视角引入女性主义现象学之中,拓展了现象学本身的研究领域。

学者们也从经典著作中寻找女性主义和现象学的交融点。《第二性》第Ⅱ卷的副标题为"L'Expérience Vécue",意为实际体验(Lived Experience),在英语中被错误地翻译为"当今女性的生活"("Women's Life Today")。《第二性》的现象学取向和影响被掩盖了(Fisher,2000:1)。由此可见,我们有必要探索波伏娃女性主义哲学中的现象学取向,追本溯源,寻找女性主义和现象学的交叉点。

在女性主义现象学中,梅洛-庞蒂是女性主义者讨论和借鉴最多的哲学家,最近几年,女性主义学者也开始探讨伊曼努尔·列维纳斯(Emmanuel Levinas)的理论在女性主义现象学中的作用。女性主义现象学需要区分现象学家和现象学本身。哲学家们专注自己的哲学,女性主义需要突破之前的局限,进行历史和文本的分析,对特定概念或理论进行再次解读。女性主义现象学需要考虑现象学和女性主义的方法兼容。

琳达·马丁·阿尔科夫(Linda Martín Alcoff)在《现象学、后结构主义和关于经验概念的女性主义理论》("Phenomenology, Post-Structuralism, and Feminist Theory on the Concept of Experience",2000)一文中指出了现象学、后结构主义和女性主义理论之间的关系。女性

第3章 女性主义现象学的发展

主义者对基于体验的认知主张普遍持怀疑态度,尤其是否认体验的认知可靠性的女性主义后结构主义者。在此背景下,阿尔科夫指出,"女性主义理论需要对体验的认知重要性进行新的界定"(Fisher,2000:10)。在《从胡塞尔到波伏娃:感知主体的性别化》("From Husserl to Beauvoir: Gendering the Perceiving Subject",2000)中,黛布拉·B.伯格芬(Debra B. Bergoffen)指出,波伏娃对哲学的关键贡献是将色情(the erotic)确定为哲学类别,她重新解读了胡塞尔的意向性(intentionality)理论,发展出色情慷慨伦理(the ethic of erotic generosity),即对身体的关注,这种解读也认可了波伏娃的现象学取向。伯格芬区分了波伏娃文本中的两个声音,详细阐述了她所说的波伏娃的"静默声音"(muted voice)——这种声音经常与她"占主导地位的'存在'声音"("existential" voice)不一致。在倾听这个静默的他者声音时,在共同构成了色情伦理的色情、天赋和慷慨这些概念的背景下,我们对具身、肉身、他者和"我们"有了新的理解(Fisher,2000:10)。

在现象学对身体的关注中,女性独有的部分是生殖技术对女性怀孕和分娩的影响。对这种独特的生命体验的研究拓展了梅洛-庞蒂的知觉现象学(phenomenology of perception)的研究领域。性别对话语风格的影响属于社会语言学(sociolinguistics)的研究范畴,采用的方法是对现象的描述和分析,因此也被纳入女性主义现象学的研究领域。这似乎是重新定义了现象学,只关注本质与现象二元中的可感知部分,与梅洛-庞蒂等经典现象学家的学说偏离得更远。

女性主义学者希望通过引入现象学的成果,拓展女性主义的研究领域,丰富其讨论和研究的话题;同时,通过讨论女性身体欲望、强调色情等方面,找出波伏娃关于身体的论述与现象学的概念在内涵上的相通之处。露西·伊里加蕾(Luce Irigaray)、杰弗纳·艾伦(Jeffner Allen)和艾里斯·扬(Iris Young)等思想家都以梅洛-庞蒂的现象学理论作为其研究工作的哲学支撑(Fisher,2000:4),开展了包括具身和性属的研究。格罗兹认为,梅洛-庞蒂的现象学为女性主义学者提供了哲学支持,但是学者们也怀疑"他回避性差异和特异性问题,警惕他对主体性的明显概括,这种概括实际上往往将男性的体验当作人类的普遍体验"(Grosz,1994:103,转引自Fisher,2000:4)。现象学本质上是基于体验获得认知的哲学,而一些女性主义流派对体验的可靠性抱有怀疑的态度。

女性主义也借鉴日常生活现象学的取向,研究女性的实际体验和日常生活的意义,如路易丝·莱韦斯克-洛普曼(Louise Levesque-Lopman)在《倾听,你会听到:从女性主义现象学角度对采访的反思》("Listen, and You Will Hear: Reflections on Interviewing from a Feminist Phenomenological Perspective", 2000)中研究了女性的实际体验,以访谈等调查方式,探讨"新的生殖和生育技术对妇女怀孕和分娩经历的影响",并详细介绍了现象学的方法"对于女性主义研究的潜力"(Fisher, 2000: 11)。

安·约翰逊(Ann Johnson)的文章《了解儿童的性别信念》("Understanding Children's Gender Beliefs", 2000)是基于她对儿童心理学的研究展开探讨,特别是对童年时期性别分类和概念习得发展的研究。约翰逊首先批判性地回顾了该领域的传统心理学理论,认为这些观点受到理性主义(rationalism)和自然主义偏见的影响。传统心理学理论假设儿童和成人具有可能并不存在的相似性,并最大限度地减少了儿童性别信仰的重要非认知维度(Fisher, 2000: 11)。约翰逊强调的是儿童性别认同的社会化过程及性别心理发展中非认知维度的作用。

凯瑟琳·黑尼(Kathleen Haney)的文章《伊迪斯·斯泰因:女性与本质》("Edith Stein: Woman and Essence", 2000)研究了伊迪斯·斯泰因对女性的现象学分析,特别关注她的《论女性》(Essays on Woman, 1987)。伊迪斯·斯泰因被认为是女性主义现象学的关键性人物。她受神学(theology)的影响,认为历史上对女性的征服和统治"并非造物主(Creator)规定的两性的自然状态"(Fisher, 2000: 13)。这种颠覆性认知的目标是西方文明中的宗教这一重要基石,试图从宗教现象学视角的研究中抵制对两性自然状态的认知。后世学者对她的现象学理论开展了进一步的研究,但是对其现象学中的女性主义倾向缺乏研究。

现象学在心理治疗中也有普遍应用,我们将其与女性主义结合起来,可以揭示人如何处理自己与他人的差异。多萝西·莱兰德(Dorothy Leland)在《真实性、女性主义和激进心理治疗》("Authenticity, Feminism, and Radical Psychotherapy", 2000)中的批判实践是基于海德格尔理论中的真实性(authenticity)概念,以及查尔斯·吉尼翁(Charles Guignon)对前者的应用和拓展。其研究主题为社会中居于从属地位的群体成员对"真实生活任务"的定义,以及道德在其中起到的作用(Fisher, 2000: 13)。莱兰德认为,心理治疗不仅要体现道德话语的作用，还要考虑社会阶层等关系，并且"根据意识提升（consciousness-raising）的女性主义实践模式来理解治疗"（Fisher，2000：13），这体现了女性主义结合现象学对心理治疗的拓展和实践。

现象学研究方向之一是身体的欲望，女性主义者以此为出发点，研究"性骚扰指控"涉及的两性关系问题，威廉·麦克布莱德（William McBride）在《性骚扰、诱惑和相互尊重：试图解决它》("Sexual Harassment, Seduction and Mutual Respect: An Attempt at Sorting It Out"，2000）一文中提出了关于性骚扰性质的假设以及性诱惑的主题，其理论出发点是现象学家对性身份的认知及对性关系的看法。

玛丽·珍妮·拉瑞比（Mary Jeanne Larrabee）从现象学的视角分析了自我的统一性（unity）和多样性（multiplicity），认为人既有单一身份，也具备多个自我。她在研究中借鉴了女性主义的发展理论，尤其是关于统一性/多样性与自主性（autonomy）/联结性（connectedness）的理论阐述，以及主体现实的个人化表达，其主体包括"有过创伤性生活经历的人及反对强制统一声音的各种作家"（Fisher，2000：14）。

女性主义和现象学之间的关系尚未得到充分的探索，二者之间相互促进，可以拓展出新的研究空间和理论维度。当下的女性主义研究已经不再纠结于现象学的本质主义特征，而是借用现象学的方法及其对身体的研究成果，揭示女性的欲望、记忆、感知、认知，女性与他者的伦理关系，探索儿童认知成长等领域。

3.1.1　女性主义现象学的未来

女性主义者的现象学研究借用了主体间性（intersubjectivity）的概念，也采用了梅洛-庞蒂的整体性格式塔理论（Gestalt laws），研究人在世界上成为主体的实践因素，其中记忆构成了人类存在于世的个体特征。女性主义现象学学者克里斯汀·戴格尔（Christine Daigle）提出了跨主体/客体性 [trans(subj/obj)ectivity] 的女性主义现象学本体论，她在探讨人的主体性概念时指出，人具有主体多面性，通过自身的体验塑造个体的多面性。她"将我们对世界和我们自己的性别化经验描述为碎片化的存在，这些碎片汇聚在一起，形成了我们的存在"（Olkowski & Fielding，2017：xxviii）。戴格尔特别关注创伤和极端经历对人的改变,并且指出这种经验化本体论的可能性存在于模糊的多样性之中(Olkowski & Fielding, 2017: xxviii)。她的观点发展了现象学中对人的主体性的认知。

多萝西娅·E. 奥尔科夫斯基(Dorothea E. Olkowski)认为,人文科学(包括社会学、认识论等)都在不断寻求一种超越经典哲学的方式,她基于现象学提出一种依靠直觉(intuition)来实现这种超越的方式(Olkowski & Fielding, 2017: xxiv)。在这一哲学理论中,奥尔科夫斯基和海伦·A. 菲尔丁(Helen A. Fielding)提出:"如果放弃理性和激情、内在和外在、意图和行动、主体和客体的二元对立体系,如果我们不认为未来有可能成为现实,那么,我们就无法投身到我们充满激情探寻的未来中。"(Olkowski & Fielding, 2017: xxv)

现象学本体论在考虑时间时也考虑人对世界的感觉。基于亨利·柏格森(Henri Bergson)的理论,奥尔科夫斯基和菲尔丁认为,即使是人最微小的感觉也会形成一种本体论记忆,这其中包括人并未察觉的影响,整个过去与相对于现在已经过去的每一个新的现在共存,人的感知尽管可能经历了多次重复,但每一次重复都基于过去,并且开启新的未来,这在她们看来就表达了未来现象的概念(Olkowski & Fielding, 2017: xxvii)。由此可见,来自人的身体的经验形成本体论记忆。在梅洛-庞蒂知觉现象学的论述中,格式塔理论表达了图形/背景(image/background)以及部分和整体的关系,其中,每个人对事物整体的认知都是来自一种模糊的知觉。伊娃-玛丽亚·西姆斯(Eva-Maria Simms)利用情境性(situatedness)、性身份、选择和命运、时间性、变音(diacritics)、差异和不确定性等概念来阐述本体论的相关层面,该本体论考虑到性别化存在处于不断变化时的具体维度(Olkowski & Fielding, 2017: xxviii)。

奥尔科夫斯基和菲尔丁从现象学的肉体图式(corporeal schema)的视角来解释人与世界的互动方式,认为个人行动可能会给实践带来改变,"给我们的世界带来的具体改变也可以改变我们的行动方式,从而改变身体图式(bodily schema)"(Olkowski & Fielding, 2017: xxix)。人的身体行动方式与意识纠缠,并决定了人与世界的互动方式。

现象学也被用来对女性的怀孕和分娩进行分析,其中代孕涉及生物、社会、政治和伦理的因素。凯蒂·富尔弗(Katy Fulfer)提出为发达国家女性做代孕妈妈的女性是否具有或者能否行使其主体权这一问题。她指出了现象学的发展趋势,"现象学是如何被创造性地革命并朝着新的方向发展,以解决世界上紧迫的生物技术、社会和政治变化"(Olkowski & Fielding, 2017: xxxi)。可见,现象学的理论有助于解释代孕行为中身体的主体性的因素,也能够针对底层女性独有的这一现象从伦理的视角去考虑代孕妈妈身体的"容器"作用,以及胎儿在代孕的身体里生长的过程中,母体的主体性及其"代理人"的身份问题。就这一焦点问题来看,其解释融合了现象学、女性主义和社会伦理领域,当然其中也有经济因素,如全球的南北经济差异,以及女性在经济、阶级地位上的差异。

3.1.2 女性主义现象学视角下的羞耻

女性主义现象学从身体感知与世界的互动出发,解释人感到羞耻(shame)的因素,研究社会文化等对身体的影响,并分析了其中作用于两性身体的机制。女性的身体更容易受到羞耻感的控制,鲁娜·多尔扎尔(Luna Dolezal)分析了接受整容手术的女性面对源于社会审美标准的压力,以及对原有身体形象的拒绝。胡塞尔的意向性等概念也被用在女性主义关于身体感知的概念中,表达从内向外的认知过程,但是女性主义者也加入了外在因素对身体感知的导向性作用,即在社会交往中自我身体的呈现。多尔扎尔采用了让 – 保罗·萨特(Jean-Paul Sartre)的观念,讨论他人的在场(presence of others)如何改变自我的身体认知。

身体羞耻感(body shame)意味着身体成为外部力量作用的场域,成为"外部力量和需求塑造的社会、文化和政治主体",身体羞耻感是"研究具身主体性(embodied subjectivity)的本质以及主体、身体、他人和世界之间的关系"(Dolezal, 2015: ix)的重要切入点。在身体羞耻感产生的过程中,社会力量对身体的塑造方式是现象学关注的重要内容,其目的就是解决无处不在的外部社会文化力量对身体的控制。

在学者们看来,羞耻是具身的(embodied),也是社会的,它表达主体间的关系,即主体间性的问题。此外,现象学还将意识和身体视为"综合和投射统一体的不同方面"(Dolezal, 2015: x)。一般来说,在谈到身体时,学者们都是从第三人称的外部视角,从科学的角度对其进行研究。而现象学则是关注第一人称（我）对现象的直觉体验，并以此为研究的起点。它"确定我们所经历的基本特征，认识到身心的不可分割性和共构性（co-constitutive nature）。现象学不断质疑世界，并试图发现感知和行动的习惯性结构，它提出了一种积极、具有创造性的世界关系"（Dolezal，2015：x）。在理解人的存在时，现象学考虑身体直觉获得的体验，并且也考虑情感的因素，从而引入羞耻的问题。羞耻感的体验体现为从内部的心理反思到外在表现、情感和认知的共鸣。现象学则是从感知来理解身体，并且考虑哲学、政治、生物、医学、社会学、神学等对身体的作用，以及给个体带来的主观反应。

人类主体不仅是自给自足的个体，而且能够做出一系列理性和有意识的决定。在多尔扎尔看来，"我们有意识的生命充满了情感意义，并在很大程度上必然受到主体间性领域内规范力量的影响。感情和情动不是理性与合理性的障碍，而是思想、身份形成和决策的基础"（Dolezal，2015：xii）。很多时候，决策并非理性的，而是由情感反应决定的，瞬间的念头成为做出决定的基础，因而作为情感反应的羞耻感的现象学研究就成为切入女性主义理论的视角之一。女性主义现象学讨论身体实践的规范化（normalization）、内化（internalization）、客体化、异化和身体理想等问题，也包括对自己外貌的评价和担忧，这一过程体现了主观性（Dolezal，2015：xiii）。女性主义现象学作为现象学领域的一个分支，通过现象学研究揭示女性的具身体验（embodied experience）。

由于具身体验总是受到具有政治和社会意义等因素的影响，如年龄、性别、种族、性属、能力、民族等，女性主义现象学不仅试图揭示实际体验的自然结构，还试图揭示一些影响我们在这些方面体验的沉淀或"隐藏"的假设。因此，我们通过现象学和社会理论探索有关身体、身份和社会关系的问题，可以更丰富、更完整地描述情境化具身存在（situated embodied existence）的综合条件（Dolezal，2015：xiv）。

在当下的文化图景中，人们执着于外在的形象。有学者将身体羞耻与新自由主义联系在一起，认为新自由主义通过触发消费者的羞耻心，来激发更强大的消费能力，羞耻被看成"新自由主义的核心影响，驱动着不安全-消费周期的机制"（Dolezal，2015：xiv）。真人秀、流行杂志等媒介都通过羞耻策略让人看到自己的"不足"，也就是外貌的欠缺，只有通过消费、购买才能让自己达到那个标准的形象。对边缘群体的控制也是通过同样的策略来实现，"对边缘化群体的压迫往往不是立法或公开政治操纵的结果，而是通过羞耻等情感的文化的有效利用来隐秘地发挥作用"（Dolezal，2015：xv）。羞耻是人在社会互动中产生的情感，其中包含身份因素，羞耻能够帮助"维持一个连贯稳定的社会"，但过多的羞耻会对人产生束缚，只有克服其影响，人才能"让生命有获得尊严和成就感的可能性"（Dolezal，2015：xv）。

身体羞耻感是女性主义现象学重要的研究领域之一。身体羞耻感"是一种不可见的沉默的力量"（Dolezal，2015：xvi），是具身主体性的必要构成部分，身体羞耻在社会关系中也发挥着作用，勾勒出自我呈现的现象学。通过研究实际体验中身体（和社会）的可见性与不可见性（invisibility）的不同模式，我们可以揭示羞耻的文化政治内涵。这一研究领域也可以将种族关系纳入对羞耻和身体的研究中，并通过对整容手术的分析来展示身体如何被羞耻塑造。

3.2 后人类女性主义现象学

后人类女性主义现象学（posthuman feminist phenomenology）以水为隐喻，从生态女性主义视角出发，将女性的身体和水的意象相结合。阿斯特丽德·奈伊玛尼斯（Astrida Neimanis）认为，这种将水作为女性主义的象征，其优点在于水可以表达潮汐的涌动，因而可以表达女性主义浪潮的潮起潮落。同时，在当下生态环境恶化、水污染危机日益严峻的形势下，学者们将水体（body of water）作为女性主义现象学的隐喻，可以吸引人们对生态的关注。此外，水的力量在于其变形和流动能力，因此以水为女性身体的隐喻可以表达女性主义的力量。

在西方人文主义传统中，"身体被认为是离散而连贯的个体主体，本质上是自主的"（Neimanis，2017：2）。对身体的这一认知体现在社会生活的各个方面，包括政治、经济和法律框架。身体是人权、公民权和财产权等的载体，这些"在很大程度上都依赖个性化、稳定和独立的身体"（Neimanis，2017：2）。因此，水的具身性对三种相关联的人文主义对肉身性的理解提出了挑战，这包括离散个人主义（discrete individualism）、人类中心主义（anthropocentrism）和阳具中心主义，这三种主义相互制约，彼此促进（Neimanis，2017：3）。

女性孕育生命是从身体里的水开始的。奈伊玛尼斯在研究中关注水在生命繁殖中起到的作用，思考"人类异性恋性行为作为繁衍生命基石的首要地位"以及其中母性、女性，以及其他性别化和性化身体（gendered and sexed bodies）差异的问题（Neimanis，2017：4），这其中包含后人类女性主义（posthuman feminism）对以水为基石的本体论的现象学描述。

由于地球上的生态环境恶化问题逐渐升级，人类世生态主义越发关注水资源问题。因此，用水来隐喻女性身体，强调水系统的生态问题恰逢其时。"日益严重的干旱和洪水、含水层枯竭、地下水污染和盐碱化、海洋酸化以及过于狭隘地寻求引导水流的商品化（commodification）和私有化（privatization）计划"（Neimanis，2017：5），这些都表明地球的水系统遭到了破坏。奈伊玛尼斯指出："我们的身体构成元素也包括空气、岩石、土——甚至塑料也在不断地增加——但把身体明确地想象为水体，这就强调了构成行星的元素的集合体，要求我们立即做出反应。"（Neimanis，2017：5）这些与水相关的问题是生态主义关注的问题。女性作为人类的一个重要组成部分，必然要关注环境中水的问题，探讨其所代表的生存和物质问题与女性主义理论的相关性。正如哈拉维所说，水体"为可能的过去和未来重新设置舞台"（Haraway，1992：86，转引自 Neimanis，2017：6），涉及环境水、女性主义理论及二者的肉身含义。

奈伊玛尼斯关于水体研究的理论方向包括梅洛－庞蒂的具身现象学（embodied phenomenology）、吉尔·德勒兹（Gilles Deleuze）和菲利克斯·加塔利（Felix Guattari）的根茎学（rhizomatics）启示下对后人类（posthuman）或根茎现象学（rhizomatic phenomenology）的思考，以及她认为最重要的法国女性写作（écriture féminine）理论（Neimanis，2017：6）。在女性身体的认知领域中，伊里加蕾和埃莱娜·西苏（Hélène Cixous）等人将女性的身体定义为一种形成的状态，是受到文化约束的社会建构。她们不强调本质主义生物学意义上的身体差异，而是认为身体表达一种社会生活的实践，具身的物质性"提供了一种不同的体验身体性差异的方式"（Neimanis，2017：7）。

在过去几十年的理论语境中，女性主义与反殖民、酷儿政治、新物质主义相互融合，促进了生态女性主义的发展。奈伊玛尼斯综述了女性主义、族裔女性主义、女性主义认识论，以及反殖民女性主义（anti-colonial feminism）中对身体、人类例外论、动物虐待、物质的脆弱性

第 3 章 女性主义现象学的发展

及作为正义先决条件的差异的研究（Neimanis，2017：8）。她认为，这些领域的研究都让我们更进一步了解女性、身体、环境之间的相关性，在此基础上，她论证了生态作为女性身体现象隐喻的合理性。

身体和水的联系早期出现在伊里加蕾关于水和性差异的研究中，之后，学者们将身体中的水看成"新的本体论和伦理范式"（Neimanis，2017：7）的来源。当下人们讨论的物质女性主义（material feminism）和新物质主义，都是将水作为身体隐喻的现实例子（Neimanis，2017：7）。此外，水的物质性及其蕴含的关系带来女性身体现象学的新观点，让人们关注以生态为导向的后人类女性主义。

奈伊玛尼斯基于格丽塔·加尔德（Greta Gaard）的《爆炸》（"Explosion"，2003）和珍妮特·阿姆斯特朗（Jeanette Armstrong）的《水就是水》（"Water Is Siwlkw"，2006）中的生态女性主义和后殖民女性主义思想，提出了将水作为女性身体意象的观点（Neimanis，2017：9）。她将自己的研究置于后人类女性主义的理论框架下，挑战"身体哲学的阳具中心主义史（phallogocentric history）"（Neimanis，2017：9）。

"后人类"经常指对现代技术进步的信念，即技术科学（technoscience）可能让我们摆脱身体的脆弱性——"甚至从死亡中拯救出来"（Åsberg，2013：9，转引自 Neimanis，2017：10）。这种后人类主义（posthumanism）演变成一种超人类主义（transhumanism），寻求逃离世俗的具身及其假定的局限性，可以表达为"人类+"（Humanity+）。塞西莉亚·阿斯伯格（Cecilia Åsberg）认为，这个词不加批判地宣扬了"以人类为中心的人文主义的启蒙理想"，并"转化为一种超级人文主义（super-humanism）的形式……致力于完成身心分裂"（2013：9，转引自 Neimanis，2017：10）。面对新的生物技术，有学者认为，生物工程攻击我们纯粹、神圣的人性和基本的尊严，如弗朗西斯·福山（Francis Fukuyama）在《我们后人类的未来》（*Our Posthuman Future*，2002）中给出的反乌托邦幻象（dystopian vision）（Neimanis，2017：10）。而女性主义后人类主义（feminist posthumanism）的代表哈拉维所提出的赛博格（cyborg）的形象则提醒我们，"身体一直都是技术化的（也是种族化的、性别化的，而且是自然文化世界的混合组合）"（Neimanis，2017：10）。

女性主义后人类主义是一种深刻的伦理取向。其本体论有传统的取向，也发展出"让我们产生不同联系的想象"（Neimanis，2017：

11)。人类世的概念在过去十年中较为流行,是指进入新的地质时代(geological era),人类的活动已经成为气候变化、物种灭绝的重要因素。这一概念来自生物学家尤金·斯托尔默(Eugene Stoermer),并因诺贝尔奖得主、化学家保罗·克鲁岑(Paul Crutzen)而广为人知。

奈伊玛尼斯认为,女性主义的工作在后人类思想中占据重要地位,特别是与人类世相关的环境人文学科相吻合。如果我们对女性主义在这些问题上的贡献缺乏认识,会导致我们对人类内部差异缺乏关注,以及随之而来的物质(matter)、物和对象(object)之间差异的消失(Neimanis,2017:13-14)。

女性、人类和一般的对象具有同质化(homogenization)的倾向,但水从来就不是中性的(Neimanis,2017:14)。这是以隐喻的方式来表达女性主义的性质。水的流动性所表达的平等概念会消解人类的中心地位。但是,学者们质疑对非人类世界的关注是否有助于女性主义核心使命的推进,尤其是在女性本身挣扎着求生存,并承受着痛苦之际(Neimanis,2017:15)。

"水"是人类世最紧迫的、最本能的、充满伦理的政治实践和理论研究领域之一。古老的含水层正在迅速枯竭;曾经湍急的河流在到达大海之前就已经耗尽;水坝、运河和改道破坏了许多重要的水道;大规模开采造成严重的水污染,海洋在酸化。这些都导致地球上的生物构成以惊人的速度发生变化(Neimanis,2017:20)。因此,后人类女性主义现象学重新思考水的物质性和隐喻特征,以此来表达社会、政治和文化理论的"流动性转变"(Neimanis,2017:22),并且将女性身体的具身性与人类世中生态环境变化联系起来,开启了融合物质与形而上的新研究领域。

3.3 女性主义的本体转向

进入 21 世纪,西方哲学产生了一种对现实、真实和本体论的重新定义。其中,让人印象深刻的是"万物皆平"的理念,即对象的民主(democracy of objects)。人类和非人类主体都是平等的,小到原子,大到行星,其本体论的地位是相同的。在这种哲学本体论下,人类的性别划分以及随之而来的权势关系被消解。女性主义的本体转向让这一哲观念及其所产生的动力开始对抗人们对世界现存的固化认知，从本体论的视角冲击权力二分的主客体划分。非人类叙事在文本分析中开始盛行。物叙事实际上推翻了主客体的划分，物（对象）在文学作品中被置于前景，甚至在极端的情况下，可以独立于人物的刻画。原来的关系论的本体论（relational ontology）将人看作在种族、阶级、性别等关系网络中找到自己的本体建构，而物叙事与其存在本质差别。由此可见，女性主义的发展已经开始在认识论、本体论上对现存的知识体系进行反思，构建出新的话语。

在面向对象女性主义（object-oriented feminism，OOF）中，女性主义与对象之间存在着复杂的关系。面向对象女性主义起源于哲学对女性主义的影响，包括面向对象本体论和新物质主义——将对象、物、物品（stuff）和物质作为首要的研究对象。它试图利用这一思想的贡献，将其引入更具代理性、政治性、具身的领域。面向对象女性主义把哲学的立场由内而外地转向研究对象，同时将自身也定位为对象。由此，面向对象女性主义在物哲学（philosophy of things）中发展了女性主义思想的三个重要方面："政治，其中面向对象女性主义关注将某类人群（女性、有色人种和穷人）视为对象的历史；色情，其中面向对象女性主义利用幽默来煽动事物之间不适宜的纠葛；伦理，其中面向对象女性主义反对提出宏大的哲学真理主张。"（Behar，2016：3）面向对象女性主义通过参与理论和实践活动建立了联盟，并在非人类中心主义（nonanthropocentrism）和非人类、物质主义和物性（thingness）、客体化和工具化（instrumentalization）等方面，给予女性主义在哲学层面上的理论支持。

人类世研究揭示了将地球客体化的生态后果，探讨了人类和非人类的二元划分，揭示了其中的剥削与被剥削关系；同时，面向对象女性主义在实践中，将对象理论引入女性主义和社会正义行动主义的讨论中，质疑并试图改变客体化所描述的权力关系（Behar，2016：4）。这一女性主义抓住了思辨本体论中将世界看作一个多元的对象集合，其中人类并不比其他任何对象更有特权。

将女性主义定位于对象意味着将其归为对象世界的一个部分，尽管这样也意味着女性作为真实人类主体地位的消解，但是用格雷厄姆·哈曼（Graham Harman）阐释的海德格尔术语来讲，对象世界正好是一个剥削的世界，是一个现存事物的世界，这个工具的世界是历史进程中女性、有色人种和穷人在父权制、殖民主义和资本主义制度下被分配的世界。对象世界取消了弱势群体，如女性、有色人种和穷人在父权制、殖民主义和资本主义下的工具化特征。从女性主义主体到女性主义对象的重新定位，学者们明确地提出了对功利主义（utilitarianism）、工具化和客体化的批判（Behar，2016：8）。

面向对象女性主义与女性主义新物质主义的观点一致，其中我们作为物质的共同地位为所有对象之间的连续性让路（无论是人还是非人，有机还是无机，有生命还是无生命）。为此，帕特里夏·克拉夫（Patricia Clough）描述了最近关于身体、科学和技术的研究如何推动女性主义理论"将身体研究转化为人体以外的身体研究"（Behar，2016：9）。对克拉夫来说，这一改变加强了身体和促进遗传学和数字媒体进步的测量技术之间的兼容性。奈杰尔·思里夫特（Nigel Thrift）强调了同样的科技性（technicity），他设想了资本主义内部向租赁模式下"新土地"的辖域化转变，在这块"新土地"中，"地点、有机体和无机体以及信息混合在一个不断培育的非有机物中，但周转时间要长得多"（Behar，2016：9）。蒂莫西·莫顿（Timothy Morton）和伊丽莎白·A.波维内利（Elizabeth A. Povinelli）强调，在人类世，一个以人类对地球的巨大影响为标志的新地质时代，当全球范围内接近生态崩溃时，我们对人类和物质世界之间关系这种连续性的理解以新的方式展现出来（Behar，2016：9）。

面向对象女性主义研究女性主义、后殖民和酷儿实践的漫长历史，推动与来自多个领域和学科不同过去的关联及对它们的责任。凯瑟琳·比哈尔（Katherine Behar）的《面向对象女性主义》（*Object-Oriented Feminism*，2016）一书涵盖了科学和技术研究、技术科学、生物艺术、哲学、新媒体、社会学、人类学、行为艺术等多个方向。面向对象本体论的研究方向主要包括对象之间的关系、对象的非等级性及对象的集合等问题。此外，面向对象本体论作为哲学理论，对20世纪的其他领域，如先锋主义（avant-gardism）、女性主义和后殖民主义也产生了十分重要的影响，具体体现为非人类中心主义的艺术实践、酷儿/后殖民/女性主义对客体化和边缘化（marginalization）的批评，以及对关系的精神分析批评。

面向对象女性主义在族裔及第三世界女性主义的研究中也有所体现。在波维内利关于原住民安置和地理本体论（geontology）的研究中，种族、对象取向和原住民非人类中心主义在主权问题上的观点趋于一致（Behar, 2016: 12）。对象的概念，无论是对其最基本的理解还是女性主义视角，都需要更进一步的定义，从而将人造物纳入其中。安妮·波洛克（Anne Pollock）发现面向对象女性主义中的对象，就像面向对象本体论中的对象一样，通常是工程和艺术中典型的人工事物（Behar, 2016: 14）。

物质女性主义将物质，特别是人体和自然世界的物质性带到女性主义理论和实践的前沿。女性主义理论正处于由女性主义思想中的当代语言学转向所造成的僵局之中，转向语言和话语对女性主义产生了巨大的影响，"促进了对权力、知识、主体性和语言之间相互联系的复杂分析"（Alaimo & Hekman, 2008: 1）。后现代女性主义（postmodern feminism）认为，西方思想由一系列性别化二元论所建构，当务之急不是扭转概念的特权，而是"解构二元论本身，转向一种不依赖于二元对立的理解"（Alaimo & Hekman, 2008: 2）。而环境女性主义者一直坚持认为，"女性主义需要认真对待超越人类世界的物质性"，但是主流女性主义理论往往"将生态女性主义置于边缘地带，担心女性主义和环境保护主义（environmentalism）的联盟只能建立在对现实的天真浪漫的描述之上"（Alaimo & Hekman, 2008: 4）。自然本身也需要重新概念化，而不是用自然/文化的二元论将自然想象成被人类开发的被动一方。女性主义者批判科学的男性中心主义，她们认为，科学是一种社会建构。近期的科学研究试图让物质发挥作用，哈拉维和凯伦·巴拉德（Karen Barad）将人类、技术和自然界定义为共同构建这个世界，并影响个体在社会中的地位（Alaimo & Hekman, 2008: 5）。当代女性主义理论和实践中仍存在一些问题，尤其是女性主义研究中缺少对于物质（material）的研究。通过推进理论的发展，我们可以把物质纳入女性主义的理论和实践中。一些思想家试图超越话语结构，解决物质层面的问题，这种尝试的核心是建立在语言转向的基础上。这种对物质的研究解构了物质/话语二元论，既保留了这两种元素，又消弭了特权，令人从根本上重新思考物质性，即身体和自然的"物品"（Alaimo & Hekman, 2008: 6）。

女性主义理论的物质转向揭示了关于本体论、认识论、伦理学和政治学的基本问题，物质女性主义试图探索如何在科学中定义真实，以及人类如何在科学语境中描述非人类的行为，这种转向可以重新定义人类对自然、人类与非人类之间关系的理解，综合考虑"文化、历史、话语、技术、生物和环境之间的相互作用，而非优先考虑某一个因素"（Alaimo & Hekman, 2008: 7）。"物质女性主义开辟了新的伦理和政治视野，重新定义人类和非人类的伦理内涵：话语具有的物质后果（material consequences）需要伦理回应，伦理学不仅要以这些话语为中心，还必须以物质后果为中心。"（Alaimo & Hekman, 2008: 7）物质女性主义也需要有一个新的政治维度。巴拉德讨论了发明和使用超声波研究未出生胎儿产生的政治影响，在政治背景下重新定义了生命和权利，证实了科学、技术、政治和人类之间的影响无法被整齐地分开。"物质女性主义改变了与环境科学密切相关的环境政治（environmental politics）……科学可以揭示非人类生物、生态系统和其他自然力量不可或缺的知识。"（Alaimo & Hekman, 2008: 8）通过对人的肉身性和非人类特征的共构物质性（co-constitutive materiality）的思考，我们可以为环境保护主义本身的转型提供可能。新兴的物质理论连接起女性主义思想的各个方面，整合这些作品，可以鼓励坚持物质性的意义、力量和价值的女性主义者建立联系。

第4章
女性作家的伦理关怀与生命书写

4.1 女性作家的伦理关怀

女性主义关怀伦理包括女性给他者提供关怀和照顾以及女性特有的脆弱性和关怀之间的联系。一方面,女性通常以照顾者的形象出现,承担照顾他者的伦理责任;另一方面,女性在人生特殊时刻,如怀孕等,需要承受身体的脆弱性。因此,两性在这种伦理关系中的角色差异成为女性主义伦理考量的重要方面。阿德里安娜·卡瓦雷罗(Adriana Cavarero)、朱迪斯·巴特勒和邦妮·霍尼格(Bonnie Honig)在女性主义伦理学领域都具有广泛的影响力,但其观点侧重不同。意大利女性主义哲学家卡瓦雷罗强调关怀、倾向(inclination),与父爱的直(straight)相对,构成了母系的话语体系,专注于女性的母性,但同时又避免陷入男权话语的窠臼。朱迪斯·巴特勒也承认自己的理论受到了卡瓦雷罗理论的影响,她在女性主义哲学上精耕细作,拓展女性主义中的核心问题,继续探索女性主体问题,尤其关注了母性的问题。霍尼格的伦理观念则强调姐妹情谊、一种基于对话的竞争性(agonism)合作和异托邦,以此促进一种更加平等和对抗性的倾向政治。

4.1.1 女性主义关怀伦理

女性主义伦理学者试图通过比较男女两性伦理差异来确立女性主义伦理。"社会性别女性主义者内尔·诺丁斯(Nel Noddings,1984)指出,女性和男性讲的是不同的道德语言,而我们的文化却支持男性的公正伦理,而不支持女性的关怀伦理。"(童,2002:226)对于女性来说,道德是具体的,"减轻她的痛苦,缓解她的孤独,而且尽她们所能保持她的自主性"(童,2002:229)。对两性的认知通常使人们将"关怀""感性"等标签贴给女性,这遭到一些女性主义者的反对。原因在于感性被认为是低等的,理性被置于感性之上。因此,当下的女性主义一方面反对此类二元划分,希望提升感性的地位;另一方面,则是拒绝将感性等同于女性,试图撕掉女性身上的标签,并认为这是男性用来驯服和控制女性的方式。

"关怀"这个词更多体现社会伦理的内容,我们可将其纳入女性主义现象学的研究范围。在这一联系中,现象学的哲学理论是来自列维纳斯,之后是卡瓦雷罗,他们研究发现,"关怀"一词通常和女性以及母性联系在一起。波伏娃建立了道德和关怀伦理之间的关系。在《现象学传统中的不同声音:西蒙·德·波伏娃和关怀伦理》("A Different Voice in the Phenomenological Tradition: Simone de Beauvoir and the Ethic of Care",2000)一文中,克里斯塔娜·阿尔普(Kristina Arp)将波伏娃描绘成女性主义伦理学中关怀传统的先驱。阿尔普指出,波伏娃在 1947 年出版了《模糊伦理学》(*The Ethics of Ambiguity*),这本书标志着她作为女性主义思想家的地位。她认为,尽管《模糊伦理学》没有明确的女性主义观点,但与女性主义者随后被贴上关怀伦理学(ethics of care)标签的相似之处是显而易见的。阿尔普将其与卡罗尔·吉利根(Carol Gilligan)的《异见》(*In a Different Voice*,1990)相结合,以展示这种相似之处,以及波伏娃思想中的道德和关怀伦理之间的差异。阿尔普认为,波伏娃的作品为这些问题的讨论做出了重要贡献(Fisher,2000:10)。卡瓦雷罗发展了关怀伦理学,将其作为现象学的一个分支,强调关怀工作中女性的作用,通过情感抚慰与身体照顾来应对生存于世的身体需求。

4.1.2 女性身体脆弱性的伦理关怀

女性主义伦理关注女性承受的暴力与压迫,并对此进行了哲学思考,其研究涉及针对女性的暴力,这是在战争等社会动乱情况下十分普遍的现象。针对女性的暴力源自女性身体的脆弱性。脆弱性在伦理学意义上是指来源于"固有的、情境的和致命的"暴力因素而产生的容易受

第 4 章　女性作家的伦理关怀与生命书写

到伤害、产生需求、依赖于他人的照顾或者被剥削的状态（Mackenzie, Rogers & Dodds, 2014：1）。对于脆弱的群体，我们需要承担怎样的义务，这是伦理学需要解决的问题。学者们在哲学层面关注脆弱性对道德理论和生命伦理学的重要作用，解释脆弱性产生的道德和政治义务，并关照脆弱的群体。脆弱性伦理研究还涉及"阐明其与相关伦理概念的联系，以及应对使用脆弱性和保护的话语为毫无根据地针对弱势个体和群体的家长作风和胁迫进行辩护的危险"（Mackenzie, Rogers & Dodds, 2014：2）。

朱迪斯·巴特勒探索了肉身脆弱性伦理（the ethics of corporeal vulnerability）及其影响。她认为，不同的人群被暴力、虐待和蔑视的影响程度存在差异，"遭受社会和政治暴力以及与贫穷有关的疾病"（Mackenzie, Rogers & Dodds, 2014：3）的个体和群体从他人那里得到的反应，有暴力、虐待、蔑视，也有关怀、慷慨和爱，这种模糊性存在于自我与他人的关系中。她指出："不稳定——我们人类对他人行动的脆弱性——产生了减轻痛苦和纠正加剧脆弱性的不公平的伦理义务。"（Mackenzie, Rogers & Dodds, 2014：3）

脆弱性的概念源自拉丁词 *vulnus*（"伤口"），表达人类面对痛苦时的脆弱性，这被看成人固有的特性，是人之所以为人的"本体论条件"（Mackenzie, Rogers & Dodds, 2014：4）。有的理论家认为，人的身体脆弱性存在于人类社会固有的社会性中，因为人的行为相互影响，依赖于他人对我们的"照顾和支持"（Mackenzie, Rogers & Dodds, 2014：4）。

康德哲学（Kantism）对尊严和人格的定义建立在斯多葛学派（Stoicism）的思想之上，强调人的道德理性和自由。然而，当代伦理学家玛莎·努斯鲍姆（Martha Nussbaum）则是将其尊严的概念建立于"亚里士多德/马克思主义传统之中"，她引入了身体的重要性，并且将"人的理性和道德与人的动物性、脆弱性和身体需求交织在一起"（Mackenzie, Rogers & Dodds, 2014：5）。在玛莎·艾伯森·法恩曼（Martha Albertson Fineman）的理论中，社会需要承担起对弱势主体（vulnerable subject）的责任，并将其"置于社会政策的核心"（Mackenzie, Rogers & Dodds, 2014：5），将批判性审查的重点放在社会机构上，同时将消除不利因素的责任转移到国家（Mackenzie, Rogers & Dodds, 2014：6）。这一伦理要求社会能够给弱势群体提供帮助，来应对其脆弱性。

脆弱性的伦理侧重特定的人和群体，他们缺乏自我保护能力，相对于其他群体，其利益更容易受到特定的威胁，对此，伦理义务要求对其提供额外的保护。但是，这样也容易导致"歧视、刻板印象以及毫无根据和不公正的家长式反应"（Mackenzie, Rogers & Dodds, 2014: 6），并将其与受害者身份联系起来。因而，我们需要区分其脆弱性的不同来源与状态，并给予差异化的帮助。例如，育龄女性在生育过程中容易患上危及生命的并发症。针对这种情况，人们在提供帮助时，要考虑"她的身体健康、病史、社会经济地位、地理位置、获得保健的机会以及与怀孕和分娩有关的文化规范"（Mackenzie, Rogers & Dodds, 2014: 8），帮助其从无力、失控感中摆脱出来，最大限度地"使受影响的个人或群体启用或恢复自主权"（Mackenzie, Rogers & Dodds, 2014: 9），在社会政策上保证公正，纠正可能的制度性失误。卡特里奥纳·麦肯兹（Catriona Mackenzie）、温迪·罗杰斯（Wendy Rogers）和苏珊·道兹（Susan Dodds）认为，"制度是导致脆弱性的来源之一"，但她们的概念更广泛；她们认为，"人际关系和制度结构都可以是导致脆弱性的来源"（2014: 9）。莎拉·克拉克·米勒（Sarah Clark Miller）对关怀伦理进行了丰富的康德式解释。她把"基本需求理解为客观的、不可避免的、紧迫的和普遍的需要，如果得不到满足，就会带来能动性受损的危害。它们包括营养、住房、身体完整、依恋、教育、健康和社会参与的需要"（Mackenzie, Rogers & Dodds, 2014: 12）。总之，理解脆弱性是一个复杂的问题，"触及我们对义务、正义和自主性理解的核心，以及我们对关怀的社会实践和周密安排"（Mackenzie, Rogers & Dodds, 2014: 17）。我们应对残疾人、族裔、老年、儿童等群体的脆弱性予以关注，构建社会体系，帮助他们应对身体和制度带来的脆弱性。女性主义者关怀弱者，其主张更深入地探究了脆弱性的伦理内涵，以及在应对脆弱性时权利、义务和主体性的确立。

4.2　女性作家的生命书写

西苏的女性生命书写理论在女性主义文学中具有持续的生命力。作为这一理论的延续和拓展，当下生命书写的研究范围拓展到了西方文学的各个历史时期，挖掘之前被忽略的生命书写文本，并将生命书写的定

第4章　女性作家的伦理关怀与生命书写

义扩展到女性生活的各个方面，如刺绣、纺织，以"讲述她的故事"作为生命书写的标准，突破了传统卢梭式的自传形式。对女性生命书写的研究也与新历史主义（new historism）相结合，给历史上的女性以更鲜活的形象，以超越传统的方式书写女性生命历史，将女性的生命置于历史关系之中，重新塑造女性的社会身份。

女性通过生命书写表达自我是女性主义文学十分重要的方向之一，是女性主义话语创造与知识历史重建中不可或缺的一环。生命书写研究一般并不仅以传记（biography）本身的文学性作为研究内容，更是将作者经历和其时代背景联系，或者将传记成书时代作为研究对象，通过探讨传记中对人物生平的描述，挖掘被隐藏的潜在叙事来揭示不同时代意识形态的作用机制，进而了解当时的社会风貌。这其中历史的建构、个人记忆以及公众记忆的问题是重要的因素。此外，传记中被记录的人所处时代的伦理和社会身份等也是需要考量的因素。

英国和美国女性作家的生命书写存在着差异。历史上，英国女性作家的比例高于美国女性作家，生命书写也更受欢迎。对其生命书写的研究从私人化出发，涉及经济、历史、族裔等层面，也从文明史中经典的女性形象，如西比尔（Sibyl）、克莱奥佩特拉（Kleopátra）等出发，分析女性自传写作所面临的社会压力。在美国，生命书写进入批评者视野，私人历史作为历史上重大事件记录的一部分，被用来书写族裔历史，以此来对抗官方历史。随着经历了第二次世界大战的人逐渐步入老年，幸存者人数也在减少，人们记录其故事以反思第二次世界大战。"9·11"事件这样的重大历史事件已然过去了20年，反思性文学也逐渐成了规模。"9·11"事件之后，人们开始关注伊斯兰女性的生活，从恐怖与暴力的实施中来关注女性的地位和她们在其中起到的作用。生命书写研究将恐怖和暴力叙事中呈现的性别化特征作为分析对象，研究其中西方话语对伊斯兰男性和女性的塑造所体现的恐同特性。对伊斯兰男性阴性化的表达揭示了此类生命书写的意识形态倾向。类似的历史反思还有德国女性第二次世界大战回忆录的研究中对记忆和伦理责任的重新思考。女性生命书写研究成为对历史的反思以及了解女性生命历程的方式。

女性生命书写曾经因其私人性而不被文学经典研究接受，在研究女性生命书写时，我们需要分析女性所处的社会历史背景，构建生命书写中的社会性因素，将对传记的理解置于其时代，重新发现历史的声音，为女性书写进入大众视野做出努力。在生命书写中，另一个需要考虑的因素是财产及其相关的经济地位,"在美国,如果不考虑财产和市场的关系,似乎就无法想象个人的自我和其民主特权"(Adams,2009:211),因此阶级也成为女性生命书写重要的考虑因素。

21世纪的女性生命书写领域得到进一步的拓展与再研究,产生更细致的划分和理念的交叉,体现了女性主义文学内部对不同形式女性生命个体的关注,如《不羁的身体:残疾女性的生命书写》(*Unruly Bodies: Life Writing by Women with Disabilities*,2007)一书对女性残疾身体进行的研究。该书从福柯的理论出发,在"正常"与"残疾"二元对立的视角下,对女性的"残缺"身体进行定义和解读;通过对正常与残疾、男性与女性二元对立的研究,催生出新的解读可能,让人们认识并关注个性化的生命,进而打破二元对立的思维方式。

4.2.1 中世纪女性生命书写

生命书写的范围不仅仅是记录女性生活,学者们还将传记的范围扩展到女性的生命书写,或者和女性生活相关的文字,毕竟在历史上能够留下传记的女性寥寥无几。传统的传记一般倾向于研究名人的生活经历,当下的研究则关注"中世纪家庭的动态",深入家庭中女性的经历和女性的地位(Goldy & Livingstone,2012:3)。因此,学者们将目光转向历史上只言片语的记述,甚至是法庭通告、捐赠记录等,以此来推演女性的生活场景,从而让后世了解其生命片段。传统的中世纪历史把政治和制度史放在首位,这些都曾被认为是男性的领域。对中世纪的女性来说,"早期的工作大多涉及恢复和还原历史叙事中的个别女性。对中世纪的学者来说,这是指女王[如阿基坦的埃莉诺(Eleanor of Aquitaine)]、女修道院院长[如希德加·冯·宾根(Hildegarde von Bingen)]以及特殊的女性[如克里斯汀·德·比赞(Christine de Pizan)]"(Goldy & Livingstone,2012:2-3)。中世纪的女性要么作为女儿被父亲控制,或者作为妻子被丈夫管理,因此"修女和寡妇成为许多学术研究的焦点"(Goldy & Livingstone,2012:3)。

研究者通过零星的证据来复原中世纪女性的生命历程。鉴于可以利用的资料稀少,当前的学者们只能通过历史上与女性有关的生活记录来了解当时女性的生命图景。研究中世纪女性生命的学者们依据非常少的资料来重构中世纪女性的生活,如"两份皇家命令(戈尔迪对牛津大学穆里尔的分析)、一份对教区的捐赠(弗伦奇对教区生活中女性的考察)、庄园法庭的简明记录(德·温特对农民移民的描述)、俄罗斯编年史中的两句话(拉芬斯佩尔格关于埃夫普拉斯基亚的生活描述),以及两篇来自宗教裁判所的证词(阿尔坎博对德尔芬伯爵夫人的虔诚的描述)"(Goldy & Livingstone,2012:6)。这些零散的内容让当下的学者们了解历史上某个特定时刻女性生活的片段,获得当时物质文化的相关描述,"将其扩展为貌似传记"(Goldy & Livingstone,2012:6)的书写。在宏大叙事之外书写的女性生活史虽然与传统定义的女性主义文学差异较大,其撰写生活史所依赖的文本的文学性也有待商榷,但是与美国20世纪60—70年代族裔女性以私人历史发声类似,族裔历史的个人书写模糊了文学和历史文本的边界,因而此类生命书写仍然可以被看作女性主义文学传统不可或缺的一部分。"历史并不总是沿着'国家'或'男性'的界限发展"(Goldy & Livingstone,2012:7),这也可以让人们对当时的文学作品有更多层面的解读。不同的研究路径可以"使我们了解更完整、更细致、更个人化的中世纪女性历史——甚至可能更接近这些女性的生活状态",并且探索"有什么新的方法、策略、新旧资料可以用来书写生活,以创造一个更立体的中世纪女性的画面",以及"我们可以承担哪些风险"(Goldy & Livingstone,2012:7-8)。

4.2.2 特定历史时期的英国女性生命书写

女性之间的友谊、共同体以及她们之间的协作与相互支持成为研究历史上女性友谊的一个方向。学者们通过研究各种类型的女性生命书写,建立女性主义文学的传统,并且将这些研究与共同体研究相结合,获得理论化的研究范式。这样能够将更多的文本纳入生命书写中,并获得生动全面的女性生活文化史。

日志和日记、家庭回忆录和旅行写作等女性生活写作都与手稿文化(manuscript culture)有关,都被视作女性生命书写文本的重要组成部分。学者们采用了文化史研究的方法,与其他学科融合,关注文本和共同体、个人与社区,考虑个体在特定历史时刻,其性别角色对其个人与社区关系的影响,将生命书写的研究与社区及当时的社会生态联系在一起。费莉西蒂·努斯鲍姆（Felicity Nussbaum）等著名的女性主义学者都曾经将女性的生命书写作为研究的主题，其意义在于建立女性主义文学的传统，同时也书写女性生命的样貌。费莉西蒂·努斯鲍姆的《自传主体：18世纪英格兰的性别与意识形态》（The Autobiographical Subject: Gender and Ideology in Eighteenth-Century England，1989）从性别和意识形态视角研究18世纪英格兰的女性自传，研究的范围包括"精神自传、丑闻回忆录和女作家的日记"（Culley，2014：3）。这些拓展的生命书写文本的共同特征是文本的碎片化，学者们在这些叙述中获得关于记录者本人和他人的生活，将表达个体成长的、私人生活的叙述都纳入女性的生命书写之中。

当下，女性主义文学研究注重挖掘之前被埋没的作家、拓展研究的文类，同时还将目光投向文学创作与进入文学市场的行为本身。"女性进入文学市场有无数种方式：不仅作为小说家，而且作为戏剧、诗歌、翻译、儿童读物、旅行叙事、回忆录、行为指导手册和政治作品的作家"（Batchelor & Kaplan，2005：7，转引自 Culley，2014：3），这使得从多角度重新审视女性生命书写成为可能。

有学者重新挖掘了之前被忽视的一些女性的生命书写，如卫理公会教徒玛丽·弗莱彻（Mary Fletcher）、莎拉·瑞安（Sarah Ryan）和玛丽·托斯（Mary Tooth）等，也以新的阐释方式解读约翰·卫斯理（John Wesley）等知名作家的作品。对女性作品的重新解读可以创造出新的解读空间，如琳达·彼得森（Linda Peterson）的研究表明，从维多利亚时期作家的写作中重新认识了"性别、社会阶层、政治、宗教、家庭忠诚和群体归属感等问题"（Culley，2014：4）。

一般来说，18世纪的小说通常表达对异性恋的强烈关注，"但是生命书写则是探索其他类型的人际关系，包括友谊、赞助、政治或国家归属、精神归属以及社会和文学网络"（Culley，2014：5）。因此，埃米·卡利（Amy Culley）探讨生命书写中的女性对其所处时代家庭角色和继承身份的拒绝，讨论跨越阶级、国家边界的人际关系，利用《圣经》和神话的传统解读生者和死者的联系。

卡利研究的生命书写范围包括卫理公会教徒瑞安和弗莱彻、作家玛丽·罗宾逊（Mary Robinson）和她的赞助人德文郡公爵夫人（the Duchess of Devonshire）的关系、格蕾丝·达尔林普尔·埃利奥特（Grace Dalrymple Elliott）对法国被断头的王后玛丽·安托瓦内特（Marie

第 4 章　女性作家的伦理关怀与生命书写

Antoinette）的认同，以及海伦·玛丽亚·威廉姆斯（Helen Maria Williams）与马农·罗兰（Manon Roland）的友谊（Culley，2014：5）。这些作家的生命书写体现了女性之间的相互协作及女性共同体的建立。女性通过相互之间的阅读、评价、书写，推动了女性生命书写的传播。女性在生命书写的传统中确立了自己的作者身份，并且确立了自我和他者的关系。

生命书写本身具有互文性，包括信件、日记、回忆录之间的对话关系，从而得以表达更复杂的自我，以及作者的想象和读者互动的方式。詹姆斯·特拉德维尔（James Treadwell）等批评学者将其看作自传式的互动（autobiographical transaction）（Culley，2014：8）。生命书写如果只是个人生活的记录，恐怕只能作为一种当时文化史构想的基底。每个女性作家在生命书写中所表达的与读者互动的关系实际上反映了个人的情感书写如何打动读者，从而构建精神共同体（spiritual fellowship）（Culley，2014：8）。这在当下的研究中是具有重要意义的方面，即以哲学的情动概念为切入点，关注当时的社会情感氛围，进而研究文学文本的案例。

学者研究生命书写传播的范围和方式，试图确定手稿流通的持久性对其影响力的作用。18 世纪，印刷文化（print culture）兴起，印刷文本逐渐取代了手稿。但是，手稿在小圈子里的流通范围和持久性依然是重要的考量对象。手稿文化对女性生命书写的影响研究与原有的对印刷文本的研究重点不同，更强调日记、日志、家庭回忆录和旅行写作的研究。由此可见，媒介也是影响这类生命书写的重要因素，它模糊了私人写作和公共领域流动的界限。这一研究可以重新建立 18 世纪女性生命的文化史，并揭示印刷等媒介与书写形成对话关系的方式。

女性自传是女性生命书写研究中的一个重要领域，女性的自传和传统意义上的男性自传存在很大的差别。关于自传的经典且具有广泛影响力的定义出自菲利普·勒琼（Philippe Lejeune），"由一个真实的人书写的关于其个人生命的回顾性散文叙事，关注其个人生活，特别是其个性的发展"（Culley，2014：2）。女性传记的主体是历史上的著名女性，其中包括一些著名的女性作家。这类传记将女性作家置于当时的社会历史背景中，关注其生平对当时女性刻板印象的挑战和质疑。生命书写研究让这些女性更鲜活地呈现在众人面前，也填补了之前鲜少有人研究女性生命书写的缺憾。这些女性的传记存在不同版本，呈现了其创作生涯、公共生活的轶事，以及作为著名女性的公众形象，更是通过公众对其外貌的好奇心来传递当时社会对女性品头论足、贬低女性能力的倾向。也有的传记作家在撰写著名女作家传记时表现得非常谨慎，她们担心表现这些女性作家生活的文字可能会被认为是对女作家的冒犯，因而可能会被起诉。女性作家的传记会书写与之交往的人，评价其言谈举止、容貌、吸引力，而这类评价一般不会在男性作家的传记中出现。在不同时代语境中存在对作家不同侧面的呈现和解读，不同版本传记特点的比较研究可以揭示传记出版时迎合读者品位和阅读需求的一面。这种研究也是女性生命书写的一个视角。

4.2.3 伦理反思视角下的德国女性生命书写

以生命书写来回顾历史，将自传看作个人化的历史，生命书写可以让人了解女性的生活片段，以及她们在某一个特定历史时期或者重大历史阶段中所起的作用。因此，其生命书写不仅是对个人生活片段的回忆，也起到了见证历史的作用。

在生命书写中，记忆、创伤和伦理视角也是值得关注的方面。但是在历史事件中，个人经历的记忆并不可靠。回忆录的撰写会倾向于迎合当下对某个历史阶段的伦理判断，个人也会出于保护自己和亲人的目的而有意忽略某些经历，这种省略本身也是值得研究的。德国女性在第二次世界大战时所起的作用及是否对纳粹的行径负有伦理责任等问题，也贯穿于对这一历史时期女性生命书写的研究中。个体在历史进程中是否完全无能为力，必然会随波逐流以求自保？当下的研究让人不得不思考此类问题，这也是研究德国女性生命书写的意义。

伊丽莎白·克里米亚（Elisabeth Krimmer）从创伤叙事的视角分析受日记、回忆录、纪实小说（docunovel）和自传启发而撰写的小说文本中第二次世界大战时期德国女性所起到的作用。她追溯了这一时期的历史背景，认为当时女性在社会生活和政治生涯中都不能起到决定性作用。但是她认为，不作为就是一种共谋，因而德国女性在纳粹统治和大屠杀中也并非无辜。她还针对回忆录是否能够反映真实性的问题进行了探讨，认为记忆的不可靠性以及回忆录的撰写年代影响了对过去事件的提取与呈现。

第 4 章　女性作家的伦理关怀与生命书写

克里米亚认为，尽管德国女性在第三帝国（the Third Reich）中被边缘化，但仍然必须承担历史责任；另一方面，她的研究也揭示了她们作为女性所承受的暴力。"女性积极参与战争和种族灭绝，她们作为秘书、军队雇佣兵和护士对战争的贡献，她们在希特勒的杀戮场作为'热心的'帮手甚至实施者的角色，以及她们作为难民、强奸受害者和集中营囚犯的痛苦，都需要成为第二次世界大战官方叙事（official narrative）的一部分。"（Krimmer，2018：2）

克里米亚关注的并不是正面战场或者大屠杀的集中营本身，而是专注于女性的经历。"如果我们专注于女性的经历，我们会意识到战争中经常被归入外围并与'实际'战争暴力无关的方面——难民的经历、集中营中囚犯的痛苦，以及参与发动战争的官僚体系的工作——实际上是战争运作的核心。"（Krimmer，2018：4）她认为，这类研究需要纳入女性的声音，从而更深入地理解战争对女性的影响，对"现代战争和种族灭绝的范围和性质形成更充分和更复杂的理解"（Krimmer，2018：4）。克里米亚谈到了德国的反犹共识在种族灭绝中起到的关键作用。尽管女性不能直接参政，但是"与政治领域的距离并不一定免除女性的罪责"（Krimmer，2018：6）。对屠杀不采取任何行动，这本身就是对屠杀的默许。女性在当时第三帝国的作用是复杂且多层面的。例如，"女秘书在打字机上键入了处决名单和被没收的犹太财产的记录；她们撰写了纳粹会议的记录和绝育法庭的预定任命。女性接线员对驱逐行动的后勤安排进行了沟通；女性邻居和家庭主妇谴责陌生人和熟人；妻子和女朋友为参加种族灭绝活动的男性伴侣提供了情感支持"（Krimmer，2018：10）。这样的研究能够从这些女性故事中模糊且矛盾的叙事来了解纳粹政权的运作，并且能够"为共谋的性质、民间社会暴力的出现以及一般正义的可能性提供宝贵的经验"（Krimmer，2018：11）。尽管这些女性处于边缘，对战争做出的贡献是间接的，是暴力的旁观者，而不是施暴者，但是其"合作和妥协的叙事是纳粹恐怖成为可能的核心"（Krimmer，2018：12）。

在传记文本撰写过程中，作者省略或更改信息，不仅是和人的记忆机制有关，也和社会环境影响，保护自己或者爱人的初衷有关，而且儿童的记忆未必是自己的真实经历，而是从父母的讲述中获得的二手资料。撰写与第三帝国相关的回忆录也会根据当下的价值观而发生变化，"第二次世界大战回忆录经常在作者沉浸于当时的纳粹意识形态和战后言论所激发的不同程度的距离和批评之间不安地徘徊"(Krimmer,2018：14)。过去的几十年里，东德和西德统一之后，公众接受了大量出版物中德国人作为受害者的形象，与此同时，经历了战争的人们已经大量故去，活着的人迫切需要讲述其观点，加之"最近美国和欧洲文化中回忆录流派的蓬勃发展"(Krimmer,2018：16)，这些都导致了关于第三帝国的回忆录激增。

克里米亚的主要研究对象是"军队雇佣兵、德国军队护士、德国难民和强奸受害者及大屠杀幸存者的回忆录"(Krimmer,2018：17)，从纳粹政权的犹太受害者的角度审视非犹太德国女性的共谋概念。她对女性文本中的自我辩护及其叙事策略的分析可以让今天的读者更完整地了解历史。克里米亚通过叙事断裂(narrative rupture)、概念和视觉盲点(conceptual and visual blind spot)以及沉默等共谋结构中的要素来分析文本。她也将文学作品中白衣天使的形象和德国军队护士、集中营中护士的回忆录进行对比，揭示了"女性如何学会对任何和所有可能扰乱她们情感和认知平衡的经历视而不见，包括她们自己在对种族灭绝政权的遵从"(Krimmer,2018：19)中体现的共谋关系。

关于战争受害者，尤其是战时强奸故事的叙述带来了双重挑战。"不承认受害者痛苦的回应可能会复制对这一罪行的沉默和/或与犯罪者结盟，重新激活强奸的创伤。相反，忽视这些故事中固有的共谋问题的回应抹去了发生这些强奸事件的政治和历史背景，因此未能公正地对待那些纳粹德国的受害者。"(Krimmer,2018：20)针对战争文本中对于强奸事件的遮蔽现象，克里米亚对于同谋受害者的困境给出了解决方案，尝试构建新的话语，不再对强奸这种针对女性身体的暴力保持沉默。

克里米亚以《还活着：纪念大屠杀女孩》(*Still Alive: A Holocaust Girlhood Remembered*, 1992)为例，对女性在第三帝国中的作用以及内疚和共谋进行了反思，她认为，"阅读大屠杀女性幸存者的回忆录有力地反驳了卡普兰所谓的'德国无辜神话'"(Krimmer,2018：22)。

此类研究同属于女性主义文学传统的一个部分，在拓展女性叙事文本的同时，通过反思和讨论来揭示当下人道主义危机的影响，是极其有意义的工作。当我们谈到女性主义多元特征的时候，会发现生命书写的研究也得到了拓展。生命书写不仅是作为个人生命历程的记录，或者某个时代历史事实的记录，也可以包括其叙事策略研究，以及身份构建、

第 4 章　女性作家的伦理关怀与生命书写

创伤研究等心理分析视角。

女性主义伦理可以包含很多方面，本章仅仅关注了当下学者较为关注的两个方面：一是女性传统的照顾者角色及其背后承担的伦理责任；二是在跨国女性主义背景下，女性常常面对的身体脆弱性。女性的身体脆弱性还体现在其独特的作为母亲的生命体验上，在这一过程中，女性需要面对肉身的脆弱性。女性生命及其在历史上的伦理角色可以从其生命书写中得以揭示。无论是普通女性在只言片语中体现的教堂捐赠人的宗教角色，还是在房产证明中表达的经济角色，又或是体现其在第二次世界大战中对他者的伦理责任，我们从中都可以看到学者们对于复原不同历史、文化和社会背景中女性生活的努力及建立女性主义文学传统的研究进程。

第 5 章
生态女性主义文学的新发展

1974 年，弗朗西丝娃·德·奥波妮（Françoise d'Eaubonne）在《女性主义或死亡》（*Le Féminisme ou la Mort*）中创造了"生态女性主义"一词，试图"将女性被压迫和自然被统治的境况联系在一起，从而将女性和自然从不公平的从属关系中解放出来"（Yang，2018：3）。生态女性主义主张批判性地解构女性与自然的历史、文化和社会统治，在女性与自然之间建立更加复杂多样的联系，从而颠覆性别二元论，即破坏"作为理性、主体和主人的男性"与"作为自然、客体和奴隶的女性"（Yang，2018：4）的性别关系。文学、社会学、心理学等学科的发展可以为生态女性主义提供不同的研究方法。来自不同国家和不同学科背景的学者也可以为女性和自然关系的二元论对话提供全球化的视角。卢卡·瓦莱拉（Luca Valera）认为，男性对于女性和自然的支配究其根源产生于对母亲的依赖和照顾（Yang，2018：6）。而随后生态女性主义将视角转向批判性动物研究，对于动物隐喻有了更深刻的揭示。会说话的动物的故事将父权意识以神话的形式延续下去，降低了女性的存在感，剥夺了女性的主体特征。同样，宣传动物保护的杂志也带有父权制的色彩以及歧视女性的意味。此外，诸如素食生态女性主义（vegetarian ecofeminism）、母乳喂养和对母性的强调，以及女性和自然的身体互动都挑战和解构了二元思维模式，强调了女性和自然本身的意义。关于跨文化的环境保护宣传以及对于具体环境问题的探讨则将理论和实践相结合，进一步讨论生态和女性主义的关联。

在人类世进入人们视野之后，生态批评也进入了新的阶段，而生态女性主义文学批评的脉络也更清晰，在与"环境科学、环境政治和哲学、文学和文化研究、后殖民理论、全球化理论和同性恋理论"（Gaard et al.，2013：1）的交叉融合中获得新的发展方向。在文学批评实践中，学者们关注性别和环境正义（environmental justice），包括女性在环境、社会和物种间正义等问题上的积极作用；此外，生态女性主义与当代文学批评其他关注的领域相结合，如围绕性别化的身体、后殖民生态女性主义、情感理论，对权力、后人类主义，以及与生态相关的酷儿理论等问题进行研究，体现了学科的交叉融合。女性主义生态批评方法体现了多样性，并且以女性主义学者独有的视角继续关注生态环境文学、文化和科学等方向，拓展了生态文学批评的新领域。早期生态女性主义逐渐被边缘化，这是因为其简单地将女性与自然的等同，以生物学上的差异定义两性，并假定女性与自然存在的内在联系具有本质主义的特征。而当下的生态女性主义文学批评则进入了多元共生的状态，以历史回溯方向以及当下的热点为例，推进生态女性主义的进程，其中，历史的面向是研究生态女性主义在早期现代主义中的显现，生态女性主义的跨国视角则是关注全球性的生态问题。

5.1　生态女性主义与早期现代性

女性并不仅仅是自然的代言人或者与自然对话的一方，二者之间存在着更为复杂的关系。生态批评、生态女性主义和女性主义之间的对话让我们重新审视女性和自然对话关系的方式。女性主义的倾向之一是为自然代言，生态女性主义中女性和自然的联系被认为是天然的，自然"成为人类使用、占有和享受的对象"（Munroe & Laroche, 2011：1）。生态女性主义者、生态批评家和女性主义者在讨论女性和自然的关系时，需要考虑的是"为自然代言的合法性问题"，而这一问题实际上是"与自然相关的政治利益"（O'Neill, 2006：263，转引自 Munroe & Laroche, 2011：1）。在早期的现代性中，人们热衷于给自然分类，进而发展出各种科学。而女性主义者则认为，需要强调卡罗琳·麦钱特（Carolyn Merchant, 1980）所展现的"英国女性与自然环境的互动方式"，以及作品中的情感因素，考虑人和自然的对话关系，而不仅是理性的分类与对自然的控制（Munroe & Laroche, 2011：2）。

詹妮弗·门罗（Jennifer Munroe）和丽贝卡·拉洛奇（Rebecca Laroche）研究了早期现代英国及其殖民地，这种研究有助于理解当时"两性的物质和文学实践"对当代人所面对的生态问题的影响（2011：

2)。她们认为,女性主义者需要阐明女性主义批评在生态批评中的独特作用,并建立更为统一的理论框架。当下的生态女性主义学者已经不再简单地将自然视为理想化的、养育生命的母亲形象,或将人类视作统治和掠夺的一方,而是探索"更多元的人与自然相处方式的历史和未来"(Munroe & Laroche, 2011: 3)。早期的生态女性主义是基于本质主义的假设,即以生物学的差异来定义性别权力,但是,这可能会"否定了复杂的性别权力立场及其永恒的此消彼长的状态"(Davion, 1994: 9, 转引自 Munroe & Laroche, 2011: 3)。生态女性主义批评需要避免二元的、简单化处理。哈拉维批判了以社会结构中对于事物的认知来定义自然的做法,她认为,自然"既不是母亲、护士、爱人,也不是奴隶;自然不是母体、资源、镜子或工具,来繁殖那个古怪的、以种族为中心、以阳具为中心、被认为是普遍的'男人(man)'"(Haraway, 2008a: 159,转引自 Munroe & Laroche, 2011: 4)。女性处于生态系统之中,是其中的有机体,而不是主导力量,也并非被主导的因素。以此为出发点,当代女性主义者"从理论上重新思考早期现代世界中女性(和人类)与自然之间的关系"(Munroe & Laroche, 2011: 4)。与中国天人合一的思想类似,这一观点将女性视作自然环境中的有机体,而不是主宰或者抵制自然环境的主导物种。在探讨二者的关系时,该理论需考虑自然的特性及人的定位问题,并寻求人与自然的相互依存性和自然的关系性。

生态女性主义学者的研究从"生态"一词的定义出发,分析语言体系中的自然隐喻,揭示自然与逻各斯(logos)中体现的性别因素。安德烈·克拉德(Andree Collard)和乔伊斯·康特拉齐(Joyce Contrucci)指出:"生态几乎从定义上来说就是以女性为基础的。生态意味着房子,逻各斯意味着文字、言语、思想。因此,生态是房子的语言。"(1989: 137,转引自 Munroe & Laroche, 2011: 5)这种隐喻显示了生态作为人的生存容器的特征,以及一直以来具有男性话语特征的逻各斯的主导性,以语言描述来定义自然生态。而在之前的研究中,生态批评、生态女性主义和女性主义学者,尤其是研究早期现代世界的学者之间并未构成对话,导致了研究的狭隘性。对早期现代性的生态批评研究将女性主义批评归入生态批评更宏大的目标之中,认为两者都具有"激进主义者的动机和意图",但是这种联系并未能证明女性主义对于生态批评发展的推动作用(Estok, 2009: 205,转引自 Munroe &

Laroche，2011：5）。生态批评将女性主义纳入麾下，但当二者存在差异时，可能被理解为厌女症和性别歧视。而这种隐藏的性别歧视只能通过阅读，以人物分析的形式才能得以揭示。

生态女性主义的未来与力量体现为通过新的框架来建立环境伦理（environmental ethic），处理"女性统治"和"自然统治"之间的联系（Warren，1996：19，转引自 Munroe & Laroche，2011：6），即重新认识女性主义，并在此基础上讨论女性、自然及定义二者关系的环境伦理。生态女性主义文学批评借助当下哲学及其他文学批评视角，通过跨学科融合来研究女性的日常生活，并将之与女性生命联系。"大量证据揭示了女性的日常生活（不仅在家庭生活中），这些证据可以使我们更多地了解其各种共存领域的丰富性、复杂性和矛盾性。"（Munroe & Laroche，2011：6）

女性作为行为主体或者行为者，与之相关的物质性及语言部分也是研究的切入点。"物质转向"将"科学研究、环境女性主义（environmental feminism）、肉身女性主义（corporeal feminism）、酷儿理论、残疾研究、种族和民族理论、环境正义、（后）马克思主义女性主义 [(post-)Marxist feminism]、全球化研究和文化研究联系起来"（Alaimo & Hekma，2008：9-10）。我们讨论非人类的自然时，将其看作一种建构，同时自然的事物也像女性的身体一样，是真实的、有生命的实体，其存在是物质的。女性在实践中如何与自然相互作用并改变自然，其过程因为实践活动的差异而有别于男性，对这一群体生命体验的书写进行研究，有助于抵制人类中心主义或男性中心主义（androcentrism）。学者们研究发现，女性的记录和手稿能够揭示拥有不同背景和兴趣的女性如何记录自己的生活和想法。因此，在詹妮弗·门罗和丽贝卡·拉洛奇看来，手稿食谱和家庭书籍揭示了女性和自然的物质性，表达了二者之间的对话，对生态女性主义研究具有"不可估量的重要性"（Munroe & Laroche，2011：7）。

学者们研究了最近进入经典行列的女性作家，包括女作家玛格丽特·卡文迪什（Magerate Cavendish）、维恩·纳杜齐（Vin Nardizzi）和米利亚姆·雅各布森（Miriam Jacobson），重新审视西尔维娅·鲍尔班克（Sylvia Bowerbank）对玛丽·罗思（Mary Wroth）的作品《乌拉尼亚》（*Urania*，1621）的解读，汉娜·伍利（Hannah Woolley）和伊丽莎白·伊萨姆（Elizabeth Isham）也得到了众多学者的关注。学者们从生态视角讨论了围绕女性家务劳动的家庭生活。例如，伊萨姆描写的女性与环境的关系，女性在劳作中与自然对话，并且在对风景的解读中获得力量。学者们从人与自然关系的角度去分析作品，也融入了殖民与反殖民的视角，拓展了生态女性主义的理论工具，讨论不同区域、不同历史关系中的女性与生态的关系（Munroe & Laroche，2011：9）。

在对女性与自然事物关系的分析中，生态女性主义学者没有采用传统二元对立的方式，而是以类似于"物叙事"的方式去关注人与自然的互动。其采用的文本超越了小说等虚构形式，关注自然的物质性、人和自然的对话方式及其语言表达如何赋予自然以意义，以及以怎样的情感与之互动。与其他女性主义文学研究视角类似，生态女性主义的研究对象包括自白式回忆录、小说、史诗等文学文本，也包括其他如食谱、个人日记和信件等资料。当下的读者借此了解并见证女性与自然互动和交流场景的广泛性与多样性，从而获得"文本背后/外部/旁边/内部的材料"，这种挖掘会带给生态女性主义研究以更广泛的丰富性和惊喜（Munroe & Laroche，2011：9）。历史上女性与自然对话的方式影响了今天我们对人类和非人类的关系解读。

可见，当下的女性主义研究逐渐超越了二元解读，并与当下的哲学趋势相结合，受到了哲学本体转向的影响；也与生态、人类世等思潮相结合，不仅体现了跨学科的融合，还通过深入挖掘，呈现了更为具体的批评实践，因而成为更为有力的批评工具。此外，生态女性主义随着对人类中心主义的批判在内涵上被改变，不再仅限于二元对立，或简单地将女性与自然等同。随着物质文化研究的兴起，女性的日常生活得到重新考量，家庭内部、私人领域的劳作被赋予更深刻的价值和意义。

5.2 跨国视角下的生态女性主义

生态女性主义并不简单地将女性和自然等同，而是融入了其他具有批判性力量的生态正义等社会运动，以及同性恋、反对异性恋环保主义（heterosexual environmentalism）和同性恋恐惧症的基督教原教旨主义（Christian fundamentalism），如托尼·库什纳（Tony Kushner）在他的戏剧作品中将环境恶化与艾滋病、种族主义、性别歧视和恐同症联系起来。学者们探讨小说中体现的作家的立场，例如探讨"阿特伍德对环境优生学（environmental eugenics）立场的反乌托邦讽刺，这些立场将环境危机归咎于性、繁殖和人口，并将人类消失与世界末日视为保护自然的唯一途径"（Gaard et al., 2013: 12）。有研究与后殖民主义结合，在女性主义生态批评框架下解读澳大利亚土著作家的作品，如亚历克西斯·赖特（Alexis Wright）的小说，认为其作品的"叙事策略、语言使用和想象世界"是对于高度性别化"殖民逻辑"（logic of colonization）"的颠覆（Gaard et al., 2013: 11）。此外，凯特·里格比（Kate Rigby）回到瓦尔·普拉姆伍德（Val Plumwood）的里程碑式作品，以及早期澳大利亚作家朱迪思·赖特（Judith Wright）的去殖民化诗学（decolonizing poetics），将她对《卡彭塔利亚湾》（Carpentaria, 2009）的讨论与当前围绕土著文化、生态和社会正义之间的联系（和潜在冲突）的论述联系起来（Gaard et al., 2013: 11）。

可见，生态女性主义在学科交叉与融合中汲取力量，并从多元视角关注女性作家作品中的生态思想。生态女性主义和后殖民叙事策略进行了富有成效的对话。此外，学者们将批评视野拓展到自传体作品中，分析其中对于生态灾难的记述，为考察殖民暴力、生态暴力和性暴力之间的交叉点提供了理论框架。也有生态女性主义批评学者关注该理论背后的哲学支持是基于关系论还是本体论。例如，莫顿认为，将实体（entities）视为不可总量化的非全部（not-all）独特存在集合更符合生态女性主义实践（Gaard et al., 2013: 9），他运用哈曼的"面向对象本体论"来分析女性主义的"本质"的概念。在人口过剩的当下，学者们强调生殖正义对生态女性主义批评的重要性，专注于女性的身体、跨肉体和物种正义，可以"为理解超越人类的过程及其在文学和文化叙事中的表现提供更广阔的视角"（Gaard et al., 2013: 8）。塞雷娜拉·伊奥维诺（Serenella Iovino）将女性主义生态批评视作解放伦理和政治的认识论工具，她的研究"将自身置于更广阔的女性主义物质生态批评理论的视野中，该理论研究身体、肉体间性和跨肉体的表征、多重因果关系、复杂性，以及物质和话语的能动性纠缠（agentic entanglement）的表征"（Gaard et al., 2013: 9）。

综上，生态女性主义的研究内容已经远远超出了自然与人类的二元视角，与后殖民理论、哲学的本体论、正义等伦理学概念相结合，展示出更为广阔的研究视野，也因而获得了前所未有的批评力量。

第 5 章　生态女性主义文学的新发展

5.3　生态女性主义视角下的动物叙事者

生态女性主义文学研究关注主体性、叙事特征、审美意趣等议题。例如，研究文学作品中的动物作为叙事主体的作品。动物在文本中表现为具有人类的特征，并可以表达人类的思想。这一现象在西方文学传统中一直存在，因此从生态主义视角对其进行分析，可以获得更多有价值的、多层面的文本意蕴。这在当下的后人类叙事中，也是一种万物皆平等的本体论哲学的体现。人与动物界限的超越体现了人和自然界中生物平等的观念，不仅如此，动物的声音是一种以非人类的主体表达人类主体性的方式。有学者"追溯作者声音的发展，以及它如何与性别和物种交织在一起"（Kordecki，2011：4）。动物声音与女性声音的相关性也是进行生态女性主义研究时必然要提出并解决的问题。

动物和女性两个群体具有相似的被边缘化特征，这在中世纪作家、"英国诗歌之父"杰弗雷·乔叟的作品中也有体现。在莱斯莉·柯德基（Lesley Kordecki）看来，乔叟的作品具有对女性友好的倾向，"《禽鸟议会》（Parliament of Fowls）确实创造了这样一个说话的主体，在拟人化的自然中，他者作为女性／自然的结合"（2011：6）出现，融入了梦想家／叙述者／作家的多重身份。尽管处于当时时代的乔叟未能撼动父权制，却在实际行动中给予他者以声音。

对乔叟作品中非人类声音的研究拓展了生态女性主义的研究方向。在文明对自然的建构中，对会说话的动物中蕴含的主体性的探讨挑战了人们习以为常的自然观，促使人们思考人是否为自然的一部分、自然是否应该被看作非人类实体等问题。柯德基以动物作为代表，采用哈拉维的哲学观点，探讨西方哲学传统中动物的服从行为及其代表的非人类的凝视。柯德基从乔叟作品中会说话的鸟的人格化入手，分析中世纪作品中动物被赋予语言能力的传统，揭示动物和女性被视作定义男性主体性的他者的潜藏逻辑。她以令人信服的分析揭示了中世纪文学传统中说话的动物所代表的作者、叙事者、拟人的手法产生的效果，以及乔叟对这种手法的独特运用。尽管乔叟对于女性面临的困境有敏感的艺术体察，并在其作品中有微妙的体现，但作为一个受困于时代的作家，他并未鲜明地质疑和反抗父权制度。乔叟的作品中动物在文本中代表人类，他通过会说话的动物形象呈现人的观点，将之作为确立人的主体性的手段之一。乔叟借动物之口发声，抹去了动物和人类的界限，在叙事的声音中包括了鸟和女人的声音。他探索了在文字媒介中呈现视觉和听觉的方式，赋动物以人声，使其成为人类交流的媒介。

生态女性主义文学研究中一个十分重要的方向是主体性呈现方式的变化，这在乔叟作品中体现为动物形象的主体性以及男性作家的自我话语构建。作者的主体借着动物的声音在文本中进行表演，并借此避免直接的表达。"人类文化及其产品也会使非人类主体性的研究复杂化。"（Kordecki，2011：4）动物被人和人类文化赋予了诸多寓意，动物作为非人类的他者，其中蕴含有意识形态的因素。此类研究需要梳理出三方的问题，即非人类他者（动物）、人类他者（女性），以及非人类自然的声音。柯德基探究主体自主性的形成，将语言作为一种权力进行分配，采用伊里加蕾对语言中意识形态的关注，分析乔叟文本中动物发声、享有作者赋予权威的叙事方式，揭示出此种方式在意识形态操控下如何表达对女性的歧视。在中世纪文学文本中，动物的声音是作者观点的表达，通过作为人类的无声拟像（the voiceless simulacra）而获得了叙事权威（Kordecki，2011：5）。生态女性主义的发展似乎最终又会回到起点，即将女性和自然等同。柯德基的研究表明，尽管乔叟对于他者的存在有所感知，也能够让她们发声，却无法转移男性的凝视。乔叟诗歌中会说话的动物似乎加强了对女性的偏见，将其表现为与作者主体性相悖的他者。

在人们的普遍认知中，自然是非行动者，也是非主体。中世纪传统中，鸟类是动物演说家，这种传统在当时广受欢迎。"中世纪的寓言（fables）、动物寓言（bestiaries）、传奇（romances）和圣徒传记（hagiographies）中都有动物演说家的传统。"（Kordecki，2011：8）女性、儿童被归于动物一类，在乔叟的诗歌中也是如此。关于非人类的主体性在西方哲学中的存在问题，哈拉维在分析雅克·德里达（Jacques Derrida）对西方征服动物传统的哲学思考时指出，需要"考虑动物行为学家和其他动物行为科学家"（Haraway，2008b：21，转引自 Kordecki，2011：9），来了解更多关于非人类的凝视和反应，探索从非人类的视角中折射出的人类行为。

乔叟诗歌中的鸟被赋予了说话的功能，因而获得了人的主体性，并对二元结构起到颠覆性的作用。主体被认为是一种权力和支配行为。女性/男性和人类/自然之间虽然存在区别，但能够支撑起这些概念之间的二元结构，并在此类结构中相互定义。人类以语言定义自我，当动物

第5章 生态女性主义文学的新发展

被赋予说话的能力时,人和动物的二元差异被打破。因此,"当诗人赋予动物说话和讲故事的能力时,我们需要探究这些声音如何定义甚至分离出那个自我"(Kordecki,2011:11)。

在个体通过语言定义自我的过程中,当人借助动物的声音表达自己时,需要探讨这一过程的实现方式。一直以来,哲学上的主客体划分以施动的男性为主,因此非人类动物的存在也是定义白人男性的一种方式。在信奉基督教的中世纪白人男性作家的作品中,"非人类"一词既包括女性群体,也包括动物群体;不仅可以通过动物的眼睛看人类,同时也可以在虚构的文本中找到鸟兽语言中非人的痕迹。

进入21世纪,学者们探讨了文学作品中会说话的动物是否能够让人对父权制产生质疑和否定。柯德基认为,对中世纪文本中频繁出现的动物,有"进行仔细研究的必要性"(Kordecki,2011:15)。而且,动物也是以混血的形式存在,打破了动物与动物、动物与人的界限。"半人半兽的混血怪物在中世纪的文本中比比皆是。对人类的怪物种族的研究表明,人们对这些经常是人和动物混血儿的生物非常感兴趣。"(Kordecki,2011:15)当代人对混血的解读植根于古代的神话传统,同时又体现出人们对传统文学形象的理解。柯德基也揭示了前乔叟时代动物说话的文学传统,将其视作一种尽量削弱主观性的叙事策略。

在中世纪文学中,拥有人类声音的非人类他者成为一个独立的具有反抗作用的角色。柯德基的《生态女性主义主体性——乔叟的会说话的鸟》(*Ecofeminist Subjectivities: Chaucer's Talking Birds*,2011)一书的创新点就在于其解读乔叟这样经典作家的文本时,从主体性的视角讨论当时人们对动物的认知,反映了当时人们借用动物来发出人类声音的写作方法。柯德基的解读也加入了性别特征,体现出乔叟对女性主体性的呈现。拟人化的方式能够给女性、儿童、动物和无生命物体以声音(Kordecki,2011:17),使用动物和女性叙事者的声音这一写作方法在文学创作中的发展过程实际上就是将这两类声音归为一类的过程。

对动物叙事声音的研究可被视为生态女性主义的延伸,体现了与其他领域的多学科融合,如与本体论哲学中的非人类叙事理论、叙事学的研究视角和方法,以及女性主义方法论的结合。非人类叙事作为当下十分重要的叙事学视角,突破了早期生态女性主义文学简单地将女性与自然等同的藩篱,在经典文学研究中体现出勃发的力量。

第 6 章
跨国女性主义的发展

6.1 跨国女性主义概述

　　跨国女性主义强调文化的多样性和复杂性，关注父权制和女性地位在不同国家和地区的情况，重视女性对其所要求权利的不同需求和选择。跨国女性主义有别于全球女性主义（global feminism）将西方女性主义推崇为普适性原则的理念，更适应全球化背景下女性所处的多元困境。第三世界女性主义则呼吁人们还原第三世界女性困境的本质，摆脱男权、殖民、宗教等外界因素，着重关注女性面临的现实问题和需求，即摆脱欧洲中心主义的影响，将视角从欧洲笔下的第三世界女性转向第三世界女性的自我表达。但是，第三世界女性主义也存在固化种族和民族、忽视性别平等的本质问题的风险。跨国女性主义和第三世界女性主义都注意到了不同地域女性的不同需求，强调女性主义的差异化考量，鼓励一种更多元、更杂糅的女性主义，这同时也是全球化背景下女性主义和女性诉求的发展趋势。

6.1.1 第三世界女性主义

　　第三世界女性主义是一个发展的概念，表达经济相对落后的国家中女性独特的生存经历与权利诉求；后殖民女性主义则强调身份与殖民经历的影响。通常第三世界与后殖民国家所指的地域有一定重合，但第三世界女性主义和后殖民跨国女性主义（postcolonial transnational feminism）各自关注的问题略有差异。多元文化女性主义（multicultural feminism）、全球女性主义、后现代女性主义理论都强调自我的碎片化与非连续性。然而"自我破碎的根源主要在于文化、种族和民族,而不是在于性、心理和语言文字"(童,2002:314)。多元文化女性主义者认识到,女性与男性从来就不是平等的,而且她们所受的压迫也截然不同。"全球女性主义者发展了多元文化女性主义者的深刻见解,她们进一步强调:妇女是第一世界还是第三世界国家的公民、是来自发达工业国家还是发展中国家、是生活在殖民者国家还是被殖民国家;根据这些方面的不同,妇女所受的压迫也各不相同。"(童,2002:314)

第三世界女性主义最著名的倡导者是莫汉蒂,她在《在西方的注视下:女性主义学术与殖民话语》("Under Western Eyes: Feminist Scholarship and Colonial Discourses", 1988)一文中批评了西方女性主义者对第三世界主义(Third-worldism)的定义,认为其将生活在截然不同的背景和环境中的女性毫无差别地归为第三世界的一部分,并借此定义其西方文明中的自我。第三世界女性承受着其传统文化带来的与西方女性不同的生命体验,影响其地位的因素包括经济、暴力、家庭结构以及各类宗教教义。与西方女性早期基于自由主义的平等主张不同,她们的生命体验、历程和诉求都有别于第一世界的女性。此外,第三世界女性主义还需要警惕西方的意识形态借着女性主义的发展控制其民族国家思想的独立性。从道德相对主义(moral relativism)的视角来看,其文化独特之处可能被用来解释和遮蔽对于女性的压迫。例如,性器官割除被置于其独特的文化体系之中来理解,甚至被认为具有维持其文化与社会稳定的作用。当下的第三世界女性主义者既关注民族独立,又具有性别的自觉性。她们对女性角色的反思,不再简单地以西方女性主义的发展方向为指向,而是探索具有自己民族特质的女性主义发展路径。西方殖民主义统治过的第三世界国家,其社会结构与西方存在差异,和黑人女性承受族裔和性别的压迫类似,女性也承受着殖民与父权的双重压迫。

女性的受压迫地位被假定为基本同质的、有共同利益的社群,女性的个体身份被等同于女性的集体身份。近年来,来自各个族裔背景、民族国家与阶级的女性开始发出声音。新兴的女性主义群体需要摈弃本质化的理解,将多样因素纳入其理论中,关注群体内部的诉求与利益的差异,即融入资本、种族、族裔、历史时期的差异及与身体相关的差异,如残疾与年龄的作用,同时避免一种话语凌驾于其他话语之上。综合考虑女性主义的因素,也是女性主义发展从单纯地反对父权制为目的,走

第6章 跨国女性主义的发展

向了更全面地看待女性主义理论,女性地位的影响因素也呈现出更完整的图景。当下的第三世界女性,在西方新自由主义推行的全球化的影响下,受跨国资本的影响,承受着新自由主义资本主义的压榨。第三世界女性在劳动力市场中从事底层的工作,或者承担了白人精英女性的家庭劳动。女性的民族、文化、阶级、种族的差异都带来了女性主义内部诉求的多样性。这种差异性的交织也给女性主义理论带来了活力和前进的动力,在一定程度上消解了文化、文学和社会中西方女性主义的霸权地位。

第三世界女性主义关注的范围包括加勒比地区和印度、非洲等欧洲的前殖民地。第三世界女性成为雇佣工人,需要考虑生存的问题,遭遇双重压迫。第三世界中区域性的战争、针对女性的性暴力,以及利用女性身体进行恐怖活动等女性生命经历的书写都是女性主义文学力图表达的内容。此外,第三世界女性主义文学也融入了对主体性的思考,这些女作家还面临着来自男性的压力,其作品可能被认为是对于自己族群文化的出卖。学者们考虑那些居住在加勒比诸岛屿的作家使用的不同语言、其离散身份,并研究其作品的理论框架。这些研究都让第三世界女性主义文学进入西方女性主义文学研究视野之后,呈现出一种更丰富多彩的图景。可见,植根于当地文化的第三世界女性主义文学所要思考的问题远比男女两性二元对立的书写复杂。与其他地域的文学研究一样,跨国女性主义关注的文本体裁同样超越了传统的小说、戏剧、诗歌等,拓展到自传、纪录电影等多种文本形式。

6.1.2 去殖民跨国女性主义

前殖民地女性所在的民族国家,因其在经济实力上和地理划分中处于第三世界,一般是生活在全球的南方。一直以来,国际社会通过种种努力来提高其经济水平,但是她们却越来越多地承受更多的劳动负担。因此,其权利诉求和欧美白人女性有极大的差异。她们生活在帝国主义领导的全球化世界体系中,其劳动不仅体现在地方性,也体现在世界工厂日复一日地劳作的世界性。这类人群也在移民的经历中体会背井离乡的痛苦。她们的劳动满足了跨国制造业的发展需要,其生活受到新自由主义所代表的跨国资本的影响,同时,她们在本国也面临着保守宗教的束缚。在考虑第三世界女性权利时，不能排除西方霸权主义的系统性作用，因此去殖民化、后殖民的影响都是考虑跨国女性主义的重要框架，同时还要避免将女性主义的讨论仅仅放在普世主义（universalism）和相对主义（relativism）的框架下去考虑。

尽管女性主义者一直致力于提高女性的经济地位，"但越来越多的证据表明，女性的性别化劳动负担正在增加"（Khader，2019：1）。第三世界女性主义反抗西方和历史延续下来的帝国主义，其颠覆的努力是针对相对主义和规范主义（normativism），从而达到去殖民化、后殖民和跨国女性主义的理念和目标（Khader，2019：2）。但是在女性主义学者赛润妮·J. 柯哈德（Serene J. Khader）看来，这种理论框架将跨国女性主义的主张限制在既定的范围内，因此需要在此基础上扩展其"反帝国主义女性主义理论（anti-imperialist feminist theories）重要的规范性主张"（Khader，2019：3）。女性主义者应该质疑西方女性主义作为帝国主义载体的价值观，规范其立场，从而能够有针对性地提出第三世界女性主义主张，根据自己的文化传统和社会状况提出自己的立场和观点。

柯哈德认为，女性主义主要关注社会群体之间的权力关系，而非商品的获得；变革策略的有效性受制于特定的物质条件和道德规范；许多西方的价值观在西方的语境下可以消除性别歧视，但是在其他语境中却未必适用（Khader，2019：4）。因而，女性主义实践不能够用单一的价值观来指导。尤其是新自由主义女性主义所关注的商品和权力的分配问题，并非是普世主义女性主义（universalist feminism）的主张。西方价值观对于第三世界女性主义产生影响，但是并未改变女性的福祉。新自由主义女性主义认为"不受监管的资本主义能够让女性受益"，也认为第三世界国家文化传统是造成女性被压迫的绝对根源，与女性权利之间有严重的矛盾，因此会将西方女性主义理念作为解决问题的办法（Khader，2019：4）。

然而，西方的女性主义价值观只是具有经济、军事和表面上的道德优越性，其预设似乎是只要拒绝其旧有的文化，积累了经济基础就可以获得权利，而且将启蒙与自由主义看作第三世界女性提高地位的关键因素。然而，这一点是值得商榷的。摆脱西方价值观，在全球不公正的条件下减少性别歧视压迫是跨国女性主义的发展方向。但是，跨国女性主义被指控为"帝国主义活动的特洛伊木马"（Khader，2019：5），在

第6章 跨国女性主义的发展

表面上是为了提高第三世界女性地位，实际上却夹带帝国主义的意识形态。在柯哈德看来，公认的女性主义价值观成为帝国主义工具的方式有两种：一是借着法律的方式，将直接统治、军国主义、经济剥削、政治统治、白人至上主义（white supremacy）和少数文化群体的边缘化视为正义的行为，甚至能够为受害者争取性别利益；二是将西方女性主义价值观确定为文化统治政权的一部分。正如柯哈德所说："个人主义、自治[有时被视为世俗主义（secularism）]和性别取消主义（gender eliminativism）的价值观都被指责在帝国主义中发挥着辩护和构成性作用。"（Khader，2019：5）

西方女性主义对于第三世界女性主义的干预不仅存在着文化差异，而且无法理解其承受的体制压迫，因而将西方女性主义的理念施加给第三世界女性的做法一直以来都激发了第三世界国家女性的警觉。这些理念包括"帝国主义、不受限制的资本主义和与西方女性主义者有牵连的白人至上主义，还包括异性恋主义（heterosexism）、健全主义、顺性主义（cissexism）和其他压迫体系"（Khader，2019：6）。就如何摆脱反帝国主义和规范性困境的出路问题，柯哈德提出了非理想普世主义（nonideal universalism）（Khader，2019：7）。这种普世主义不承认存在一种普世主义女性主义，强调跨国女性主义增强正义的实践而非理念。

女性主义者反对独立个人主义（independence individualism），认为这是一种"个人主义的帝国主义共谋形式"，并非女性主义运动所必须，"实际上对在性别不公正和帝国主义条件下反对性歧视压迫毫无帮助"（Khader，2019：8）。柯哈德指出，针对女性的四种伤害包括"新自由主义治理术伤害、责任女性化伤害、文化伤害和亲属伤害"（Khader，2019：8）。在她看来，坚持"独立个人主义"这一来自西方文化个人主义的价值观是狭隘的，会阻碍跨国女性主义实践，"加剧女性相对于男性的性别化劳动负担，模糊所提出的女性主义变革的过渡成本"（Khader，2019：8）。跨国女性主义实践特征还体现在其"实用性"上，其策略就是根据情境，确定在"非理想条件下"进行策略选择，尽量摈除西方女性主义的霸权式干预，提取积极的愿景，在实现愿景的过程中考虑条件的限制（Khader，2019：10）。在跨国女性主义的语境中，女性主义者要求关注实践的内容，以及文化间的对话，而不是将西方女性主义作为优越的意识形态加以接受。柯哈德认为，对于普世主义跨国女性主义理想可以抱有开放的态度，但是需要与本土文化结合并通过实践进行认证（Khader，2019：10）。

跨国女性主义的重要特征是考量经济发展及文化差异、西方发达国家与第三世界国家的权力差异。跨国女性主义警惕西方发达国家女性主义中渗透的意识形态和霸权因素，因而具有十分重要的进步特征。

6.1.3 第三世界后殖民女性主义

庶民（subaltern）的缄默是后殖民主义关注的问题。"斯皮瓦克也面临着后殖民社会中女人的缄默。她将女性主义、后结构主义的技巧与后殖民研究联系起来，提请人们注意那些被殖民主体——受到双重压迫的土著女人。"（孚卡、怀特，2003：110）对后殖民社会女性的关注进一步体现在第三世界后殖民女性主义之中，也体现为与当代社会人们关注的暴力与恐怖的联系，还有对庶民文化中的性别（同性恋等话语构建的问题）进行对比。后殖民的一个重要特征就是其帝国统治的残余，这包括帝国遗留下来的法律及对同性恋等性取向的恐惧与压制，也包括酷儿理论等，这些都构成了第三世界后殖民女性主义的研究论题。

斯皮瓦克被视作第三世界女性的代言人，其论说影响力巨大。她将第三世界女性的诉求、种族、民族、阶级和种姓带入女性主义文学研究的视野。后殖民女性主义的兴起与第二次世界大战之后西方前殖民地民族国家的独立有直接的关系。20世纪80年代早期，西方对第三世界女性采取居高临下的庇护式态度。在殖民统治中，白人至上的观念通过殖民话语的建立，实现在殖民地人民思想中的渗透。如果采用福柯话语建构的观念，我们可以看到第三世界的经济、政治、文化生产无不表达着白人文化的优越性。正如塞内加尔作家谢赫·阿米杜·卡内（Cheikh Hamidou Kane）在其小说《模糊的冒险》（*Ambiguous Adventure*，1963）中表达的"大炮压制身体，教育迷惑灵魂"（George，2006：212）。

曾经是英国殖民地的印度是各种力量角逐的场所，其中有殖民者的话语建构，也有民族意识觉醒之后的反殖民话语建构，但是女性话语被遮蔽于民族独立的热望当中而处于失语状态。庶民文化如何对抗殖民文化？在思考这个问题的同时，前殖民地女性的声音也得到了认识。学者们一方面希望能够获得独立的声音；另一方面又担心西方话语打着女性主义的旗号对其进行进一步的文化渗透。在文学作品的解读中，采用什么样的标准是对前殖民地文学进行解读时必然要考虑的问题。

6.2 跨国女性主义文学实践

随着女性主义运动的发展，一度被边缘化的女性逐渐发出了自己的声音。这其中包括英国本土的苏格兰、爱尔兰等地的女性主义文学，英联邦国家中一度被忽视的澳大利亚女性主义文学；印度、巴勒斯坦女性主义文学；地理位置及肤色与殖民帝国的女性截然不同的黑色大西洋跨国女性主义文学，以及加勒比地区的女性主义文学。这些文学逐渐走入世界文学的视野，女性以其独特的生命体验汇聚成一股无法遏制的洪流，带给世界女性主义文学以崭新的面貌。

6.2.1 跨国女性主义文学与恐怖主义视角

"9·11"事件中双子塔的倒塌让人反思美国作为一个帝国的稳定与安全。因此，在后"9·11"事件的叙事中，美国本土的叙事普遍传达了一种焦虑与不安。主流文学话语将伊斯兰塑造成为恐怖分子，女性主义者也将目光投向女性主义文学与恐怖叙事的接壤之处。恐怖主义（terrorism）在被重新定义中与生活中指向性明确的暴力结合，相关的研究议题还包括西方话语中对于恐怖分子和恐怖行为的叙事，这种研究指向是对"以暴制暴"西方话语的对抗。当下女性主义文学研究的一个趋势是根据具体的文本，融入性别政治，并且和暴力等主题研究及后殖民视角相结合。

总结第三世界女性主义文学的发展变化，我们可以发现，第三世界青年学者进入女性主义文学研究，其第三世界的身份背景和跨文化经历也使其研究视野从西方女性主义所关注的问题，转而关注非西方女性的经历和诉求。此外，由于文化身份的差异，她们更关注民族身份的差异，以及前宗主国和前殖民地的权力差异。

跨国女性主义关注的非西方地区包括伊拉克、阿富汗、巴勒斯坦、以色列、危地马拉、印度、阿尔及利亚和南非等地，这些地区延续着帝国主义中厌女症和同性恋恐惧症的传统。此外，帝国话语一方面将这些地区的男性塑造成性别恐怖政治中的同性恋男性形象；另一方面延续着对女性的压迫和歧视。而"跨国女性主义成为批判性探究这种种族化的性别恐怖政治（racialized gender politics of terror）的重要工具，因为它在各种地缘政治和历史背景下为有色人种女性间建立话语/物质团结纽带创造了战略可能性，以此解决殖民和新殖民统治问题"（Deb，2015：2）。由此可见，跨国女性主义研究对种族化性别恐怖政治起着解构的作用。

印度裔女性批评者巴素利·德布（Basuli Deb）将印度女性的权利与安全诉求和其他跨国女性主义联系在一起，将女性主义文学拓展到传统文学类别之外。她使用的文本包括"小说、推荐信（testimonial）、传记、自传、回忆录、论文、出版博客、监狱摄影、视觉和表演艺术、音乐、电影、媒体和新媒体"（Deb，2015：2）。德布试图通过这种跨学科研究来消除公众对恐怖主义的误解。恐怖主义通常被定义为一种非历史现象（ahistorical phenomenon），是暂时性的，可以"通过利用高科技战争和反恐酷刑来实现国家和跨国安全的军国主义政权来解决"（Deb，2015：2），即西方话语将这类抵抗帝国统治的有色人种群体妖魔化（demonized），将其行为界定为恐怖主义。而对有色人种群体来说，战争或暴力行为是获得民族命运自决权的方式，是摆脱帝国主义不公正待遇的强有力措施。

跨国女性主义除了对美国反恐战争及性别化恐怖主义叙事进行解构之外，还关注过去几十年中联合国发布的女性权益计划、公约等文献，从而追踪女性权益的共同理想和当下关注的问题。"随着女性被列入国际议程，学术和非学术、女性主义和主流媒体发表了大量以女性为中心的文本。"（Deb，2015：2）联合国动议表达了一种人类社会的共同理想，联合国作为一个全球政治联合组织提出保障女性权利的行动计划，推动全球女性地位的提升。此举促进大量以主张女性权利和保护女性为中心的学术、非学术的文本产出。

在影响社会发展的因素中，经济地位带来的生存问题必然是最核心的问题，而且在政治抵抗运动中，对专门针对后殖民女性的暴力进行的研究也是保证女性权利的关键问题。这些特点都让后殖民女性主义关注

第6章 跨国女性主义的发展

的女性问题与西方女性主义传统面临的问题迥然不同,研究后殖民女性主义文学的关注点必然是以生存和安全问题作为核心指向。

学者们研究针对女性的暴力以及实施恐怖袭击的女性,分析其中的权力斗争和实践,以及将有色人种塑造为种族主义者的话语。"跨国女性主义分析将女性作为恐怖主义背景下暴力的实施者和受害者联系起来"(Deb, 2015: 3),在受虐女性的权力斗争上,女性主义者容易达成一致,但是在女性成为暴力的实施者时,则面临解读的难题。尤其是在帝国的反恐战争中,女性所处的历史和地理位置必然让其对恐怖战争的定义产生分歧。因此,女性主义者需要将恐怖主义置于殖民和帝国扩张的背景下进行解读,分析其中的权力差异,并将研究的方向指向互动与合作,认识特定地区间女性利益诉求的差异。

历史上与欧美帝国主义相关联的地缘政治及其遗产在世界各地的冲突中都有体现。德布在研究中探讨了"恐怖主义和反恐问题的性别化如何揭示跨国和跨历史恐怖中隐蔽的种族化意识形态,这些意识形态长期以来一直支撑针对被妖魔化为恐怖分子的身体/群体的反恐暴力的帝国主义和中央集权机制(statist mechanism),并为其保驾护航"(Deb, 2015: 3)。恐怖主义的实施者本身可能就是受害者,因此这种书写就是对带有偏见的恐怖叙事和恐怖标签的重写。

被妖魔化族群中的女性与酷儿在殖民和帝国背景下如何自我定位并抵抗压迫,这也是跨国女性主义研究的重要方面,此研究有助于破除妖魔化的偏见话语。跨国女性主义在不同地缘政治背景下将关于恐怖主义的知识去殖民化,女性主义在这种全球秩序中再造性别意识形态,重新想象女性主义的未来。"跨国酷儿范式既与跨国女性主义认识论并行不悖,又隐含于其中。"(Deb, 2015: 4)在帝国话语中,"酷儿意味着残疾/衰弱的存在,通过帝国主义和民族主义势力根据自身需求利用或剥夺怪物般的欲望——无论是政治欲望,还是性欲望——制造恐怖"(Deb, 2015: 5)。它将性取向与帝国主义和民族主义联系起来,探讨其蕴含的性别意义;也在殖民地内部性别话语的塑造中融入了跨国酷儿模式和跨国女性主义认识论的重新书写。

德布在研究中改写关于恐怖主义的认知话语,"重新思考在不平等的地缘政治权力关系的全球秩序中占主导地位的性别意识形态如何创造、固化和维持恐怖,该秩序也将其遗产留给了后殖民国家维持的内部殖民地"(Deb, 2015: 4)。美国的国家恐怖主义体现为阿布格莱布监狱（Abu Ghraib）的美国女兵通过折磨那些与恐怖主义和伊斯兰法西斯主义（Islamofascism）相关联的男性赤裸的身体，来争取军方的认可。帝国话语将地理和文化的征服与两性之间的性暴力联系起来，这种性别与帝国主义的关系在美国宣传的图像中得到表达。美国"9·11"事件之后，恐怖成为学者们研究的一个领域，而德布在研究中将其与跨国女性和酷儿学术研究相结合，揭示了伊斯兰对酷儿的抵制以及西方用酷儿酷刑方式和象征来羞辱伊斯兰男性的现象。

性化表征（sexualized representation）和跨国地缘政治、种族化叙事（racialized narrative）的关系在跨国女性主义研究中也得到了揭示，如齐拉·艾森斯坦（Zillah Eisenstein）的《性诱饵》（*Sexual Decoys*，2007）和加尔吉·巴塔查瑞亚（Gargi Bhattacharya）的《危险棕色人》（*Dangerous Brown Men*，2008）。艾森斯坦通过"批评自由主义和资本主义及其对非西方女性的剥削来阐述国家利益及其对恐怖主义的依赖"（Deb，2015：8），巴塔查瑞亚的研究则揭示了"性化敌人的棕色男性气质"（Deb，2015：8）。

德布指出，学者们研究跨国视角下的女性主义和恐怖主义，关注帝国主义话语塑造的恐怖神话，对恐怖神话进行性别、安全、后殖民研究，如罗宾·莱利（Robin Riley）、莫汉蒂和明妮·布鲁斯·普拉特（Minnie Bruce Pratt）编辑的《女性主义与战争：对抗美国帝国主义》（*Feminism and War: Confronting U.S. Imperialism*，2008），以及纳杰·阿尔–阿里（Nadjie Al-Ali）和尼古拉·普拉特（Nicola Pratt）编辑的《中东女性与战争》（*Women and War in the Middle East*，2009）（Deb，2015：8）。也有学者研究法治国家的主体性与性别、恐怖的关系，以及非洲裔、阿拉伯裔等族裔美国人在帝国话语建构中的形象，如安吉拉·戴维斯的《废除民主：超越监狱、酷刑和帝国》（*Abolition Democracy: Beyond Prison, Torture, and Empire*，2005），以及阿曼尼·贾马尔（Amaney Jamal）和纳丁·纳伯（Nadine Naber）共同编辑的《"9·11"事件前后的种族与阿拉伯裔美国人》（*Race and Arab-Americans Before and After 9/11*，2008）（Deb，2015：8）。

学者们审视了欧美外交政策历史，探讨了对恐怖主义的性别化理解如何区别定义跨国白人帝国及庶民的行为。美国话语将与伊斯兰教有关的男性贴上恐怖分子的标签，宣称拯救穆斯林女性。"9·11"事件之后，美国"伊斯兰恐惧症（Islamophobia）取代了对共产主义的红色恐惧"（Deb, 2015: 9）。伊斯兰教中女性地位的话语塑造使人们普遍将伊斯兰教与恐怖分子和对女性权利的限制联系在一起，因此美国话语将"拯救穆斯林女性"作为反恐战争的口号。2021年，美军撤离阿富汗时，也要求塔利班政权承诺改善女性地位。类似的情况同样体现在英国对其前殖民地的态度上。印度作为英国的前殖民地，其种姓制度的解放也被认为是英国殖民者的功绩之一。在印度的殖民统治期间，英国传播了将土著人民从印度教种姓制度中解放出来的观念，将其视为现代性、进步和英国救世主统治的标志，但同时，它又"强化了种姓制度"（Deb, 2015: 11）。德布认为，印度的例子充分体现了"以欧洲现代性名义进行的恐怖政治如何从殖民政府传递到后殖民政府"（Deb, 2015: 11）。

在巴勒斯坦对抗以色列的斗争中，"女性自由战士实施的飞机劫持和自杀式爆炸挑战了现状，颠覆了对阿拉伯女性的性别假设"（Deb, 2015: 13），她们的生命历程是以暴力行动和自我牺牲为终点的。阿拉伯女性原本是顺从和居家的形象，但是巴勒斯坦女性的行为却挑战了阿拉伯世界父权制社会中的女性形象。在各国女性不同的生命经历中，构成影响其身份建构的因素存在差异，这也是当下女性主义文学研究的重要出发点，即不仅要关注女性与父权制的抗争，还要对不同族群女性的生命体验有更深切的同情，对其权利诉求有更全面的关注。

跨国女性主义的研究范围没有局限于某一国的女性文学，而是将目光投射到阿拉伯、印度、中东，以及前西方殖民地的非洲，将第三世界女性视为一个统一体，同时也关注到某个具体地域女性面对的迫切问题。从阿拉伯世界的恐怖主义、巴勒斯坦反抗以色列斗争中的同性恋书写到种族隔离，跨国女性主义对每一种文化中女性的地位及其经历的独特之处进行分析，同时揭示西方国家的影响及宗主国对被殖民国的控制。

6.2.2 英国流动女性和移民的声音

学者们在构建女性主义文学史过程中采用历史、文学理论和文本分析的综合方法，研究第二次世界大战之后女性的生存经历，如"战争造成的流离失所，女性对自己性属的理解发生的根本性改变，从帝国撤退，女性与国家这一概念的关系，移民的经历，威尔士、苏格兰和英格兰身份的文学再现,以及家的含义"(Joannou, 2012: 1)。因此,研究离散人群(diaspora)及非英格兰女性作家的文学作品,赋予其声音,成为女性主义文学研究的重要环节。

《女性书写、英国性以及国家和文化身份——流动女性和移民声音,1938—1962》(Women's Writing, Englishness and National and Cultural Identity: The Mobile Woman and the Migrant Voice, 1938-1962, 2012)一书的作者马罗拉·乔诺(Maroula Joannou)是英国的第二代希腊移民,该背景让其对语言和文化间性(interculturality)更具敏感性。该书关注了英格兰、苏格兰、威尔士以及前英属殖民地,如南非、印度裔作家的作品。乔诺以 1945 年为界,分析了作为时代隐喻的流动性(mobility)及其对女性主体性的影响。她指出,改变人生的个人旅程"在写作中的共鸣必须置于战争、政治动荡和战后移民的历史背景下,其中女性的流动性是一个时代的标志"(Joannou, 2012: 2)。她将流动性与女性生活联系起来,其中包括小说中的战时婚姻关系、传统女性道德的沦落。在战争带来观念巨变的同时,弗吉尼亚·伍尔夫(Virginia Woolf)等作家在作品中再现了大规模的地理迁移、英国文学和历史传统的丰富性、战争带来的同工同酬的诉求及女性自我认知的变化。乔诺将"英国文学"不仅定义为英伦三岛,还将前殖民地的作家纳入其研究范围,并从后殖民女性主义的视角对其进行分析,尤其考虑社会文化背景和殖民身份。该书的研究具有后殖民女性主义的典型特征,将一度被忽视的威尔士、苏格兰等用民族语言写作的作家带入批评视野。

6.2.3 澳大利亚女性主义文学

澳大利亚作为前英属殖民地、现在的英联邦成员,其独特的地理位置、历史及与英国的关系使其女性文学具有独特的研究价值。女性以写作形式进行自我意识和自我表达的革命在全球各个民族和种族中有越来越强的呼声,澳大利亚女性也不例外。澳大利亚文学与英美文学相比,有怎样的独特之处?体现了怎样的地域特征?澳大利亚的女性学者讨论了澳大利亚女性作家如何应对在文学领域被双重边缘化的困境。澳大利亚女性主义者的目标和英美同侪一样,在被视为规范的父权制空间中找寻自己失落的女性先辈。但是,就学术背景而言,澳大利亚女性主义文

第6章 跨国女性主义的发展

学与英美女性主义文学相比,其批判传统相对薄弱,其文学人物并未获得应有的承认。因此,与美国不同,澳大利亚女作家"试图将澳大利亚的文学空间从多元文化转变为跨文化,从而以开放的态度接受、融合和包容其他文化、语言和世界观"(Dasgupta & Das,2017:3)。澳大利亚女性主义文学研究中,尽管当代女作家们接受了这种超越身份的民族、种族、宗教轨迹的跨文化空间(transcultural space),但由于这些女作家鲜少被纳入课程或经典文学中,学术界的理论和文学意识还有待发展和提升。

因此,在澳大利亚女性主义文学研究中,学者们关注的目标是"探索澳大利亚女作家如何跨越经典文学的边界、文化和种族界限来寻求身份和意义",其共同点是探索"女性在赢得身份的文学空间的模式中体现的主体性、冲突和相互关联性等核心问题"(Dasgupta & Das,2017:4)。其研究不仅是为了表达女性主义的主张,还希望能够以文学批评的形式让更多的澳大利亚女性作家为人们所知。正如桑朱塔·达斯古塔(Sanjukta Dasgupta)和德维莉娜·达斯(Devaleena Das)在其女性主义文学论文集的导言中所说,"让读者和学者了解澳大利亚女性文学的丰富资源,以此方式在全球范围内宣传澳大利亚女性写作的重要性,直至今日,澳大利亚女性文学仍然被边缘化。"(2017:5)因此,女性主义批评学者期望将不具有国际声名的澳大利亚女性作家带入世界文学评论者的视野。

学者们研究的文本不仅包括传统意义上的诗歌、小说等文学形式,还包括信件、日志和期刊,以及女性的回忆录。这类研究对澳大利亚历史上女性的经历以及她们在澳大利亚的殖民生活有更生动的描述,让人们看到她们经历的生存考验与苦难。在澳大利亚的各个历史时期,各种形式的女性写作都让她们的经历得以被广泛认知,如两次世界大战中的"陆军护士"的形象。这些叙事让女性的生命空间突破了客厅、厨房或者托儿所,从而摆脱了对女性的固有认知,即认为女性写作是平庸化和女性化的。而女性叙事空间扩大似乎也可以说明女性更有权力。这一论断背后的原则是否已经说明女性对私人家庭空间的突破是一种进步?因此,在讨论女性主义文学时,需要避免做女性主义理论本身的争执,在厘清概念的同时,也需要完成推广女性文学,提升大众认知的目标,同时也推动女性主义理论的发展。

6.2.4 女性主义与当代印度女性写作

印度女性主义文学体现了与欧美等国文学之间差异化的特征。这一文学领域探究的主题包括女性、文化认同和社会阶层、婚姻和性行为、母性的表达、女性在父权制中起到的维护或颠覆作用等。印度女性写作如何表达这些主题,其女性意识与写作技巧之间的可能联系,这些都是学者关注的问题。卡玛拉·马坎达亚(Kamala Markandayaz)、纳彦塔拉·萨加尔(Nayantara Sahgal)、安妮塔·德赛(Anita Desai)和沙希·德什潘德(Shashi Deshpande)的作品是印度女性主义文学的代表。对这些作品的研究可以在一定程度上确定印度女性主义与其他反映不同文化关注的女性主义的区别。

女性主义的概念在印度和其他发展中国家中一直存在争议。"传统保守主义者认为它造成女性与其文化、宗教和社会家庭责任的疏离;而一些左翼人士认为这是从更重要的阶级斗争或反对西方文化和经济帝国主义的斗争中转移注意力。"(Jackson, 2010: 2-3)阿尼亚·隆巴(Ania Loomba)认为,印度过分简化西方女性主义的做法抹去了西方女性主义内部的差异(Jackson, 2010: 3)。印度女性主义者常常因为受到西方思维模式的影响而受到谴责。例如,在德赛的《禁食与盛宴》(*Fasting, Feasting*, 1999)中,任何支持女性权利的行为都被视为在模仿西方(Jackson, 2010: 3)。而英国将印度女性需要殖民国家的保护和干预作为统治印度的主要理由。印度在不同地区和不同时间就具体问题开展改革性别实践的运动,这些问题包括"寡妇殉葬(sati/widow burying)、杀害女婴、童婚、深闺制度(purdah)/女性隐居(female seclusion)及对女性教育的限制"(Jackson, 2010: 4)。尽管这些现象到 21 世纪仍然存在,但是从 19 世纪中叶以来,印度女性主义团体就一直在为改善两性关系而努力。民族主义者基本上分为两派:一派"希望按照西方的思路'改革'印度的性别意识形态";另一派希望"'复兴'传统文化,将女性视为本土宗教和家庭传统的象征"(Jackson, 2010: 4)。帕沙·查特吉(Partha Chatterjee)解释了印度民族主义运动解决女性问题的方式,他认为,这一解决方案围绕着物质和精神两个领域建立。在物质领域,英国通过其在科学、技术、经济组织、治国方法等方面的现代性征服了印度(和其他殖民地),但是殖民影响未能改变"其独特、优越的精神文化中的东方内在及本质身份"(Chatterjee, 1989: 239,转引自

第6章 跨国女性主义的发展

Jackson, 2010: 4)。因此，印度的新女性必须学习识字、算数和现代家务，也必须遵守宗教仪式，保持文化传统并确保"家庭生活的凝聚力"(Chatterjee, 1989: 248，转引自 Jackson, 2010: 5)。当印度女性走出家庭、参与政治运动时，她们得到了许多民族主义政治领导人的支持，甘地（Gandhi）尤其意识到女性在非暴力斗争中可能拥有的力量，但是参加民族主义运动的女性人数和她们将女性利益和民族主义问题结合的程度存在明显的地域差异（Jackson, 2010: 5)。

印度女性主义研究包括印度女性运动历史，以及不同肤色的女性对性别、性、阶级、民族、种族和文化之间的关系的阐述等。但是，印度女性主义的努力可能会被视为对西方的模仿，因而陷入争论。像詹姆斯·米尔（James Mill）这样有影响力的英国作家也曾谴责印度的宗教、文化和社会关于女性的规定和习俗。例如，寡妇殉葬、杀害女婴和童婚等习俗带来的女性被迫害的体验都是针对印度女性主义争论的来源。但是，道德相对主义很可能让女性主义者越发小心翼翼。

在占主导地位的民族主义者的认知中，女性需承担保护和保存民族文化的核心作用，其主要活动领域在家庭范围内，而男性需要在公共领域活动，"学习组织'世界上'（in the world）物质生活的先进技术以对抗帝国统治"（Jackson, 2010: 5)。在反对帝国主义的政治斗争中，印度女性开始参与家庭之外的生活，这一变化也带来了女性主义研究的改变。印度女性主义文学传统研究让文学批评学者更好地梳理出文化与民族的差异所带来的具体生命体验和文学创作背后的差异，从而能够更广泛地推进女性主义文学传统的建立和发展，使其更具有包容性。

印度女性工作收入远低于同职位的男性，男孩的上学比例远高于女孩，这些问题都受到了关注。《禁食与盛宴》中，即使是印度中产阶级家庭也会提前终止女儿的教育。这部小说也引起人们对于嫁妆的关注，许多新娘和她们的家庭都面临着提供昂贵"礼物"的压力（Jackson, 2010: 7)。尽管偶尔会受到批评，直到20世纪70年代，印度对于两性平等的承诺才受到挑战。西方第二波女性主义运动在印度媒体上得到广泛关注，这一时期开始的印度女性运动源于当时一系列的激进运动，如女性成为"抱树运动"（Chipko movement）的主要参与者，她们激进地质疑其基于性别的从属地位（Jackson, 2010: 7)。

前面提到的马坎达亚、萨加尔、德赛和德什潘德等女性作家都是城市知识分子，她们含蓄地批评了将女性视为财产的意识形态，认为这可能导致男性在家庭和更广泛的社会中滥用权力。针对女性的暴力问题是20世纪70年代印度女性主义运动的最初焦点。"反对强奸、家庭暴力和嫁妆致死（dowry death）的运动在20世纪80年代逐步升级，得到大量来自男性和女性的支持"（Jackson, 2010: 9）。然而到了1985年，政府颁布了《穆斯林个人法法案》（Muslim Personal Law Bill），重申了穆斯林女性在法律上的不平等地位，女性运动再次受到打击（Jackson, 2010: 10）。尽管性别暴力被认为是印度的一个主要问题，但女性主义运动受到的争议更大，"特别是对家庭的批判及对通情达理、自我牺牲并致力于为家庭服务的印度女性形象的挑战"（Jackson, 2010: 10）。

印度女性作家的作品将父权制度和其他权力结构相联系。然而，和其他女性主义一样，印度的女性主义也并非同质化，在意识形态和战略上同样是多元纷呈。在反对针对女性的暴力中，家庭暴力和强奸等对女性身体的侵犯都是印度文学研究中亟须关注的问题。当下的印度女性主义文学研究主要是发展性和比较性的分析，同时也关注其形式表达。对印度女作家的英文小说进行比较研究的主要著作包括米娜·希瓦德卡尔（Meena Shirwadkar）的《印英小说中的女性形象》（The Image of Woman in the Indo-Anglian Novel，1979）、尚塔·克里希纳斯瓦米（Shantha Krishnaswamy）的《1950—1980英文印度小说中的女性》（The Woman in Indian Fiction in English, 1950–1980，1984）等。在女性主义文学理论的背景下对其作品的形式和叙事策略进行分析是为了"确定印度女性主义的鲜明特征"（Jackson, 2010: 11）。妻子贞洁和丈夫放纵的双重道德标准以及后殖民文学背景下母性神话的影响研究都表明印度女性主义文学的独特性。但是，现有的文学批评倾向于将重点放在小说本身而不是探究小说中的性别压迫如何受到文化、社会和物质因素的影响，因此学者们需要通过确定印度女性的文化特征，发展出一个分析作品形式和叙事策略的研究方法。对印度社会和性别意识形态的批判，对性别、文化身份和社会阶层之间联系的研究，有助于进一步确定印度女性主义的文化特征。

6.2.5 后殖民主义视角下的巴勒斯坦女性主义文学

在后殖民女性主义的视角下研究一度被忽视的前殖民地文学也是过

去十年西方女性主义文学的研究领域之一。安娜·鲍尔（Anna Ball）的《后殖民女性主义视角下的巴勒斯坦文学与电影》(*Palestinian Literature and Film in Postcolonial Feminist Perspective*, 2012）就是这一研究方向的例子。该专著探索"巴勒斯坦文学和电影中出现的引人注目但基本上不为人知的性别意识（gender-consciousness）"叙事，其目的是"通过揭示其多层次和复调性特质来重述巴勒斯坦文化和身份，建立新的批评定位，由此可能出现创造性的、跨文化和跨学科的对话"（Ball, 2012: 1）。这种阅读同时考虑巴勒斯坦被以色列入侵的历史，在研究巴勒斯坦文学创作时，揭示其对殖民和性别化权力结构（gendered power structure）进行质疑的愿望。此种研究的理论框架仍然是后殖民女性主义，其作用是将被边缘化的巴勒斯坦文学中的女性形象带入研究视野，这有助于巴勒斯坦摆脱自我表达的叙事被压制的状况，构建多元权力中心。巴勒斯坦女性主义文学研究更关注殖民范式，尤其是其中宗教的影响，以及犹太复国主义（Zionism）对巴勒斯坦的冲击，试图打破巴勒斯坦的"无力受害者"或"抵抗战士"（Salzman, 2008: 165，转引自 Ball, 2012: 6）的刻板形象。巴勒斯坦女性主义是在其民族主义活动、参与宗教话语等文化认同中开展的，反对西方女性主义者带有种族主义色彩的观点，将西方主流女性主义理论语境化和民族化是不可回避的两个问题。巴勒斯坦女性主义文学研究从后殖民的视角入手，借鉴西方后殖民主义和女性主义的理论，揭示出其局限性和内在问题，同时可以促进后殖民女性主义的反思性、复杂性和创造性的发展。作为英国学者，鲍尔受到语言的限制，也受到自己文化视角的制约，但是其努力仍具有开创性意义。

6.2.6 黑色大西洋跨国女性主义文学

黑色大西洋（the Black Atlantic）包括位于加勒比、中美洲、南美洲和拉丁美洲的前殖民地玻利维亚、墨西哥等国家和地区，其女性主义文学体现了去殖民女性主义的特征。在这一地区，种族和殖民都是不可忽视的背景。其女性主义由一些混血女性领导，性别不是她们迫切需要解决的问题，她们要关注种族和殖民历史及当下的政治因素。因此，这些地区的女性主义体现了十分鲜明的左翼或者右翼的政治倾向，对应着不同群体的利益。"20 世纪 80 年代后期和 90 年代的土著运动起义、土著和非洲裔农民的土地解放运动及20世纪90年代和21世纪开始的反殖民主义、反帝国主义和反种族主义运动的日益巩固，对女性解放运动的各个领域产生了强烈的影响。"（Espinosa-Miñoso et al.，2021：xi）这些地区的女性主义者对中产阶级白人女性的权利主张抱有怀疑的态度，认为其中包含源自其共同的种族主义和帝国主义立场的霸权倾向。因而，她们要求挑战经典女性主义研究和理论，表达了"跨越地理边界和语言差异的各地去殖民女性主义者之间合作和团结的重要性"（Espinosa-Miñoso et al.，2021：xiii）。

这些女性主义者包括"黑人、土著人、罗姆人（Romani）、亚洲人和东印度人、移民等"（Espinosa-Miñoso et al.，2021：xiii），她们致力于反对针对这些地域的女性暴力及土地掠夺暴力。尽管当下的殖民主义影响业已削弱，但仍然存在白人文化对当地文化的压制和性别的殖民地。因此，去殖民女性主义者的一个重要任务就是"揭示和分析主流女性主义和西方现代性之间的共谋"（Espinosa-Miñoso et al.，2021：xvii），在学术研究和知识生产模式这一问题上，她们认为女性主义的普遍性实际上体现了欧洲中心主义的倾向。

《艰难的流放——黑色大西洋跨国女性主义美学》（*Difficult Diasporas: The Transnational Feminist Aesthetic of the Black Atlantic*，2013）一书分析了黑色大西洋区域的女性主义身份美学，表达了地理与种族和性别的关系。黑人女性的作品以富有想象力的非叙事性方式呈现了该群体的形象，重构了离散人群研究的可能性，体现了后殖民、跨国女性主义和黑色大西洋阅读方式的差异及这一地区文学显现的殖民历史影响。这类研究挑战了离散女作家和女性主义研究所质疑的传统与现代路线，试图定义种族、性别和全球化差异的核心问题。过去一个世纪中，黑人女性语言和文化的一个重要特征是流动性，体现身份的政治主张在前殖民地书写中占据了鲜明地位，在一定程度上也构成了对创新的阻碍。

黑色大西洋跨国女性主义文学研究大量借鉴了后结构主义、解构主义、表演和后殖民理论，以及跨区域和民族传统的女性主义、后殖民、跨国、种族和离散人群研究。这一地区的殖民历史对于个体来说是最重要的影响因素，对其群体的离散体验书写也是研究的主要方向。黑人女性主义视角串联起"离散人群和女性主义、历史和现代性的关键概念领域"（Pinto，2013：11），成为这一地区文学研究的特点。"离散人群"和"女性主义"的融合产生了创新性的黑人文学。萨曼莎·平托

（Samantha Pinto）将研究对象拓展到"在学术和教学中未被充分体现的文本，明确指出我们围绕黑人女性写作及广泛意义上的离散和女性主义研究开设的课程和关于文学经典的定义中存在的巨大差距和缺失"（2013：11）。

这一领域中享有知名度的作品有苏格兰黑人作家杰基·凯（Jackie Kay）的诗歌和以跨种族收养与苏格兰文化为背景描写非规范性取向的散文作品。其他有特点的作家包括佐拉·尼尔·赫斯顿（Zora Neale Hurston）、厄娜·布罗德伯（Erna Brodber）、贝茜·海德（Bessie Head）、佐伊·维科姆（Zoë Wicomb）和波林·梅尔维尔（Pauline Melville）。她们或是撰写了加勒比海的民族志，或是以后现代碎片化书写对离散人群的生活进行诗意的呈现，其作品文类包括散文、实验戏剧、非叙事集和长篇歌词、诗歌等。

6.2.7 21世纪的加勒比女性书写

自1492年哥伦布在巴哈马登陆，500多年来，加勒比地区见证了西方国家，尤其是西班牙、法国、英国、荷兰及后来的美国之间的激烈竞争。因而，加勒比地区的政治、社会、经济及文化史是一部旧大陆与新大陆、旧殖民地与新殖民地之间交错纠葛的历史。与这些复杂的纠葛相伴的是蔗糖种植园经济、奴隶制、殖民主义及全球资本主义等的兴衰发展。因为这些特殊的历史和文化背景，加勒比文学在世界文学版图中具有独特的美学价值，体现出人类伟大的创造性和多元文化的可能性，是反思奴隶制、殖民主义、全球化、世界文学等重大议题的重要载体，也是跨文化研究中较少被关注的领域（周敏，2022）。

加勒比海作为欧洲前殖民地，其女性作家因其地理位置和殖民历史而被长期忽视。这一地区有一定知名度的女作家来自法语和西班牙语加勒比地区。这些千禧女作家以其多元的姿态，捕捉了加勒比地区的复杂性，并且呈现了当地女性和其他底层女性被边缘化的经历。奥迪尔·弗利（Odile Ferly）发现，加勒比女性作家作品的主题、风格和意识形态都表达了一种关系诗学（poetics of relation），就语言来说，能够表达异质性和杂糅的思想性。21世纪，加勒比女性书写已经不再满足于以西方女性主义理论来分析和验证自己的文学，而是寻求新的隐喻方式作为理论工具来表达加勒比地区女性文学的独特之处。

当下的族裔文学以德勒兹和加塔利的根茎理论（rhizome theory）来表达去中心，具有独立个性特征、松散连接的关系，表达加勒比群岛各个岛屿之间跨语言、跨区域的离散人群的对话关系。离散人群是指在加勒比地区成长，但又有欧洲旅居经历的作家。

20世纪初以来，加勒比地区人民具有双重离散经历，从最初离开非洲和亚洲到后来奔赴西方的大规模流亡。古巴作家安东尼奥·贝尼特斯·罗约（Antonio Benítez Rojo）在《重复的岛屿》（La Isla Que Se Repite, 1989）中将加勒比群岛想象成一个不断重复的岛屿，每一次想象中都存在差异（Ferly, 2012: 2）。加勒比群岛的地域性和地理特征影响了泛加勒比主义（pan-Caribbeanism）的集体认同。这一地区女性书写面对的不仅是地理位置的差异，还有语言碎片化带来的读者群数量的限制。加勒比女性学者通常倾向于使用比较的方法，她们也需要面对以男性为中心的社会规范和实践。由于对前殖民地女性作家的研究刚刚开始，我们需要将该地区的女性作家作为群体进行研究，将范围定义为泛加勒比地区女性，依然强调其共同的地域特征。

爱德华·格列桑（Édouard Glissant）认为，关系诗学"永远是思辨性的，没有固定的意识形态基础"，它是"潜在的、开放的和多语言的"（1990: 44，转引自 Ferly, 2012: 4）。它主张矛盾性（ambivalence）和复调性（polyphony），认为身份是"关系而不是亲缘关系"（Ferly, 2012: 4）。

加勒比海诸岛地理位置毗邻，也因此形成了关系根源的共通之处。因为其地理位置和岛屿之间相互毗邻又彼此独立的特征，相互之间形成对话关系，这种关系的隐喻表达体现了一种开放的、彼此独立又相互团结的群岛意识。瓜德罗普岛诗人丹尼尔·马克西曼（Daniel Maximin）继法国思想家德勒兹、加塔利以及格列桑之后，用红树林（the mangrove）隐喻来表达岛屿之间的跨语言对话关系，强调"以系统为中心，而不是以其构成要素之一为中心"（Ferly, 2012: 1）。该隐喻强调平等的关系，而不是根与茎的垂直关系。马克西曼采用柔软的、有韧性的形象，如甘蔗或者香蕉树，而不是芒果树等植物，以强调加勒比意识的灵活性与适应性（Ferly, 2012: 4）。在定义加勒比身份的过程中，作家们期待通过流浪与其他文化接触，在冲突和变化中获得丰富性。玛丽·孔戴（Maryse Condé）等有代表性的瓜德罗普岛作家用果实而非根系的隐喻来表达身份，通过流浪摆脱返祖退化（Ferly, 2012: 5）。

第6章 跨国女性主义的发展

德勒兹和加塔利的根茎理论在非法语的加勒比地区被广泛引用。这体现在波多黎各诗人奥雷娅·玛丽亚·索托马约尔（Aurea María Sotomayor）的诗集《根茎》（*Rizoma*, 1998）、古巴作家安东尼奥·贝尼特斯·罗约（Antonio Benítez Rojo）的《芒格拉的毁灭》（"Desde el Manglar", 1997）、波多黎各作家罗萨里奥·费雷伊（Rosario Ferré）的《泻湖上的房子》（*The House on the Lagoon*, 1995）、哥伦比亚作家马弗尔·莫雷诺（Marvel Moreno）的《托马萨的圣母院》（"Ciruelas para Tomasa", 1977）和圣卢西亚作家德里克·瓦尔科特（Derek Walcott）的作品中。这些作家无一例外都使用了"红树林及其普遍存在的根茎树作为加勒比身份和文化重生的有力隐喻"（Ferly, 2012: 6）。

加勒比地区的批评家用根茎思维的包容性表达出非等级的关系，其目的是避免二元逻辑以及将加勒比文学同质化，从而保留各个岛屿之间对话关系，以块茎之间松散的联结抵制规范所强加的限制，"使得一个经过修改、更具性别意识版本的'关系'成为一个特别适合分析这些女性叙事的框架"（Ferly, 2012: 6）。隐喻方式的转变象征着切入文本话语的变化，从而能够更好地表达当地多元的语言传统及离散人群的身份和关系。

加勒比文学研究经历了从最早的蔑视西方中心主义，但是又采用其方法与理论体系，发展到后来承认多元与平等的过程。对早期的男性作家来说，"即使蔑视欧洲中心主义，也在很大程度上复制了西方的思维模式，其特征是根性思维（root thought）、亲缘关系、对矛盾心理的厌恶和对同质性的吸引，正如泛非主义（pan-Africanism）所展示的情况"（Ferly, 2012: 6）。这种矛盾的批评实践是殖民地文学批评不得不面临的困境。因此，寻找新的隐喻方式进行批评是这一地域文学批评的当务之急。学者们从单一的红树林隐喻转向生态系统，也就是社会历史文化环境的系统隐喻，新隐喻的特征是没有明确的界限。同样，加勒比地区的地理轮廓因学者或观察者的视角而异。人们以地理、地缘政治、社会历史、种族或文化和语言等为切入点，来研究加勒比文学。

政治局势和美国的影响使加勒比地区作家的写作被边缘化，对这一地区的女性作家来说尤为严重。加勒比女性主义文学研究将写作与政治生态结合，分析女性作家的写作环境、她们共同面临的困难，以及之后促进其蓬勃发展的因素。加勒比地区的女性批评者拉蒙·路易斯·阿塞韦多（Ramón Luis Acevedo）、路易莎·坎普扎诺（Luisa Campuzano）、黛西·科克·德·菲利普斯（Daisy Cocco de Filippis）、苏珊娜·蒙特罗

(Susana Montero)和米尔塔·亚涅斯(Mirta Yáñez)等都在挖掘和建立加勒比女性文学传统中起到了助力添彩的作用(Ferly,2012:9)。20世纪70年代开始崛起的一批加勒比女作家获得了国际上的认可和影响力。波多黎各女作家玛格丽·加西亚·拉米斯(Magali García Ramis)、安娜·莉迪亚·维加(Ana Lydia Vega)、费雷伊、奥尔加·诺尔拉(Olga Nolla)等在国际文学界赢得了一席之地。然而,加勒比文学作品的出版,尤其是法语作品,仍然受制于前宗主国的出版社,如法国、加拿大的魁北克或者美国的出版社(Ferly,2012:10)。

　　随着加勒比文学的逐渐兴盛,其女性的声音也开始更加自信,这对女性的反传统写作及建立自己的文学传统具有十分重要的意义。女性声音的多样性反映了这一地区文学图景的复杂性。从文学作品中可以看出岛屿之间的联系以及离散经历书写的共同特征。奥若拉·阿里亚斯(Aurora Arias)、加西亚·卡尔扎达(García Calzada)、桑多斯·菲布雷斯(Santos Febres)和西尔维安·泰尔齐德(Sylviane Telchid)等作家在居住地的生活和流动等经历对其写作的影响在于,她们在两个世界写作,加勒比地区和西方两个世界的居住经历带给她们内部和外部视角。她们将群岛写作(archipelagic writing)和流亡写作(exile writing)联系起来,更全面地揭示加勒比地区的现实。

　　学者们在加勒比文学研究中寻找隐喻的方式,希冀解决加勒比诸群岛的语言、文化差异,在保持各个岛屿的作家独立性的同时建立其关联性,从而汇集作品的力量。她们从国家、历史、起源、合法性视角探讨女性在作品中被遮蔽的过去,研究这些作家的复调叙事方式,从而揭示这些作家的文本在历史叙事的同时产生民族凝聚力的机制。加勒比作家以跨文化和流亡的经历定义作品中的加勒比人,这些作家包括苏珊妮·德拉古斯(Suzanne Dracius)、茱莉娅·阿尔瓦雷斯(Julia Alvarez)、爱德威治·丹提卡特(Edwidge Danticat)和克里斯蒂娜·加西亚(Cristina Garcia),对其作品的研究可探讨移民社群和文化对话在塑造加勒比身份、文化和文学方面发挥的作用。

6.2.8　亚洲的性别与伊斯兰

　　在跨国女性主义研究中,第三世界国家的范围不仅是前殖民地,也

第6章　跨国女性主义的发展

包括其他国家和宗教信仰的女性，这类人群包括在亚洲国家和散居西方的穆斯林女性。对这一群体女性主义诉求及女性主义运动的研究体现了全球化经历带来的群体意识的变革，填补了亚洲穆斯林女性文献的空白。对伊斯兰教和世俗国家及西方散居地的穆斯林女性进行研究基于对伊斯兰教的理解，其研究成果可以缓和学者、神学家和女性主义者之间的关系，也可以帮助政府、国家机构和决策者做出政策调整。休玛·艾哈迈德-戈什（Huma Ahmed-Ghosh）于 2015 年主编的论文集将以西方为中心的女性主义框架进行了调整，对女性在自身社会、经济和历史背景下的地位进行了探索。对于亚洲和穆斯林女性的研究有助于理解特定文化中的女性，挑战穆斯林父权社会中女性需要西方保护的传统观点。多样性的伊斯兰/穆斯林女性主义（Islamic/Muslim feminism）研究开辟了未来研究和理解穆斯林女性生活的空间，以及她们如何在繁复的宗教、亲缘和民族关系中扩展其社会知识。

针对伊斯兰女性主义和世俗女性主义（secular feminism）的关系，艾哈迈德-戈什提出了合作/杂糅女性主义（collaborative/hybrid feminism）的概念，试图调和两种对立的女性主义者的观点。接受了世俗化教育的亚洲穆斯林女性把她们的女性主义建立在人权话语的基础上，她们试图通过研究伊斯兰文本质疑伊斯兰教法，保障女性的平等权利。杂糅女性主义所产生的变量给予女性多重选择，也为杂糅女性主义提供了多种阐释。

毛里求斯女性作家

毛里求斯共和国是东部非洲的一个岛国，其文学作品逐渐进入国际视野。对其代表性作家的研究可以在一定程度上揭示殖民、传统的相互作用，将被忽略的女性群体声音带入世界文学的图景之中。

毛里求斯位于印度洋南部，经历数代移民后，英语是行政、教育和政府的主要语言，法语也颇具影响力，尤其是在文学领域，毛里求斯法文著作构成了"毛里求斯身份的最实质性代表"（Ravi, 2007: 3, 转引自 Tyagi, 2013: 12）。作家们在作品中美化毛里求斯的土地。罗伯特·爱德华·哈特（Robert Edward Hart）在他的半自传作品《皮埃尔·弗兰德的自行车》（Le Cycle de Pierre Flandre, 1934）中对山脉风景进行细致的描写，他的诗歌作品将山脉变成神圣的寺庙，将岛屿变成充满需要解码的符号和信息的宇宙，将伪科学的事实提升到宏大神话的层面（Tyagi，2013：13）。马尔科姆·德·查扎尔（Malcolm de Chazal）继承了哈特对毛里求斯风景的迷恋，将神话带到了一个新的诗意——哲学的维度。这种利莫里亚（Lemuria）神话赋予毛里求斯风景和它的历史以巨大意义，给予来自不同文化、被殖民的奴隶和苦力一种政治身份及文化和整体的历史，淡化了毛里求斯人口的混杂性（Tyagi，2013：13-14）。

阿南达·德维（Ananda Devi）是毛里求斯的新一代女性作家，她在长达40多年的文学生涯中创造了包括11本小说在内的大量作品。丽图·泰吉（Ritu Tyagi）研究了德维"干预主导的、以男性为中心叙事"的叙事策略，指出德维"为女性的沉默创造了丰富的可能性来表达自己"（2013：173）。德维的作品以独特的抒情风格描绘出毛里求斯的多样性和辉煌，也呈现了后殖民时代岛屿的黑暗现实，如岛屿的基础设施处于崩溃的边缘，揭示了岛屿的孤立和幽闭恐惧（claustrophobia）。她笔下的人物受到贫困、苦难和痛苦的束缚，他们通过"摆脱固定的定义和僵化的信仰……重新定义身份和归属的概念"（Tyagi，2013：14）。德维引入了一种归属感，"这种归属感不局限于单一的领土，不基于特定的历史，也不局限于单一的文化"（Tyagi，2013：15），她丰富的成长背景赋予她独特的视角，从而看到融合能够超越禁锢人们想象力的民族、阶级、种姓、地区和种族差异。克莱门特·夏鲁（Clément Charoux）的小说《阿米娜》（Ameenah，1935）也关注印度—毛里求斯人的性格，这部小说被认为是对印度—毛里求斯文化局外人的描述，也同样展现出印度文明对法国—毛里求斯人的想象力的影响（Tyagi，2013：17）。尽管毛里求斯近年来出现了许多新兴女性的声音，但是德维创造了关于毛里求斯女性身份的新的叙事方式，为她们做出了开创性的贡献。

跨国女性主义呈现出地理上的复杂性及其与殖民历史、当下的自由主义资本主义、民族文化传统的密切关系。女性主义者试图在纷繁复杂的关系中抓住核心因素来确立女性的身份，表达其特定语境中的权利诉求和主张。无论是扩大女性主义文学影响力的努力，还是在殖民遗产与本民族文化的冲突中试图达到平衡，抑或是在暴力和恐怖主义的影响中找到女性的定位，跨国女性主义都是以不同于西方白人女性主义的发展路径奋力前行。女性主义文学也因这些女性的独特经历与诉求而迸发出独特的魅力与改变世界的力量。

第 7 章
族裔女性主义文学

族裔女性对女性权利的诉求必然与女性主义运动的发起者白人中产阶级女性存在差异。她们的生活方式很少进入白人女性主义者的视野，因此其主张的社会正义并未得以实现，其独特性被白人女性的女性主义目标遮蔽。若要实现女性的解放，我们必须考虑女性被压迫的多层维度，如种族、阶级、性别等。

族裔女性主义主要针对英语文学中的少数族裔文学。美国族裔女性主义文学包括非洲裔、亚裔、印第安、奇卡诺等族裔女性主义文学。其中，非洲裔女性主义文学较为强势，曾出现托尼·莫里森这样的诺贝尔文学奖获得者；亚裔女性主义文学中也有汤亭亭（Maxine Hong Kingston）等获得国家图书奖的作家。印第安文学首要关注的是其保留地问题，因此被视作更重要的种族问题遮蔽了少数族裔女性的性别问题。英国族裔女性主义文学主要关注来自前殖民地的移民、其殖民地在宗主国的离散意识和英国白人文化存在的双重意识，体现了与美国非洲裔女性主义文学迥异的特征。本章并未采用"非洲裔"一词，而是用肤色代替种族，这是因为美国黑人群体来源已经不仅仅是非洲，还包括加勒比地区等其他地理意义上的移民，因而只用"非洲裔"一词不足以概括这类群体的文学。

7.1　美国黑人女性主义文学

贝尔·胡克斯（Bell Hooks）及许多有色人种女性主义理论家质疑了贝蒂·弗里丹（Betty Friedan）等女性主义学者代表白人中产阶级女性的主张。在后者活跃的时代，白人中产阶级女性多为家庭主妇，无须参加社会工作，而有色人种女性则一直在工作，而且其劳动收入是家庭的经济来源。历史上，有色人种女性照顾白人女性的孩子，从事田间劳作，承担家务工作。正是她们的付出，才成就了胡克斯所指出的将家庭空间"留给了白人上流社会的女性"（Trier-Bieniek，2015：xviii）。从胡克斯的论述中可以发现，黑人女性承受着双重压迫，其种族特征掩盖了女性的身份。事实上，对于她们的书写已经形成了刻板印象，这种印象决定了其作品在市场上的接受度。黑人女性被描述为具有肉欲和色情的诱惑力，她们独特的身体经历、乱伦、强暴等满足了人们对其经历的窥视欲望。

黑人女性主义文学批评自胡克斯之后，进入主流文学批评的视野，到了20世纪90年代中期，它已成为"美国文学批评中最令人兴奋和最富有成果的发展之一"（Griffin，2007：484，转引自Kovalova，2016：11）。帕特里夏·希尔·柯林斯（Patricia Hill Collins）在1990年出版的《黑人女性主义思想》（*Black Feminist Thought*）受到第二波女性主义浪潮的影响，提出将有色人种女性的声音和经历置于女性主义理论前沿，因其对于压迫的批判而自我定义为社会批判的一种，试图批判主导意识形态中将族裔女性边缘化的倾向（Trier-Bieniek，2015：xviii）。

尽管学者对于黑人女性主义文学理论的关注"仅限于个人论文、评论、非裔美国文学百科全书的概述章节/条目、论文集的导言页、与美国文学批评有关的读本和选集，以及关于黑人女性主义、黑人文学理论或女性主义文学理论书籍的概述章节/条目"（Kovalova，2016：12），但黑人女性主义批评自诞生以来已经建立了自己的经典，形成了自己的叙事特征。进入21世纪，黑人女性主义文学批评仍然需要发展其批评理论，并扩展其探究的文本。

谢丽尔·A. 沃尔（Cheryl A. Wall）在《黑人女性主义崛起中作为批评家的作家》（"The Writer as Critic in the Emergence of Black Feminism"，2016）一文中指出，黑人女作家在作品中同时兼具艺术家和批评家的角色，其中批评家的作用包括四个方面：挖掘失落和被遗忘的艺术家和文本，分析黑人女性写作的文本，专注于黑人女性创造的文学和非文学艺术的语境文化分析，关注离散人群（Kovalova，2016：13）。

黑人女性主义批评的理论和实践以种族、性别和阶级作为黑人女性经验中重要且相互交叉的影响因素。这种交叉性的理论在黑人女性主义评论家芭芭拉·史密斯（Babara Smith）的著作中首次被提出，她与奥

第 7 章　族裔女性主义文学

德雷·洛德（Audre Lorde）一起改变了黑人女性主义文学批评的面貌。纳盖亚尔蒂·沃伦（Nagueyalti Warren）考察了黑人女性主义批评的根源，并将女同性恋女性主义者的作品引入黑人女性主义批评之中，认为这样才能更全面地呈现黑人女性的经历（Kovalova，2016：13）。随着女性主义的发展，黑人女性主义也开始研究这一群体内部的差异化经历，这包括同性恋群体、不同阶层等。

黑人女性主义文学批评的发展轨迹是矛盾的。卡拉·科瓦洛娃（Karla Kovalova）探索了黑人女性主义者试图使用西方理论的政治和伦理内涵所做的努力。科瓦洛娃以芭芭拉·克里斯蒂安（Barbara Christian）的《理论竞赛》（"The Race for Theory"，1987）、乔伊斯·A. 乔伊斯（Joyce A. Joyce）的《黑色正典：重构黑人美国文学批评》（"The Black Canon: Reconstructing Black American Literary Criticism"，1987）和霍坦斯·J. 斯皮勒斯（Hortense J. Spillers）的《妈妈的孩子，爸爸的可能性——一部美国语法书》（"Mama's Baby, Papa's Maybe: An American Grammar Book"，1987）为出发点，分析了黑人女性主义文学批评呈现出的对立轨迹。黑人女性主义文学批评一方面强调"非洲中心"；另一方面则认为，需要对西方的理论进行"颠覆性的使用"（Kovalova，2016：13-14）。科瓦洛娃认为，对精神分析的颠覆性使用是最近讨论黑人主体性和种族忧郁症的一个特别富有成效的场域（Kovalova，2016：14），这体现为女性主义在对抗男权和种族双重压力中迸发出的力量。

通过考察谢丽尔·A. 沃尔、艾米莉·洛迪（Emily Lordi）、伊维·肖克利（Evie Shockley）、马杜·杜贝（Madhu Dubey）和梅·格温多林·亨德森（Mae Gwendolyn Henderson）最近的一些理论成果，科瓦洛娃展示了这些学者如何修正黑人美学的主流范式，重新界定黑人文学经典的边界（Kovalova，2016：14）。她们不再狭隘地关注黑人女性的小说，而是同时研究由男性和女性书写的黑人文学，致力于表达声音的多样性，将新的黑人美学的各个方面理论化。

也有学者讨论了从白人凝视到黑人女性反抗的发展历程，并对黑人女性主义理论中的街头文学（street lit）和流行文化产品（popular cultural productions）进行分析。黑人女性主义批评家对 20 世纪 90 年代以来出现的备受争议的非裔美国文学流派城市小说（urban fiction）或街头文学进行的理论回应体现了流行文化对女性主义的影响。若将其放到女性主义整体发展中来考量，这也是后女性主义的研究对象和理论建构路径。正如海克·拉斐尔-赫尔南德斯（Heike Raphael-Hernandez）所说，这种体裁对黑人女性主义评论家构成了挑战，因为作家们对性别身份和种族话语感兴趣，她们似乎为早期成熟的黑人女性主义文学理论提供一种可能的定位；然而，由于作家关注阶级和代际的特殊方式，这种定位似乎又不可能（Kovalova，2016：14）。关于新嘻哈一代（hip-hop generation）黑人女性主义理论与黑人女作家街头文学之间联系的研究揭示了凝视的概念如何被"用作干预文化和社会争议的情感工具和策略"（Kovalova，2016：14）。在《在美国语境内外的黑人性与白人性：推动黑人女性主义文学批评的（国家）边界》["Blackness and Whiteness Within and Without the U.S. Context: Pushing the (National) Boundaries of Black Feminist Literary Criticism"，2016]一文中，科瓦洛娃指出，莫里森的开创性著作《在黑暗中玩耍——白人性与文学想象》（*Playing in the Dark: Whiteness and Literary Imagination*，1992）的出版帮助推动黑人女性主义文学批评的发展，将其边界拓展到对其他文本领域进行富有创造性的探索（Kovalova，2016：14-15）。科瓦洛娃探讨了瓦莱丽·巴布（Valerie Babb）、吉姆·F.霍尔（Kim F. Hall）、詹妮弗·德维尔·布罗迪（Jennifer DeVere Brody）、安·杜西尔（Ann DuCille）和卡拉·F. C.霍洛威（Karla F. C. Holloway）等人的学术研究，指出这些探索不仅为越来越多针对美国和英国背景下白人性构建的学术研究做出了贡献，澄清了两国在种族意识形态/构成和白人霸权方面的历史联系，也有助于在这些背景下对黑人性/种族和种族主体性/身份开展的新研究（Kovalova，2016：15）。她还针对20世纪90年代以来的黑人女性主义文学批评进行了阶段性总结，指出了未来的研究方向。

黑人文学文本表达了历史上受非裔美国人文化表征制约的带有种族色彩的经验，以及基于个人欲望的主体经验。对此进行研究可以揭示美国社会中"种族的复杂社会运作方式，以及建构的黑人性对黑人作家的思想和心理所产生的影响"（Kovalova，2016：74）。然而，黑人女性主义文学批评学者深受西方理论的影响：一方面希望可以发展出以非洲为中心的文学批评；另一方面又希望可以用大师的工具来拆掉大师的房子，以西方的理论来解构其关于黑人的话语，挑战人们早已习以为常的概念和结构。此外，科瓦洛娃分析了21世纪黑人女性主义理论化的产生，探讨了这种主张对黑人女性主义批评家进行黑人文学研究的方法，以及对非裔美国文学传统理论产生的影响。她讨论了谢丽尔·A.沃

第 7 章 族裔女性主义文学

尔的界限的忧虑（worrying the line）理论[1]、艾米莉·洛迪的黑色共鸣（black resonances）理论、伊维·肖克利的叛逆诗学（renegade poetics）理论、马杜·杜贝的符号和城市（signs and cities）理论，以及梅·格温多林·亨德森的说方言（speaking in tongues）扩展理论，展示了这些批评家对黑人美学做出的反应，他们利用从音乐、视觉艺术、表演、舞蹈和宗教/伦理学领域获得的知识，构建了对于黑人女性主义文学的批判视角（Kovalova，2016：86）。即，关注黑人文学中的布鲁斯音乐诗句；重复出现的语言与结构，如民间故事、布道词等；编码在故事、歌曲、食谱、仪式、照片和写作之中的记忆重写；黑人音乐和文学的主流批判性叙事；文本中表达的叛逆精神；在作品中表现语言特征的伦理作用；建立符号与城市视野下的城市小说与街头文学，小说中体现"美国黑人身份的构成性法律边界的持续存在"（Kovalova，2016：148）；并且将美学实践的视野拓展到其他相关领域。

1. 书写黑人女性教育的历史

从 19 世纪晚期到 20 世纪中期，美国的黑人女性脱离奴隶制的时间还不到一代人。为了摆脱殖民的阴影，第一批接受过正规教育的黑人女性致力于用教育作为种族和反击种族主义的武器。她们于 1896 年创建全国有色人种妇女协会（National Association of Colored Women，NACW）。在第一任全国主席玛丽·丘奇·特雷尔（Mary Church Terrell）的敦促下，该组织通过建立学校带来黑人群体的变革（McCluskey，2014：1）。学校的陆续建立一方面表现出黑人群体对提升种族教育的重视；另一方面也体现出女性在教育领域担任重要职位的事实。对这一段历史的研究有助于恢复美国黑人女性历史，将其挣扎与奋斗的历程重现于世。以奥德莉·托马斯·麦克拉斯基（Audrey Thomas McCluskey）为代表的学者通过记录美国南方学校创始人中四位女性的工作和生活，以姐妹情谊为线索，重现了黑人女性在美国后重建时期（post-reconstruction period）和 20 世纪初期所面临的时代挑战（McCluskey，

---

[1] 布鲁斯音乐的一种技巧，包括"重音和高音的变化、感叹词的添加、词序的变化、诗句内部重复的短语，以及经常打断歌曲表演的无歌词的（wordless）布鲁斯呐喊"（Wall，2005：8，转引自 Kovalova，2016：92），用来隐喻黑人文学。沃尔用"谱线"（line）一词来隐喻黑人文学的谱系和传统（Kovalova，2016：93）。

2014: 2)。美国内战和重建后,南方对黑人实施的暴力依然持续了相当长时间,即便是受教育的黑人也很难摆脱其影响,但是这样的境遇也促使他们意识到教育的重要性,因而试图通过教育为黑人群体和他们的后代带来更光明的未来。随着教育的发展,从 1867 年到 1900 年短短 33 年的时间里,黑人儿童的入学量从约 10 万人提升到 150 万以上(Du Bois,1935: 701,转引自 McCluskey,2014: 4),黑人女性在其中扮演了重要的角色。四位学校创始人成长于美国种族暴力最严重的 1854 年至 1883 年,但是她们以对自己身份和性别的乐观态度,成为美国黑人乃至美国社会跨时代变革的参与者和见证者(McCluskey,2014: 5)。在她们的共同努力下,受教育的黑人女性积极承担社会责任,在社会中担任领导角色,提升种族的整体素质。

2. 书写黑人女性的神话:去殖民的文本和女性主体

金伯利·尼切尔·布朗(Kimberly Nichele Brown)从影视或者戏剧形象的塑造为切入点,分析了黑人女性作品所遭遇的黑人男性的抵制,以及背负的背叛族裔的指责。在评价代表性非洲裔女性作家托尼·凯德·班巴拉(Toni Cade Bambara)、盖尔·琼斯(Gayl Jones)、托尼·莫里森、卡琳·哈奇·普莱特(Carlene Hatcher Polite)、尼托扎克·尚吉(Ntozake Shange)、艾丽丝·沃克(Alice Walker)和米歇尔·华莱士(Michelle Wallace)时,梅尔·沃特金斯(Mel Watkins)指出,"她们的小说经常呈现残酷的、几乎没有人性的小人物,他们的存在只是为了展示与之形成对比的主角或反面人物的人性。事实上,这些作家已经将其重点从巧妙的艺术美感激发转为生硬的政治宣传"(1986: 36–37,转引自 Brown,2010:2)。黑人文学内部也存在性别政治。男性学者认为,黑人女性作家塑造的男性人物只是工具人,是她们为了表达一定的政治主张,与女性主人公做对比之用,是对男性群体的诋毁。这种对美国黑人女性作家的指责在其他族裔中也存在,如美国华裔文学界的"赵汤之争",体现了族裔文学的性别差异。黑人女性作家,甚至包括功成名就的沃克,被认为与白人文化共谋,通过塑造和贬低黑人男性而获得认可。她们对黑人文化真实情况的描写,以及"所谓的一些当代黑人女性作家将黑人南方生活浪漫化的倾向"(Brown,2010: 3)都引发了争议。这是族群内部两性对于如何呈现黑人文化与生命体验的不同态度,不仅存

第7章 族裔女性主义文学

在艺术上的争论,更是话语权之争。黑人女性小说的情节、人物塑造,特别是对黑人男性的塑造都面临颇多批评。黑人女性作家作品中对于黑人男性的救赎式塑造,打破了施虐和受虐的循环模式,揭示了美国社会的问题。

黑人女性作家的社会责任感体现为对于种族社群提升的渴望和努力。以沃克为代表的女性作家的政治自觉意识和对其作品的审美解读一直以来都是黑人文学研究的主要领域。黑人女性作家希望在创作中实现种族地位的提升,并确定自己的族裔身份。学者们对其创作的形象及其创作美学的研究有助于评价她们提升族裔地位的努力和使命感。

读者对文学作品中人物的经历感同身受,从而受到潜移默化的影响,黑人群体也是如此。黑人作家在影视作品中塑造自己族裔的形象,从而使这一群体更容易产生认同感,并接纳自己的身体。从后殖民角度分析这一群体的文学,可以揭示其凝视与反凝视的相互作用,从而呈现出非洲裔主体的复杂性。学者们倾向于将黑人作家的作品与其个人生活经历联系在一起,其主体性包括两个方面:一方面是作为美国人在美国文化传统和历史上的边缘地位;另一方面是具有非洲人和美国人的双重意识。此外,他们在族群内部既是个体,也属于黑人群体。

在黑人女性主义文学研究中,人们关注的文本范围也扩大到自传等经验写作,从中获得对非洲裔的认知。这是后现代、后殖民书写多元历史的方式。黑人女性主义文学历史,以及其语言特点的呈现,都必须也能够为白人读者所接受,从而破除"黑人缺乏思考能力"和"黑人缺乏想象力"的偏见。奴隶叙事者面对白人受众时候遭受了双重意识的折磨,这表明被认为是野蛮人的黑人奴隶群体仍然想表达并证明自己人性的深度。奴隶叙事(slave narrative)的作用体现在其权威性和见证功能。"为了谋生而充当榜样的倾向和作为集体代表为解放所做的努力之间的紧张关系更加复杂,因为对奴隶叙事者来说,写作本身在许多方面都是表演性的。从本质上讲,奴隶叙事者必须通过为以白人为主体的受众同时扮演作者和人物角色来表现其人性。因此,正是由于被视为受众的白人在奴隶叙事者自传主体性的形成中所扮演的角色,奴隶叙事体裁成为威廉·爱德华·布格哈特·杜波依斯(William Edward Burghardt Du Bois)的'双重意识'(double-consciousness)概念,以及詹姆斯·韦尔登·约翰逊(James Weldon Johnson)所说的'黑人艺术家的困境'开始的文学标志。"(Brown,2010:7-8)

美国黑人的双重意识最终表现为双重文本和双重声音,即黑人作家与其白人受众之间的双声话语(double-voiced discourse)。但是,美国黑人文学需要解决的问题是,这一群体总要通过"澄清和辩解来迎合白人受众,或者通过极其委婉地表达愤怒等情绪,以及描述敏感问题,如白人男子在种植园强奸奴隶女孩和妇女"(Brown,2010:9)。此外,奴隶叙事中体现的双声话语和分裂的主体性是族裔文学需要面对的问题,同时也是族裔女性主义文学批评需要解决的问题。

金伯利·尼切尔·布朗提出了阅读当代非裔美国女性文本的另一种理论范式,即分析"非裔美国文化传统中普遍存在的去殖民化属性和主动性,而不是继续关注非裔美国题材和文本在精神和结构上的双重性"(Brown,2010:9)。黑人美学运动(the black aesthetic movement,BAM)培养了一种新的黑人集体意识,这种意识使黑人受众而非白人享有特权,"从白人美学和白人凝视的转移是非洲裔美国人及其创作艺术去殖民化计划的关键"(Brown,2010:9)。金伯利·尼切尔·布朗认为,当代许多非裔美国女性作家的写作植根于并展示了黑人美学,她使用"革命天后"(revolutionary diva)这一形象指代托尼·凯德·班巴拉(Toni Cade Bambara)、杰恩·科尔特兹(Jayne Cortez)、安吉拉·戴维斯、托尼·莫里森和沃克等女性作家,并将其用作"革命和女性主义能动性的隐喻"(Brown,2010:10)。大多数当代非裔美国女性作家延续黑人美学运动的遗产,带着让黑人读者群体去殖民化的迫切愿望而写作。

在《天后的嘴:身体、声音、首席女歌手政治》(*The Diva's Mouth: Body, Voice, Prima Donna Politics*,1996)中,苏珊·J.莱奥纳尔迪(Susan J. Leonardi)和丽贝卡·A.波普(Rebecca A. Pope)讨论了"天后"一词的"肆意扩散",认为它已经"从女性万神殿中的起源堕落到现在的世俗化"(1996:1,转引自 Brown,2010:10)。"天后"一词被作者赋予了女性精神领袖的意味,其出众的表现力和影响力可以成为众多黑人女性的导引力量。这些女性被赋予权力,成为黑人女性仰视的代表。她们也往往拥有双重意识,也就是女性和族裔双重身份。然而,当她们做出超出预期的行为,而被解释为无能的时候,其形象的代表性和号召力就会被削弱。

金伯利·尼切尔·布朗确定了"天后"的四个特征,包括声音、对通常为男性设计的公共空间的越界选择、风格及她与观众的亲情联系,这些特征使其成为黑人女性获得权力的隐喻(Brown,2010:17)。"天后"

第7章　族裔女性主义文学

这一形象打破了沉默女性或者无助女性的刻板印象，其身上汇集了传统的女性气质和男性气质。因此，这位女主角成为公共领域女性话语权的终极原型。她上演的雌雄同体部分源于她在舞台上的地位——女主角占据了通常为男性保留的公共领域。

"天后"一词的内涵是指女性虽然未必拥有美貌，却具有庄严高贵的气质。该词最初指"一个庄严高贵的女人，一个可能是也可能不是美女的'优胜者'"，"才华横溢的女说唱歌手或其他音乐艺人"，后来"被拓展到任何行业中有成就的女性"（Smitherman，2000：94，转引自Brown，2010：17）。"天后"具有十分鲜明的风格，最鲜明的特点是表演性。"天后"一词成为黑人女性的新形象。在黑人女性进入公众视野，成为领军人物及偶像的时候，她们以其独特的影响力，带给这一群体其他形象无可比拟的希望。风格作为一种生存机制，还赋予黑人美学在生存传统中的重要性，并将其作为一种艺术形式进行探讨。学者们试图找到黑人女性的独特性，尤其强调风格，也就是美国黑人相互交流的一种方式，将其作为黑人文学的一个特质，从而为其族群的认同感增添一个支撑点。

以女性为中心的商业和政治文本成为黑人提高自我意识的工具，促使"革命天后"利用自己的公众形象成为那些追随者的榜样。金伯利·尼切尔·布朗分析了安吉拉·戴维斯魅力四射的媒体形象与她对这种设定的反抗，以及她有意识地把自己重新塑造成"一个普通人"的努力。她作为"革命天后"，用诗歌塑造健康的黑人主体性模式，也有的文本描写正在承受痛苦的黑人身体，将其作为全球性黑人受压迫的隐喻。

金伯利·尼切尔·布朗认为，针对作为女性赋权典范的"革命天后"进行的研究包括"女性如何在学术、政治和出版领域"建构身份以对抗针对黑人女性的种族主义与性别歧视，以及"革命天后"（作为演员/作家）与黑人受众之间的联系，分析非裔美国女性书写方式，以及其文本重塑灵魂的作用（Brown，2010：23）。

"天后"这一形象打破了人们对黑人女性的刻板印象，她们不再是具有惨痛成长经历的女性，也不仅仅是以照顾者的形象出现，而是以光彩夺目的姿态为这个群体带来鼓舞和力量。由此可见，随着黑人女性主义文学的发展，无论是其文学形象，还是内部的群体分化，都更为细致。与其他女性主义文学相比，其研究的文本形式也更为丰富，不再局限于小说、诗歌、戏剧等文类。

7.2　英国族裔女性主义文学

英国的族裔女性运动和美国等其他西方国家有所差异。这体现在族裔历史的差异中，尤其是在英国还存在爱尔兰、苏格兰、英格兰之间的历史纠葛。英国的族裔女性主义涉及民族的因素，而美国的族裔女性主义则与其奴隶制历史有密切的关联。

种族一直是女性主义政治的一个重要议题。在 20 世纪 70 年代末、80 年代初，来自族裔女性的批评声音让学者们重新审视之前的女性主义运动及其诉求的普世性。20 世纪 80 年代，族裔女性从自主行动转向与白人女性主义者合作。族裔女性和白人女性关于权利的辩论增强了人们对于女性主义内部差异的认知，促进了女性主义在族裔上的多样化。学者们的研究以女性主义期刊、口述历史和个人论文为基础，探讨"白人"和"黑人"女性运动实践的历史及复杂的相互作用，还对犹太女性主义（Jewish feminism）进行了案例研究，由此可见，我们不能将族裔女性主义简单地理解为黑白肤色的二元对立（Thomlinson，2016：1）。

1968 年，世界范围内文化运动风起云涌。就英国来说，这一年是女性获得选举权的 50 周年，而且工人阶级女性争取政治权利的诉求也获得了更广泛的关注。在此之前，英国存在一种成熟的女性主义话语，从沃斯通克拉夫特开始，争取女性教育，获得工作机会与选举权成为女性主义的核心。就英国女性主义来说，帝国主义的影响力是其运动的独特之处，正如安托瓦内特·伯顿（Antoinette Burton）等人的著作所强调的，这种叙事在两次世界大战之间发生了转变，英国女性运动中激进的女性主义者通常是白人女性，她们通过帮助那些殖民地的女性获得更高程度的文明，"以加强自己对帝国公民身份的要求"（Thomlinson，2016：3）。

英国女性主义涉及族裔的内容和美国族裔女性主义的差异在于其历史成因和诉求。英国在第二次世界大战之前的全球殖民实践让英国女性将自己定义为殖民地女性的救世主，并且将其女性主义主张推及殖民地女性。她们将宗主国的身份作为其强势态度的支撑，在改变当地文化中起着推动作用，如针对印度的"反种姓"运动，或者寡妇殉葬风俗的废除。这种殖民范式塑造了白人女性主义者在 1968 年后与黑人女性的关系，但这只是两者关系的一个方面。英国黑人和白人女性主义者之间的

第7章 族裔女性主义文学

争论很大程度上是在"某种特定激进政治与大规模移民时期临时媾和的结果,但早期白人女性主义者与殖民主义项目之间的共谋意味着黑人和白人女性之间的结盟关系不会自动产生"(Thomlinson, 2016: 4)。种族是理解英国女性主义形式及其轨迹的核心,但这些争论的情绪化特征及一些白人女性主义者无法有效地应对种族挑战这一事实,导致了女性解放运动作为全国性运动的分崩离析。

杰斯卡·里斯(Jeska Rees)、莎拉·布朗(Sarah Brown)和伊芙·塞奇(Eve Setch)等具有代表性的女性主义学者的主要研究焦点是英国女性运动中激进女性主义者和社会主义女性主义者之间的争论,这也是理解英国女性主义必须考虑的问题(Thomlinson, 2016: 5)。追溯英国族裔女性主义的历史,可以揭示黑人女性组织的建立时间,与女性主义运动之间相互促进的关系,以及组织内部的融合与分裂。英国黑人女性主义的独特性在于其黑人女性来源地的殖民因素,包括非洲裔加勒比人(Afro-Caribbean),以及非洲和亚洲移民到英国的共同经历。女性主义学者们通过社会学和文化研究、新闻、回忆录来获得对女性主义发展的认知。

白人女性主义者的强势主张也造成了来自欧洲各地女性截然不同的经历被同质化。爱尔兰工薪女性和中产阶级英国女性之间具有无法忽视的社会阶层差异,甚至有些爱尔兰女性称自己的地位堪比黑人女性。与之类似,犹太女性基于种族原因而受到迫害的暴力历史将自己区别于主流的白人女性。此外,类似于塞浦路斯希腊人这样的移民女性群体的复杂性也让黑人和白人的二元对立无法成立。因此,我们需要其他的划分方式,如用"族裔"而不是用"种族"来表达英国移民女性的经历(Thomlinson, 2016: 15)。可见,英国黑人移民来源复杂多元,再加上民族、殖民、国家的因素,无法统一到一个概念之下。

尽管"种族主义"一词最基本的定义是基于种族差异的偏见,但当下这个词的内涵已经体现差异与矛盾。种族主义体现为"福柯式话语"(Foucauldian mode),具有流动性,体现差异化的政治利益和不一致的主题。当代对种族主义的理解与这一定义存在差异(Thomlinson, 2016: 16)。种族主义也是社会建构的产物,它从一开始强调种族的经济功能发展到后来的种族文化话语建构。随着族裔女性主义的发展,学者们开始讨论性别、种族、阶级等因素的相互影响方式。

英国有色人种的族裔历史中关于女性权利的主张无法与其全球殖

民历史分割。英国的黑人群体包括第二次世界大战中来自英属殖民地和美国军队中的黑人。据统计，英国来自西印度群岛的移民人数在20世纪50年代中期急剧增加。到1958年，约有125 000名西印度人和55 000名来自印度次大陆的移民（Fryer，1984：372-373，转引自Thomlinson，2016：20）。移民的构成影响着大不列颠群岛中的人口样态，他们散布于伦敦、加的夫、布里斯托尔和利物浦的社区，其中西米德兰兹郡和曼彻斯特等地也吸收了大量移民。黑人、犹太人、前殖民地移民等黑人群体的来源与历史都使英国族裔女性主义具有其独特性。

在第二波女性主义盛行时期，虽然白人女性主义者意识到种族、殖民主义等带来了女性主义主张的差异，但是"她们通常将其视为女性主义运动之外的问题，而不是她们也牵涉其中的制度"（Thomlinson，2016：29）。当下的学者们考察女性反对种族主义和法西斯主义团体的书写，研究20世纪70年代后期国民阵线的兴起对白人女性主义种族活动的影响。她们在重新建立族裔女性主义历史的时候，考虑黑人女性群体与白人女性主义者在行动及理论上的互动，促进对种族政治的认知，揭示多种族女性主义群体运动的发展动态及其影响。这些都是新时代族裔女性主义研究的维度，学者们不再局限于对族裔女性经历书写的研究，而且更深入、更全面地构建历史。

特蕾西·费舍尔（Tracy Fisher）对草根行动主义（grassroots activism）和黑人女权主义的兴趣受到了帕特里夏·希尔·柯林斯关于黑人女性主义认识论和知识生产论述的影响。费舍尔关注社区组织者和活动家等争取平等权利的群体，书写团结的政治以及人们对于社区的重新构想（Fisher，2012：2）。黑兹尔·卡比（Hazel Carby）对英国黑人女性被抹杀的尖锐批评、瓦莱丽·阿莫斯（Valerie Amos）等人对帝国女性主义的质疑，以及《种族的心脏：黑人女性在英国的生活》（The Heart of the Race: Black Women's Lives in Britain，1985）一书对英国黑人女性组织的研究，都为费舍尔的研究提供了参考（Fisher，2012：2）。基于20世纪70—80年代非裔美国女性诸多作品的共同特征，费舍尔思考英国黑人女性组织相关研究的匮乏及其理论和实证意义。她以伦敦为研究地点，发现在第二次世界大战后，处于后帝国时代的英国与美国对黑人的理解迥异。黑人在英国历史上被用作抵抗、团结和创新的政治术

第 7 章 族裔女性主义文学

语,不同种族的人都被囊括其中,这使得黑人历史和人种学基础成为研究焦点(Fisher,2012:4)。费舍尔发现,在过去的几十年里,英国的非洲人、加勒比人和南亚人对于身份的定义不断发生改变,群体变得更为团结。为解释这一现象的影响因素,她的研究从单纯的身份形成扩展为基于社区的行动、团结政治和英国的黑人社群问题。如果不把黑人性作为参与政治斗争的一种方式,就不可能讨论英国黑人女性基于社区的行动主义和团结政治的转变(Fisher,2012:6)。访谈和口述历史可以揭示黑人女性组织的代际变化,以及塑造个人及其意识形态和政治信仰的社会、政治和经济条件,解释身份形成过程、团结的政治以及从档案中较难梳理出来的紧张关系和矛盾(Fisher,2012:7-8)。费舍尔在《黑人性还剩下什么:女性主义、跨种族团结和英国的归属感政治》(*What's Left of Blackness: Feminisms, Transracial Solidarities, and the Politics of Belonging in Britain*,2012)一书中追溯了 20 世纪 60 年代末至 21 世纪初英国黑人女性参与社区政治工作的历史,研究来自非洲—亚洲—加勒比地区的黑人之间的团结和对主流社会的对抗,揭示黑人性打破单一白人国家神话的作用(Fisher,2012:8-9)。费舍尔将黑人性作为一种方式,来呼吁人们关注根深蒂固的种族主义、歧视和平等。黑人性受到了很多攻击,对于批评家来说,黑色强化了黑白二元论,但是费舍尔认为,种族化和性别化的黑人性可以产生一种政治想象的信号,达到既批判又拥护黑人性政治的效果(Fisher,2012:10)。用批判性的种族女性主义方法,我们可以分析社会参与的政治变革和黑人性内涵的转变,揭示出民族归属感不仅源自国家关于种族、性别和公民身份的话语,还源于个体对社会和政治世界的感觉,以及对权力的理解如何影响理论、认知方式和知识生产(Fisher,2012:10-11)。费舍尔受到了美国和第三世界女性(活动家、学者)的影响,提供了探索种族—民族、性别化和政治化身份的空间,从一系列跨学科的文本——档案材料、小册子、简报、电影、民族志、口头采访和生活叙事中,她提供了一个跨国背景,启发人们思考 21 世纪种族和性别的地缘政治和文化界限等问题,并质疑国家霸权主义(Fisher,2012:11-12)。费舍尔的研究具有一定的代表性,她不仅指出了英国黑人女性主义的独特性、政治性、跨国特征、运动特征和社团特征,也揭示了它指涉的群体范围,将其跨国性作为核心特征之一。

7.3 跨学科视角下的族裔女性身体

7.3.1 医学视角下的族裔女性身体

女性身体的研究也呈现出跨学科的特征，这不仅体现在对欲望主体的探究，也包括身体研究与其他学科的交叉，其中就包括了文学和医学历史相互借鉴的研究。运用这两个学科的知识对女性的身体进行跨学科研究，追溯17世纪至20世纪女性身体治疗的历史，是解构历史上对于女性的话语建构的重要方式。早期研究更多是从精神治疗和文学的关系入手进行讨论，而当下的学者们则将目光投向了"女性外科、妇科和产科的进程对于文学创作的影响"（Mangham & Depledge，2011：1），以及文学潮流和风格如何塑造了妇科和女性医学的其他分支。文学造就了我们对于当前女性身体的理解，而医学历史的建构则是借鉴了文学当中隐喻、神话和叙事模式而进行。可见，两者之间的交叉与研究方法的相互借鉴可以从医学的层面拓展女性身体理论的发展。

学者们对于医学和虚构文本进行新的研究，对文学文本做了独辟蹊径的解读，探讨"医学论文的文学价值和影响，以便更全面地了解所涉及时期的女性医学"（Mangham & Depledge，2011：2），如弗洛伊德关于朵拉的案例史就模糊了文学和医学报告之间的界限。医学报告一直受到文学叙事的影响，弗洛伊德的文学潜力在于，即使是他言之凿凿地为其报告的真实性辩护，实际上也具有文学创作、渲染虚构的成分。

黑人女性主义文学不仅是对族裔历史的构建，也包括对于女性生命体验的书写。在此方面新的研究内容包括女性主义科幻文学中黑人女性的身份，关注其中的颠覆性力量。也有学者将非洲族裔文学与残疾研究结合，探索黑人残疾女性的身份。

科幻小说给作家以想象的空间，使其能够依托科学进步的想象去进行思想实验，进而理解现实。思想实验是另一种理解现实的方法，将话语、思想转换成人物，并形成一种具身的存在，即思想的现实化身。对科幻文学中医疗话语的研究关注非洲传统的群体话语的疗伤作用，分析非洲裔文学背后的族裔认同来源，其理论基础和方法是后殖民话语分析。学者们分析此类文学作品中角色和情节设定起到的颠覆作用，其方法结合了文学研究、医学、文化研究和后殖民研究。

第7章 族裔女性主义文学

《黑人女性推想小说中的医药与伦理》(Medicine and Ethics in Black Women's Speculative Fiction, 2015)一书从交叉学科的视角研究黑人女性推想小说。其中，黑人传统对于女性身体的认知催生了独特的治疗方式，因而可以从黑人的视角分析其推想文学中对女性身体的展示、对疾病与治疗方式的呈现，进而让读者领略到黑人女性推想文学独特的世界。

学者们从世界观的视角关注黑人女性主义文学，其中对于黑人女性身体欲望的表达与认识延续并拓展了胡克斯在《我不是个女人吗——黑人女性与女性主义》(Ain't I a Woman: Black Women and Feminism, 1981)中的批评传统。但是，当下的研究已经不局限于自传性质的黑人女性经历的讲述，而是拓展到科幻门类，以想象构建理想的乌托邦世界，表达黑人女性对于身份等方面的认知和建构，同时挖掘了黑人女性主义文学审美的独特之处。

纵观美国黑人女性的历史，她们的身体曾经遭到强奸，承受暴力，甚至被切除子宫、强制性节育。这些惨痛的经历中长期存在黑人女性和医疗机构的矛盾关系。艾斯特·L.琼斯(Esther L. Jones)分析《食盐者》(The Salt Eaters, 1980)中非裔女性面临健康问题时的选择，揭示其背后的根源：一是长期以来，美国白人为主导的医疗机构对非裔女性身体的控制和试验，让她们无法与前者建立信任关系；二是她们对于自己族裔传统文化的接受度更高。琼斯从医疗和健康的角度出发，分析了其中的伦理关系，从而拓展了对非裔女性性剥削的书写。

女性医药与伦理的研究体现了当下文学研究的跨学科融合倾向，琼斯将文学历史和社会学研究融为一体，考察黑人女性奇幻小说作家对"表达黑人女性在医学上的差异所做的回应"(Jones, 2015: 4)。黑人女性作家从自己的经历出发，意识到个人健康与更大的社会问题和医疗服务之间的联系。疾病和医疗在黑人女性中形成一种有别于白人的关系伦理。女性推想小说体现了黑人女性在医学领域内的文学再现，而且从中可以看出黑人女性对身体的关注点与白人女性的差异。这类小说因其推想的性质，塑造想象的世界，关注其中医学伦理的层面，从而推演并"实现某种形式的社会正义"(Jones, 2015: 5)。例如，贾科莫·莱奥帕尔迪(Giacomo Leopardi)分析了主流话语对黑人身体的叙事，其中包括"持续违背医学伦理行为"(Jones, 2015: 6)。

主流医学伦理视角将某些种族特征定义为病理性的差异，而黑人女性作家的书写则质疑了这种针对非洲裔女性身体的医学范式。西方社会对强大的主流话语的再认知体现在小说的情节中，如奥克塔维娅·E. 巴特勒（Octavia E. Butler）的《羽翼未丰》（Fledgling，2007）中的人类与吸血鬼的混血，其书写挑战了为种族灭绝背书的种族差异话语。尼狄·奥卡拉夫（Nnedi Okorafor）在小说《谁害怕死亡》（Who Fears Death，2010）中将文化上定义的种族问题描述为差异的决定因素，认为具有共同的文化、意识形态和宗教信仰的群体，仍然会固守身体差异，采用压迫性等级制度，推行战争强奸和强迫怀孕，以性暴力实现种族灭绝。在此背景下，小说人物挑战了对女性施暴的政治文化意义，以此来"终结文化信仰和传统中根深蒂固的针对女性的性暴力"（Jones，2015：8）。娜洛·霍普金森（Nalo Hopkinson）在小说《魔戒中的棕色女孩》（Brown Girl in the Ring，1998）中探讨了在不同文化背景下，非裔加勒比移民为了在加拿大多伦多生存而进行的自我调整，描写了复杂的政治举措。她通过将女性角色设定为超级英雄、拯救者的角色，弘扬非洲裔加勒比精神的解放力量，从而扭转女性的刻板印象。

奥克塔维娅·E. 巴特勒的另外两部小说《播种者寓言》（Parable of the Sower，2000）和《天才寓言》（Parable of the Talents，1998）也具有代表性，仍然关注生物学差异、文化传统、后世界末日状态下的社会政治重启（re-boot）等主题。作品呈现了在一个反乌托邦（Dystopia）世界中疾病的系统性，这个世界将所有人简化为贫困无助的人。小说描写了人物的超感（hyperempathy）特性，也就是能够感受到他人的痛苦和快乐的共情能力。在这些作品中，"将共情视为残疾的主要原因是无序的社会条件，这使读者认识到能力状况是社会构建的，残疾是潜在的推动力量"（Jones，2015：9）。这样的小说设定以超人的艺术想象力将我们熟悉的日常事务渲染为神奇的世界。这种观察距离的变化起到陌生化的效果。黑人女性作家的作品揭示了医学意义上派生出来的刻板印象，从身体健康定义的视角去关照黑人女性的身体。胡克斯等早期女性主义者反对的是在创作中凸显黑人女性身体的欲望、遭受的性暴力，其中身体是被动的暴力承受者。而黑人女性推想小说作家表达的是另一种层面上对身体的控制，即以科学为名、在医学上对黑人女性身体的认知。虽然同样是将身体作为意识形态的作用场域，但其关注的意识形态作用方式和机制却迥然不同。

黑人女作家的作品扎根于族裔历史，反映当代生活，让读者在熟悉的日常生活描写中看到意识形态的渗透，从而产生变革的可能性。通过

第7章　族裔女性主义文学

"了解黑人女性的历史及其与医学、伦理和生存的关系"（Jones，2015：11），我们可以了解这一段历史中，从医学视角对黑人女性刻板印象的加强，以及对其在身体政治（body politics）中所期望的地位。种族不仅意味着生物差异形式，也是病理差异形式。黑人被迫或者被欺瞒而成为实验的受试者。这样的历史造成了黑人对医疗机构的不信任。欧美的医疗机构在历史上一直都有为其殖民辩护的医学研究，这些研究貌似公允、客观，实际上很大程度上是根据理论预设得出的偏狭结论。

19世纪就存在将黑人视作"社会病原体"的美国话语，1840年的人口普查将"黑人的自由、疾病和传染病之间建立了联系"（Washington，2006：146，转引自Jones，2015：18）。这次普查以似乎客观公正的话语为奴隶制辩护，认为黑人获得自由将威胁到白人的健康，因此需要采取"严厉的公共卫生措施，如种族隔离，以遏制获得自由黑人的传染病"（Washington，2006：147，转引自Jones，2015：18）。然而研究显示，实际上这次人口普查"包含统计上有缺陷和欺诈性的数据"（Washington，2006：148，转引自Jones，2015：18），公共数据在生病的黑人人数上作假，以此来支撑奴隶制的合法性。艾斯特·L.琼斯从认识论的视角分析了所谓科学话语被意识形态操控的事实，包括将这一结论用来支撑科学种族主义中用分类来建立貌似客观的话语。类似的还有在医学话语中将黑人女性塑造为生性淫荡的建构。

在历史上的欧洲话语中，科学种族主义将黑人女性和其动物性联系起来，那些被强迫提供性服务的女性却被认为是有责任的一方。此外，她们还被贴上不道德的标签。医学话语也塑造了黑人女性邪恶母亲的形象，并采取一些措施，以推进黑人女性节育的项目。"在19世纪末和20世纪初，优生学将种族科学和黑人女性的病理学带到意识形态顶峰，应用最新的医学科学来确定社会政策和公共卫生战略。"（Jones，2015：25）每一种医学话语的建构都是为了控制黑人的自由、人口、生育等最基本的权利，这导致了美国黑人在历史上的不公正。

在白人精英眼中，监管黑人女性的生育可以解决社会问题。在这一过程中，节育技术的潜在健康风险被施加到有色人种女性身上，而且政策也逐渐转向降低黑人女性的生育率。在一些医学研究中，黑人被视作试验品。黛博拉·莱克斯（Deborah Lacks）（其母亲的癌症细胞被无限复制并研究）指出了黑人与医学关系的悖论：一方面，其母亲的细胞为医学做了贡献；另一方面，其母亲所代表的种族也授人以柄，引起"对黑人固有的种族缺陷的指控"(Jones, 2015:27)。可见，黑人女性的身体和医学伦理之间一直存在紧张关系，"在很大程度上与医疗机构和她的家庭之间不公正和剥削性的权力关系有关"(Jones, 2015:27-28)。

艾斯特·L.琼斯回顾了与黑人身体相关的医学话语历史，旨在"揭示关于黑人女性的神话通过医学的主导话语而发展的方式"(Jones, 2015:29)。同时，她将小说文本中呈现的各种刻板印象与各个时代背景下的医学话语联系起来，从医学研究的视角解读并揭示出文学书写如何再现并解构这种话语，如何影响美国黑人的族群认知及社会上对他们的认知。小说这种叙事会带来医学伦理的转向，并起到解构、抵制和颠覆的作用，以另一种方式书写与健康相关的认识论和方法，拒绝和抵制偏见。

在过去的30年里，文学和医学之间的关系及其增加同理心的能力受到了越来越多的关注。黑人女性推想小说为看待医学人文学科和叙事伦理话语提供了新的方式，其中一部分是医学中的移情实践。黑人女性的虚构作品使我们能够通过分析个人身份和集体文化群体中的种族、性别和意识形态差异的复杂性来挑战刻板观念。这些方法主张将伦理考虑扩展到伦理行为，从而改变当前的医疗范式，以建立健康均等文化(Jones, 2015:34)。黑人女性奇幻作家书写女性生存伦理，在充满敌意的文化环境中坚持自己的信仰，实施行动，并且顾及其他弱势群体。

艾斯特·L.琼斯的研究关注的是医学话语、宗教、灵性，以及年轻黑人女性的能动性。她"使用科学医学话语来呼吁人们关注个人疾病与更大的社会问题之间的关系，在疾病叙事中重塑黑人女性角色"(Jones, 2015:38)。她关注黑人女性的疾病叙事，呈现其对身体和疾病的认知，从而揭示黑人女性的生存状态，使她们的形象更完整。同时，我们还可以看到其中蕴含的反抗精神，使作品人物成为黑人女性群体的精神榜样，这也是她们进行知识生产的方式。

琼斯探讨了几部黑人女性作家的推想小说，以宗教和灵性为主线，揭示小说中施暴者利用宗教为种族灭绝辩护，或是宗教助纣为虐，为官方行为背书，而黑人群体或是利用非洲的宗教和治疗方法反击北美大陆企图夺走黑人女性生命的势力，或是重新书写一个宗教体系，从而改变人们的思维和行为模式(Jones, 2015:39)。对这些小说文本的分析让人们更深入地理解健康和疾病的内涵，以及改善其状况的策略。《谁害怕死亡》《魔戒中的棕色女孩》《羽翼未丰》《播种者寓言》和《天才寓言》

第9章 女性主义流行文学

分析19世纪和20世纪初大英帝国鼎盛时期的哥特写作，尤其关注女性作家殖民哥特写作的独特性，以及当时大英帝国殖民地的扩张与统治中的在地焦虑，探讨其中的"恐惧、种族他者性、孤立、身份、强迫沉默和性变态"（Edmundson，2018：1）。前殖民地如加拿大、澳大利亚、新西兰、非洲等地的死亡与暴力的哥特书写描写了"黑暗、隐藏的动机和不为人知的故事"（Edmundson，2018：1）。哥特写作在帝国殖民时期表现为历史、地理的超自然文本，其存在都体现了当时的焦虑，以及对于社会、历史问题的参与。

在哥特小说中，男女两性作家的文本差别在于"男性哥特小说通常表达男性（重新）控制超自然力量的渴望，而女性设想的主人公往往更接受超自然和无法解释的现象"（Edmundson，2018：4）。哥特小说发轫于法国大革命时期，体现了当时社会的普遍焦虑情绪，并反作用于社会环境。而在大英帝国的殖民统治中，在殖民地的英国白人尽管是当地的统治者，但面对陌生的土地以及虎视眈眈的当地群体，其焦虑与恐惧体现为小说的主人公"必须通过她或者他对哥特式不安的体验来学习"（Edmundson，2018：4）社会信息及在人生经历中获得的教训。女性哥特叙事被认为具有颠覆帝国扩张和主流叙事的作用。

对于后殖民哥特，尽管存在无数的文学实践，但对其叙事和声音的分析还远远不够，而且殖民经历中必然要涉及的权力、知识及所有权边界的定义等问题也有待关注。学者们讨论各个殖民地哥特小说的相似性，殖民扩张中必然存在的"不稳定、好奇心和分离感"（Turcotte，2009：17，转引自Edmundson，2018：6）。不仅如此，殖民地与原有熟悉世界的差别在于殖民世界中存在令人疲于应对的混乱。殖民写作本身就是远离帝国中心，是边缘群体的虚构叙事。经典的男性殖民作家，如鲁德亚德·吉卜林（Rudyard Kipling）等书写了传统哥特式帝国文本，绘制了复杂的野蛮人、非白人的殖民图景。女性作家则提供了另一个视角，她们的书写使官方叙事所呈现的单一的帝国话语变得复杂，"令人质疑帝国的使命及其对土地、财富和机会的承诺"（Edmundson，2018：8）。女性殖民哥特的另一个特征是"批评日常生活中存在的恐惧、创伤和暴力，并将这些焦虑转移到殖民地"（Edmundson，2018：9），其叙事中隐藏着女性在殖民制度中的经历。帝国女性也是殖民扩张历史的参与者，她们在帝国制度中的地位和责任实质上是殖民地人们生活空间的侵入者和帝国暴力压迫的一分子。因此，对于女性殖民哥特写作的研究体现了十分鲜明的学科交融特性，不仅体现为文学研究，还可以作为性别研究和历史研究的重要领域。

学者们还从后女性主义视角对哥特作品进行探索，挑战对于女性、哥特和身份的假设。如前所述，哥特式文本传达着女性的焦虑和愤怒，对抗对女性刻板化的两极书写及陈旧的规约性概念。后女性主义对于性别问题采取更加复杂的认知视角，并且"在消除文本、学术界和世界范围内的厌女冲动方面起到了逆向作用"（Horner & Zlosnik, 2016：2），改变了文化中根深蒂固的厌女症。安吉拉·赖特（Angela Wright）分析了女性在哥特式文本中的逃离现象，指出其中模式化的表达方式，即此刻母亲总是死亡或者濒临死亡，这一分析涉及母女关系，也就是母亲可能是"被囚禁、伪装或者被冤枉"（Horner & Zlosnik, 2016：3）的。也有学者分析了"阁楼上的疯女人"这一19世纪较为常见的形象，体现了女性被非法拘禁在精神病院的社会现实。类似于阁楼的空间还包括"棺材和死屋"（Horner & Zlosnik, 2016：3）。对女性哥特书写的分析还揭示了"母性的感觉"被视为一种"激烈的自我抹杀"，母亲被塑造为"一个不可控制的怪物他者的潜在祖先"（Horner & Zlosnik, 2016：4），这是对母亲的批判性污名化的呈现。另一个具有普遍性的形象是"姐妹间的竞争和月经初潮引起的自卑"（Horner & Zlosnik, 2016：4），都表达了对于性的恐惧和童年纯真的丧失。

对于哥特小说的女性主义分析涉及空间分析、心理分析、婚姻、家庭暴力以及对于女性身体的监禁，也包括幽灵般的女性形象的呈现以及其中表达的"不可抑制的女性欲望和能动性的强大形象"（Horner & Zlosnik, 2016：7）。当下的女性哥特小说研究还体现了一定的跨学科特征，如分析女性哥特小说与法律的关系，分析女性主体在法律面前的不稳定性和身体的脆弱性，"揭示法律本身的创伤和耻辱，因为法律的本体论连贯性在晚期现代性（late-modernity）条件下开始瓦解"（Horner & Zlosnik, 2016：7）。通常，女性在哥特小说中以越轨者的形象出现，因此女性哥特小说研究也存在与酷儿交叉研究的视角。在探索女性形象时，学者们对模式化的哥特式老年女性形象的分析是对污名化的老年女性形象进行了颠覆性的书写，反抗并质疑老龄化女性身体"所引起的恐惧、焦虑和厌恶"（Horner & Zlosnik, 2016：9）。可见，在考虑女性在经济、社会和政治等领域中的不平等存在，利用哥特模式批判女性的负面形象及"影响贬低女性这种等级制度的权力体系"时,哥特小说表现出强劲的活力和批判性(Horner & Zlosnik,2016:11)。

女性哥特小说作为流行小说的门类之一,在21世纪获得了新的发展。从哥特文化的反抗力量,到哥特本身作为恐惧的具象表达方式与诡谲想象的世界,再到殖民与后殖民关系的表达工具,女性哥特小说以其独有的风格,汇集了颠覆性的力量,成为当代女性主义文学中不可忽视的力量。

9.3 女性主义科幻文学

9.3.1 女性主义哲学与女性主义认识论

女性主义哲学的讨论可以被看作一种方法论的问题,将女性的视角引入哲学中,从而促进哲学本身的发展以及对科学的正确认识。例如,女性主义哲学质疑了曾经一度被认为是客观的科学研究,包括这些技术哲学(philosophy of technology)研究的理论预设、研究预设,分析了其中的性别歧视因素。另一个例子是从女性主义的视角对一些人们通常认为是科学结论的内容进行再分析,可以得到与原来截然不同的结论。例如,学者曾研究了猩猩的群居模式,试图从猩猩的社会群体结构当中得出最早的人类男女两性活动的模式和社会结构的产生。在这一过程中,理论假设影响着观察的视角,因而得出雌雄猩猩的群体角色差异,为人类社会的男权模式提供依据。而女性主义学者也对此给出了颠覆性的解释。可见,女性主义视角的引入推动了认识论领域中对人们司空见惯话语的重新解读,颠覆了持续几千年的父权导向认识论,将女性主义认识论带入现存的认识论体系中,质疑二元理论,认为女性对世界的认识也应该得到知识上的平等地位。

科学知识意味着权力,它树立了社会和政治的权威。从女性主义的视角对科学知识进行检视,就可以发现其中对于父权制的维护作用,其方式是将科学知识看作客观的、无可辩驳的世界真相。女性主义科学评论家则将科学的发展描述为一种"(文化)叙事",性别和种族等政治因素影响着科学的历史阐述,这包括对女性身体的"科学"认知及遮蔽女性对科学知识的贡献，通过将女性对世界的认识排除在科学体系之外等手段，抹杀女性对于科学的贡献（Melzer, 2006: 19）。

当今，控制论与生物技术高度发达，赛博格作为一种加强了的后人类身体形态，也影响了女性对于身体的认知，并最终改变了女性科幻文学的解读图景。在《赛博格宣言：20世纪晚期的科学、技术和社会主义女权主义》("Manifesto for Cyborgs: Science, Technology, and Socialist Feminism in the 1980s", 1985）一文中，哈拉维提出赛博格的概念，她将赛博格定义为"一种控制生物体，一种机器和生物体的混合，一种社会现实的生物，也是一种科幻小说的人物"（哈拉维，2012: 205）。这类混合生命体是一类人群的集合，它改变了现有的社会关系，也改变了20世纪晚期女性的经历。她关于赛博格的观点和定义思考了人的主体性的构成因素，以及人与人之间相互作用的可能性，并进一步思考政治现实，从而打破现存的政治权利神话，思考两性关系中的同一性是否存在的问题。在哈拉维的理论体系中，关于女性本身的定义等争论被看成当下决定女性身份诸多层面的因素。她反思了自己"以白人、专业的中产阶级、女性、激进分子、北美人、中年人的身体形式来进行历史定位"，并以此出发，思考近代史上女性政治身份的危机，并将自我定义为关系，而非基于特定的生物学特征（哈拉维，2012: 215）。因为后人类是人和机器的混合体，基于此种理念，科幻小说在构建的想象世界中成为一种反思现实并试图了解想象世界对现实世界影响的试验场。赛博格具有"边界的逾越、有力的融合和危险的可能性"，因此女性主义者在"社会实践、象征表达式以及与'高科技'和科学文化相联系的人工产品中"，挑战了"心智和身体、动物和机器、唯心主义和唯物主义的二元论"，因而具有革命性，促使人们反思现有的制度，并为改变二元机制提供了可能（哈拉维，2012: 213）。哈拉维不仅对于女性主义有独到的见解，也因其关于后人类的理论而获得了超出女性主义领域的关注度和影响力。

赛博格的概念进入学者的视野之后，在人们理解当下AI技术迅猛发展的今天，越发显得具有前瞻性，并在科学哲学、女性主义等诸多领域产生广泛的影响。在文学领域，哈拉维的赛博格对于二元对立概念的消解有助于人们理解有机体与机械体，以及男女两性之间界限的消融，因而具有十分重要的意义。女性主义科幻小说以其独具特色的风格和书写方式应时而生，成为文学类别中重要的分支。如卡特的《新夏娃的激情》以反乌托邦的构想表达了男女两性差异的消解。在科幻小说中，赛博格的女性身体让人耳目一新。正如工业化时代部分消解了两性身体生物学意义上的差异，赛博格对于人类身体的机械电子增强，更让两性的身体差异不再具有决定性作用。科幻小说启发读者思考抹去了身体能力差异之后的性别，体现了受到科技影响的文学想象。例如，赛博朋克（cyberpunk）科幻小说《神经漫游者》（*Neuromancer*，1984）中的女杀手莫利拥有增强的身体力量，甚至让男性无法与之匹敌，然而对其身体的描写却迎合了男性对"美"的界定。其硕大、匀称的胸部，紧身皮裤下修长的腿，藏了利刃的猩红指甲，无不彰显男性对于女性身体的想象，而其敏捷的身体与力量来自对肉身的机械与生物改造。而且，别有意味的是，莫利融合了力量与性感的身体，其改造的钱来自无数次卖身，女性主义的解读恰恰可以揭示其想象的底层逻辑。此类书写都重新定义了人的主体性，体现了文学研究与科学和哲学的学科交融。

女性主义技术哲学的关注点各不相同，如从女性主义角度出发的"批判性后人类主义（critical posthumanism）、女性主义视角下军事和性机器人学、自动化社会中工作之间的界面，女性主义技术哲学作为学术理论与实际工程工作的联系，女性主义对政治、技术和科学的观点，对现代技术的批判性女性主义分析以及对健康和生殖技术的女性主义的关注"（Loh & Coeckelbergh，2019：v）。时至今日，主流技术哲学对于女性主义和性别问题的关注甚少，学者们希望"在技术哲学与关于性别的思考及女性主义思想之间建立桥梁……支持技术哲学中的批判思维和关于对易受紧迫社会问题影响的技术的思考"（Loh & Coeckelbergh，2019：vii）。女性主义者认为，技术发展主要根植于父权等级制度下的社会、政治和经济体系（Loh & Coeckelbergh，2019：vii）。科学哲学中关于劳动的技术变革、信息社会中的生活以及人与机器之间的关系是讨论的焦点，通过分析特定科学技术，如性机器人和生殖技术的伦理问题的责任，日常生活、实践工作、艺术和科学话语中使用技术时涉及的责任，批判性后人类主义、新物质主义女性主义、异女性主义（xeno-feminism）、技术女性主义（techno-feminism）和赛博女性主义（cyber feminism）对传统的本质主义和相对主义二元对应的重新阐释和变革，可以助力技术哲学与性别研究及女性主义理论学者之间开展更多卓有成效的对话（Loh & Coeckelbergh，2019：viii）。

9.3.2 女性主义科幻小说与女性主义认识论

学者们将科幻小说与女性主义认识论相联系，分析科幻小说中表达的理性，定义女性主义认识论，并将科幻小说中女性科学家、哲学家的身份作为切入点，分析其中的科学、理性等关键概念。科学研究学者在对科学及其实践的调查中强调，代表"自然事实"的客观研究结果也总是由某种权力关系网络在文化上建构和决定的。当代著名本体论哲学家布鲁诺·拉图尔（Bruno Latour）和史蒂夫·伍尔加（Steve Woolgar）在《实验室生活》（*Laboratory Life*，1986）中进行的社会建构主义阅读质疑了科学的客观性，认为科学家最终得到的一切"真理"都是社会互动和解释的结果（Mehnert，2016：6）。

女性主义认识论是女性主义理论中不可或缺的部分，它从根本上质疑了知识的本质，从而揭示父权社会中将女性相关的知识置于底层，使其无法获得应有地位的机制。"一般来说，认识论是质疑知识（epistêmê）本质的哲学分支"，认识论是解决知识的可获得性、内容、与信仰的区别、产生的途径、验证方法、知识生产者等问题（Calvin，2016：2）。"这些问题对西方思想、理性思维的发展、科学和科学方法的出现产生了深远的影响，对被边缘化和被排除在知识生产和验证过程之外的群体和个人产生了更消极的影响。从历史上看，被排除在外的群体和个人包括奴隶阶级、工人阶级、未受过教育（或没有资格）的人和女性。"（Calvin，2016：2）

女性主义认识论作为女性主义分析问题的基础和核心，与女性主义科幻小说关系密切。后者的研究方向之一是科幻小说中的女性，而女性在科学和工程学科中的地位一直被边缘化，女性一度被大学等高等教育机构拒绝，社会普遍认知中对于女性认知能力和抽象能力一直存在贬低、偏见和质疑。就认识论来说，柏拉图（Plato）系统地区分了知识和信仰的差异，以及"真正的知识"和从感官中获得的知识之间的差异，后者因其来源而被贬低。女性主义者如果从认识论的层面去追溯西方理性知识的历史，就会发现笛卡尔（Descartes）等认识论代表将精神和身体做出的二元划分，而且贬低身体是其传统做法。约翰·洛克（John Locke）对信仰、观点（opinion）和共识（assent）的划分与其他哲学家一样，都认为"知识源于头脑中的理性"（Calvin，2016：4）。笛卡尔代表了现代认识论的起源，而洛克代表了现代经验主义（empiricism）

第9章　女性主义流行文学

的开端、科学的基础和现代科学方法，包括合理性、理性和知识（Calvin，2016：5）。

柏拉图代表了希腊人的系统性知识理论，对后来的认识论者产生了影响，其理论具有明确的性别秩序，植根于一套性别化的价值观之中，即身心分离中体现的对于身体的贬低和排斥，长期以来与女性的身体以及对智力或精神的评估相关。女性主义认识论者和女性主义科学家一直对科学方法的理论和实践持批评态度。为了分析女性主义科幻小说，我们需将女性主义者纳入知识的基础、实践和解释之中。女性需要证明其有足够的能力来涉足知识的生产、验证和重新定义，而且也具有堪比男性的理性和知识来"参与社会、政治、经济、宗教和文化生活"（Calvin，2016：5）。

新时代的女性主义科幻小说表现出多样化的主题，尤其是性、性别、性属、种族和阶级。这些小说中虚构的世界与日常生活的现实迥异，作者鼓励读者反思和重新审视自己的假设与做法。这些小说既是当代社会、文化和政治问题的反映，也是文化参与的体现。正如布莱恩·阿特贝里（Brian Attebery）和贾斯汀·拉尔巴勒斯迪尔（Justine Larbalestier）所说，女性主义科幻小说可以被视作文化场域（cultural location），对其研究可以解码性、性别和性属的文化建构；此外，也如詹妮·沃尔玛克（Jenny Wolmark）所说，"女性主义科幻小说总是蕴含着政治目的"（Calvin，2016：6）。

女性主义学者编撰女性主义科幻小说全集来建立这一文类的传统，使其进入主流批评学者的视野。美国第一本女性主义科幻小说全集《神奇的女人》（*Women of Wonder*）出版于1974年，其编者帕米拉·萨金特（Pamela Sargent）追溯并试图建立女性主义科幻小说的历史，之后在1978年出版的《神奇的女人新编》（*The New Women of Wonder*）延续了女性主义科幻小说的传统。在努力建立女性主义科幻小说传统的同时，学者们还挖掘了科幻小说中的批判因素，通过对小说中女性形象的分析，揭示科幻小说中女性形象的变化所体现的女性努力带来的法律和社会进步，以及推进现实变化的作用。

里奇·加尔文（Ritch Calvin）认为，女性主义科幻小说的叙事将认识论问题做了前景化的处理：一是叙事情节，即"叙事中发生的一系列被重新构建的事件"；二是叙事的结构元素，即"叙述者、时间结构和视角"等因素；三是叙事内容中包括了科学的态度或方法，即对科学实践等的纠正或者对西方科学的拒绝；四是对语言的态度或方法，这包括"语言必须改革的论点，有时是必须摧毁和再创造语言的论点"（2016：7）。关于科幻小说叙事和认识论的关系，女性主义认识论科幻小说（feminist epistemological science fiction）的解读视角包括作为本体论的情节问题，即对事件进行重建，描述叙事、人物、事件、原因，其核心要素是"知识生产和验证"（Calvin，2016：7）。小说的结构元素是指"故事讲述的方式也能够引起并强化认识论问题"（Calvin，2016：7）。例如，《献给阿尔吉农的花束》（Flowers for Algernon，1966）中，男主人公接受手术以提高智力。该小说的元素，包括日志格式、排版和拼写等形式的变化，强调了主人公查理·哥顿内心的变化。从叙事视角来看，与认识论问题有关的三个要素为人、时间和视角（Calvin，2016：8）。叙述者的"个人特征"会影响故事的真实性，如叙述者可能获知事件的渠道、可靠性，以及对读者接受度的影响（包括读者对主题了解的程度、知识来自理性还是直觉等）。叙事的年代顺序也可以决定和强化对情节的认识论问题。一些时间策略将读者置于认识论不确定性的位置，并邀请读者沿着知识和理解的道路前进。这些都影响读者对叙事的接受和信念，并表达着不同的本体论和认识论。

对女性主义科幻小说中科学模式的研究是关注"科学、科学家、科学方法和技术在叙事中的表现方式"（Calvin，2016：8）。早期的科幻小说沿用了传统的科幻小说对于科学的认知，接受了"经验主义和科学方法"，其小说的设定依然"牢牢扎根于理性的经验模式"（Calvin，2016：8）。到20世纪60年代，"女性主义者、女性主义科学家和女性主义认识论者都开始挑战科学方法及其基础"（Calvin，2016：8），其特征是挑战西方实践科学的客观性。例如，后殖民和土著的视角不再将土著的活动看作原始的，而是将其看作一种与世界共处的、和谐而非对抗的方式。例如，格蕾丝·L.迪伦（Grace L. Dillon）在论及土著科学素养（indigenous scientific literacies）时，将土著知识和实践看成"为当前西方实践提供了可持续的替代方案"（Calvin，2016：9）。

女性主义科幻小说的语言是值得关注的一个重要方面。语言和思想之间的关系之一是认识论者和认识论中语言逻辑的关系，即思想和语言是否相互决定。这也让第二波女性主义者及其继承者考虑语言如何塑造人们对于世界的看法。本杰明·沃尔夫（Benjamin Whorf）的语言决定论（linguistic determinism）影响了女性主义话语的建构和解构。沃

第 9 章　女性主义流行文学

尔夫认为，语言极大地塑造和限制了我们对世界的看法，因此将其语言决定论作为指导来研究语言，是女性主义科幻小说研究的重要组成部分（Calvin，2016：9）。

"女性主义者""科幻小说""女性主义科幻小说""认识论"和"女性主义认识论"等术语的内涵在争议中发展。同样，科幻小说蕴含了广泛的风格、主题、信仰、实践和态度。20 世纪 60—70 年代出现了重命名/重塑科幻小说的运动。科幻小说的定义在不同的著述中有差别，被称为推想小说、奇幻作品、科幻小说等，女性主义科幻小说被定义为科幻小说之下的亚文类。这种定义女性主义科幻小说的方式"开拓了批评空间，从而研究更宽泛定义下的亚门类或变体"（Calvin，2016：13），针对女性主义科幻小说作家及女性主义科幻小说的特质，以及该特质对读者产生的影响进行研究，从而以"特定的方式去理解社会中对性别的阅读和'解码'"（Calvin，2016：13）。

以上是女性主义对于认识论的挑战，可以被视为女性主义的核心问题，同时也是女性主义科幻小说分析的核心部分。尽管女性主义科幻小说这一概念涵盖的内容广泛，可以讨论的方面众多，但是，女性主义者所关注的社会、文化、政治、身份几个方面与女性主义运动紧密相关，女性主义者仍然需要继续拓展并识别女性主义科幻小说的变体，并确定其重要的模式，使其成为女性表达自我，确定身份的一种重要文类。

1. 赛博格与女性主体性

正如哈拉维在《如何像一片叶子》（*How Like a Leaf*，1999）中所说："科幻小说就是政治理论"（Haraway，2000：120，转引自 Melzer，2006：10），理论、政治和想象力的关注点的交融有可能促使具有创造性理论的产生。女性主义理论给科幻小说带来新的解读视角，"挑战了创造性和抽象思维等认知领域的分离，而西方定义的理论化概念正是建构在这些领域之上的"（Melzer，2006：10）。科幻小说既涉及"个人与技术的接口"中体现的主体性问题，也关注"群体与技术的话语"中的社会组织问题，而身体作为一个重要领域，其中涉及重新认定性别角色、性别身份和性欲望的问题，并且导致现有社会秩序的重构（Melzer，2006：12）。

对科学技术的女性主义批评以及性别认同、身体、欲望之间的关系最核心的影响因素是全球资本主义，以及第一世界和第三世界的关系、后殖民民族国家内部的问题。技术对女性生活的影响包括互联网、全球工业、医疗机构、生殖技术等对于女性精神生活和身体的影响，以及当下热点的后人类问题，后人类概念的核心因素是生物技术、身体/机器接口以及期望的商品化。这些问题在与女性主义话语的交叉中出现了科幻小说中的外星人及其赛博格、克隆人、机器人、外星人和混血儿等后人类的概念。这一概念促使人们重新思考人类主体性的定义，以及人类与机器的关系。

在谈到女性主体性的建构问题时，罗西·布拉多蒂（Rosi Braidotti）认为，在确定女性主体性时，性别只是影响因素之一。在建构主体性话语时，优先考虑具有可变性的女性主义批评，以及"在相互关联的变量网络中重新定义具身主体的女性主义主张"（Braidotti，1994：199，转引自 Melzer，2006：15）。基于反对二元对立观念的分析，她提出了"女性主义游牧主义"（feminist nomadism），这一概念包括三个复杂、相互交织和共存层面上的女性主义理论："男女之间的差异""女性之间的差异"和"每个女性的内在差异"（Braidotti，1994：158，转引自 Melzer，2006：17）。

对于女性主体性的认识，不同女性主义者分析的视角存在差异，这些学者包括郑明河（Trinh Minh-ha）、玛丽亚·卢戈内斯（Maria Lugones）、格洛丽亚·安扎杜尔（Gloria Anzaldúa）、罗西·布拉多蒂、卡洛尔·波伊斯·戴维斯（Carole Boyce Davies）、唐娜·哈拉维。她们从不同角度探讨他者对于主体性建立的作用。她们认为差异是主体性固有的部分，并将其融入不合时宜他者（the inappropriate other）的模型（郑明河）和作为抵制主体性的不纯粹的概念（the concept of impurity as resisting subjectivity）（玛丽亚·卢戈内斯）中；边界身份（borderline identities）理论（格洛丽亚·安扎杜尔）、游牧主体（nomadic subjects）理论（罗西·布拉多蒂）和迁徙主体（migratory subjects）理论（卡洛尔·波伊斯·戴维斯）研究了地理（和社会/政治）流离失所问题及其对身份构建的影响；赛博格身份（cyborg identities）模型（唐娜·哈拉维）讨论的是特定技术系统对文化和政治身份的影响（Melzer，2006：18）。"女性主义主体性理论也受到了酷儿理论对越界性行为的强调及关于跨性别和性别酷儿身份的新话语的挑战，同时也得到了提升。"（Melzer，2006：18）

第9章 女性主义流行文学

赛博格体现了仿生技术和信息技术的结合，被用来想象科幻的世界，通过"化学药品、仿生修复和神经系统移植而得到加强的人类主体"（孚卡、怀特，2003：136）。随着科技进步的发展，女性主义在文学作品中体现为决定女性主体性的因素发生的变化。生物技术的发展让赛博格女性主义被更普遍地接受，这种认知也体现女性主义科幻小说和奇幻小说等曾经被视为边缘文类的繁荣。

具有影响力的学者包括赛博格理论家唐娜·哈拉维和技术理论家沙迪·普兰特（Sadie Plant）。哈拉维的赛博格理论影响十分广泛，她的理论基于马克思主义精神分析和女性主义的方法论，并被广泛地用于"分析种族、性别和阶级话语怎样被技术的进步所改变"（孚卡、怀特，2003：137）。普兰特将机器比喻为女性，认为两者都是受男性控制，缺乏"能动作用、自主性和自我意识。男人将技术作为其发展至高控制权的途径"（孚卡、怀特，2003：141）。普兰特认为数字化和传统的女性编织艺术相似，这是女性主义常用的一个隐喻，将创造虚构故事的过程与纺织做类比。她认为现代技术已经变得极易"受赛博女权主义的侵染"（孚卡、怀特，2003：141）。普兰特解构了技术发展中男性对于技术的控制。但是随着信息技术的发展，根据哈拉维的观点，女性也具有操控机器的能力，两性差异已经不再是根本问题，这种观点消除了本质主义生物学上的差异带来的相应问题。

赛博女性主义反抗现存的两性二元划分，这是因为在赛博空间中肉身不再是决定性的力量。这一构想在现实生活中则是以酷儿女性主义为理论出发点，破除两性的二元对立，讨论中间性别、雌雄同体等概念，反对基于生理结构对女性的本质主义性别认识。赛博格颠覆了传统人文主义对于世界的认识和二元划分，其中包括人与动物、碳基的有机物与硅基的机器之间的边界。科幻小说打破了有机体的有性繁殖，以及传统婚姻家庭的两性关系。赛博格的复制并不依赖于人的有性繁殖或是传统核心家庭的概念，它兼容了有机物和机器、虚拟与社会实存之间的界限。《外星构造：科幻小说和女性主义思想》这样的女性主义科幻小说研究就是采用了赛博格女性主义的理论视角，被赋予了存在的合法性和解读力量。

2. 科幻小说和女性主义思想

女性在社会生活中的实践领域与男性存在差异，因此有其特有的"技术知识、赋权和拯救世界的习惯"(Melzer, 2006: 1)。经过技术和基因工程增强的身体可以减少两性在生物学上的差异所带来的社会实践领域的传统区分,因而在科幻文学的叙事中性别关系被重新定义。这样,"有争议的女性赛博格挑战了性别、种族和国家的传统观念",女性主义文学实践在科幻小说领域"探索科学与女性主义话语之间的关系",其议题包括"差异、全球化和技术科学"(Melzer, 2006: 1)。科幻小说有其独特的叙事模式以及反复出现的主题和方法,这包括对社会经济关系的探索、科幻小说中相互矛盾的现代性和后现代性(postmodernity)元素、自然和文化的建构,以及技术的影响。

科幻文学在幻想的世界里设想社会理论的"蓝图",进而构建出一种"与我们所知的人类存在截然不同的全新社会秩序和存在方式"(Melzer, 2006: 2)。当下的科幻文学批评讨论女性主义与科学之间的关系,从而"使我们能够理解压迫,并设想超越多数女性主义话语所设定的限制的反抗"(Melzer, 2006: 2)。科幻文学作为最受欢迎的体裁之一,在美国文化中的影响力体现为其持久不衰的流行性,也代表了美国文化中对于外星生命形式的探索欲。科幻文化在民众中享有广泛的市场,因为这一体裁以瑰丽的想象创造了新奇的世界,让人们基于自己熟悉的世界去开拓和了解陌生的领域,也催生了新的理论空间。正如梅尔泽所说:"即使我们不熟悉一个新星球及其所描述的相应的新技术,叙事中的社会和个人问题也反映了我们的经历。这种隔阂也为理论化创造了提炼的空间。"(Melzer, 2006: 3)

科幻文学一直以来处于边缘,和其他流行小说被归为一类。然而,随着科学技术越来越成为人们生活的主导力量,后人类和非人类叙事得以迅猛发展,"在过去的20年里,达科·苏文(Darko Suvin)和卡尔·弗里德曼(Carl Freedman)等批评家的作品将这一流派与批判理论和文学理论联系起来"(Melzer, 2006: 4)。而且,文学批评学者如弗里德曼在《批判理论与科幻小说》(*Critical Theory and Science Fiction*, 2000)中也强调科幻文学与批判理论的对话性,"而不是简单地将批判理论应用于科幻小说"(Melzer, 2006: 4)。

女性主义科幻小说体现了科学文化与当代女性主义思想之间的对话关系。其设定是"遥远星球上的外星背景、革命性的技术和未来主义的时间框架"(Melzer, 2006: 5),作家们以超乎寻常的想象,探索一个乌托邦世界的权力关系,基于当下却想象出新的社会和文化。当然,也

第9章　女性主义流行文学

有的作品被认为延续了之前的殖民传统，只是将殖民对象拓展到外星，建立一种新的社会秩序。批评学者对于科幻文学的关注，正是因为过去几十年涌现出一大批科幻作家，其作品体现了后现代的影响并日益被主流批评界接受，进而改变了科幻文学的边缘地位。这些作家包括阿瑟·克拉克（Arthur Clark）、塞缪尔·德拉尼（Samuel Delany）、布赖恩·阿尔迪斯（Brian Aldiss）、托马斯·迪施（Thomas Disch）、乌苏拉·勒·甘（Ursula Le Guin）和菲利普·迪克（Philip Dick）等。这些作家的科幻小说相对"硬核"，书写宇宙探索所需要的技术，呈现出人类的好奇心带来的技术想象。而硬核科幻小说越来越被描述内部空间的心理维度及文化身份问题的"软科幻"所取代，这类科幻文学塑造更复杂的人物，同时也引入了"描写性行为、暴力和种族关系"的内容（Melzer, 2006: 5）。这种叙事内容的变化是当下科幻小说研究需要关注的问题。

一些科幻文学强调性和暴力，如哈兰·埃里森（Harlan Ellison）的《危险的幻象》（Dangerous Visions, 1967）和《又是危险的幻象》（Again, Dangerous Visions, 1972），这两部作品曾因对性和暴力的描写而被主流科幻小说杂志拒绝。有色人种作家和女性作家的崛起扩大了新浪潮的创新。社会批判，包括在新殖民主义框架下对种族主义和阶级剥削的批判，丰富了叙事，成为当代科幻小说不可忽视的题材。托马斯·莫伊兰（Thomas Moylan）曾指出，"当代最具美学趣味和社会意义的科幻小说作品是由女性和非白人作家创作的"（1980: 237-238，转引自 Melzer, 2006: 6），而且越来越多的女性和有色人种作家采用科幻小说的形式写作，用以质疑、挑战主流话语。新殖民主义和种族主义批判体现了科幻小说文类的批判力量，丰富了当代科幻文学的叙事。

20世纪70年代初以来，撰写科幻小说的女性数量急剧增加，备受欢迎的女性作家包括奥克塔维娅·E.巴特勒、C.J.彻里（C. J. Cherryh）、凯瑟琳·顾南（Kathleen Goonan）、苏赛特·黑登·埃尔金（Suzette Haden Elgin）、安妮·麦克卡夫里（Anne McCaffrey）、苏泽·M.查纳斯（Suzy M. Charnas）、冯达·N.麦金泰尔（Vonda N. McIntyre）、玛吉·皮厄斯（Marge Piercy）、乔安娜·拉斯（Joanna Russ）、小詹姆斯·提普垂（James Tiptree Jr.）[1]、琼·文吉（Joan Vinge）、凯特·威廉（Kate Wilhelm）、玛丽昂·齐默·布拉德利（Marion Zimmer Bradley）、

1　这是艾丽丝·谢尔顿（Alice Sheldon）的笔名。

以及新生代的作家尼古拉·格里菲斯（Nicola Griffith）、纳洛·霍普金森（Nalo Hopkinson）、塞韦尔纳·帕克（Severna Park）和莫利莎·斯科特（Melissa Scott）（Melzer，2006：7）。

科幻小说底层的理论预设是科技对人类的影响，体现了科学话语中的价值判断。科技被认为是进步的，与男性相关，而女性则与巫术、心灵、邪恶、魔法和感性相关。女性主义科幻小说强调文化和社会（"软"）科学，如人类学、语言学和社会理论。女性与技术的暧昧关系在于，在科学昌明的时代，女性主义作家却描写了女巫和治疗师的传统等另类宗教。

女性主义科幻小说中的独特主题是关于女性身体的生育功能。女性主义科幻文学作家探索"硬科学（特别是生殖技术）的解放潜力"（Melzer，2006：8），其目的是在其作品中切断女性和母性的联系。科幻小说设置在外太空，其殖民主人公越来越多地与外星人/他者认同（Melzer，2006：8）。科幻电影和文学所关注的是技术及地球之外的生命，但"它们各自的媒介创造了不同的表现形式"（Melzer，2006：11）。女性主义科幻小说可以被看作一种思想实验，探索女性身体在另一个空间的可能身份，思考在脱离了被认为是独特的女性身体功能之后两性的差异与表现，从而在一定程度上消解对两性差异的固有认知。

科幻小说还体现了后现代文学特征，这包括叙述的碎片化和新的语言实验，既质疑现实，又蕴藏着颠覆性的内容。赛博格的隐喻是女性主义小说和女性主义文学批评的核心概念。新媒体和生物技术的应用一方面给女性赋能；另一方面，女性受到"伴随生物技术和全球资本主义消费主义而来的边界消解"（Melzer，2006：8）的影响。女性赛博格成为具有能动性的女性主义身份的隐喻。梅尔泽总结了女性主义科幻小说中的女性形象，她们包括"女黑客、拥有手术增强的技术身体（technobody）的女战士、基因性别变异的女性，以及与机器/人工智能有着复杂关系的女性"，这些女性都因为技术而有能力去带来社会变革，让人审视女性拥有了科技之后，其主体性的加强（Melzer，2006：21）。

赛博女性主义关注网络技术对女性生活的影响。女性软件开发人员等以不同网络身份活跃在互联网上的群体，"创造了探索数字文化（digital culture）给女性带来的乐趣和陷阱的叙事，为她们自己在数字世界中创造了复杂的位置，这个数字世界可能允许女性、男性和机器之间新型关系的存在"（Flanagan & Booth，2002：11，转引自 Melzer，2006：22）。当然，一旦我们过分强调数字和赛博文化，就可能忽视了"剥削全球阶级（和种族/民族）关系和与资本主义技术科学有关的具身性问题的危险"（Melzer，2006：22）。

3. 科幻小说与乌托邦的关系

对于科幻小说这一文类，学界认为这是乌托邦传统的一个表征，也有学者将当代乌托邦文学看作科幻的一种。在技术已经成为人类社会主导力量的当代，乌托邦文学反映并思考了技术日益主导的力量，这样，"乌托邦写作与科幻及反主流文化运动的结合使得作为社会实践的乌托邦精神得到了实质性的体现"（欧翔英，2010：9）。

乌托邦小说与女性主义的联系涉及精神与思想的二元划分。一些女性主义者也采用精神分析理论，包括人的具身性、从婴儿期到成人的认知能力的发展、人类精神的非理性一面，这些构成了人类理性的背景。人的存在依赖于肉身，因此必然也具有非理性的一面，而理性则是具有后天发展的特征。女性主义精神批评著作的核心主张是性别化的肉体和精神，以及非理性和理性之间关键概念的对立。哲学家一度认为男女两性中，女性本质上缺乏理性，倾向于做感性判断。

科幻小说打破了人的思想和肉体的同一性这一关键定义，如《神经漫游者》中思想盒/南方人的存在形式。思想盒留存的是人的记忆、思维和意识，但是彻底失去肉身，只能依附于存储设备存在。而在日本的科幻动漫《攻壳机动队》（Ghost in the Shell，1995）中，女主角"大佐"则是有意识地将自己的肉体与精神分离，让自己的精神漫游于无边无际的网络中，不依赖于肉身而存在。

科幻小说也衍生出诸如青少年反乌托邦文学等子文类。1915 年，夏洛特·帕金斯·吉尔曼（Charlotte Perkins Gilman）出版了乌托邦小说《赫兰》（Herland，1915），描绘了三个男人被困在一个只有女性的世界中的情景。小说探索了刻板的性别观念，表达了对社会的批判。故事中的女性通过拒绝父权制的世界观，将自己定位在两性之间。吉尔曼借其作品"揭露了权力关系，进而挑战了公共领域和私人领域的区分"（Day et al.，2014：2）。也有一些作家向读者介绍新女性，她们拒绝传统婚姻和母性路径，做出离经叛道之事，打破完美典范的形象，并树立叛逆女性的形象。而在此之后，更多作家笔下的年轻女性都意识到自己的阈限位置（liminal position），并且试图为依照自己的愿望生活而努力（Day et al., 2014: 3)。在吉尔曼的作品出版一个世纪之后，反乌托邦小说在青少年文学（young adult literature）中引起极大关注，女主人公们试图按照自己的意志生活，追求平等、进步和自由。从《饥饿游戏》（*Hunger Games*, 1991）中的女战士凯特尼斯到《分歧者》（*Divergent*, 2011）中的特丽丝，青春期女性都意识到自己的阈限（liminality）处境，并利用其中间位置作为反抗的手段来对抗社会秩序（Day et al., 2014: 3-4）。20世纪末和21世纪初，反乌托邦小说中的年轻女性跨越了童年和成年、个性和顺从、赋权和被动的界限，体现出阈限，成为复杂的存在。当代西方文化中女孩仍被塑造为被动和软弱的形象，反乌托邦模式为女孩提供了挑战现状的方式，尽管她们的反叛未必会成功，但是她们开始由旁观者向主动参与者转变，展现出重新定义年轻女性的意义所面临的持续性挑战（Day et al., 2014: 4）。

4. 科幻小说的门类与主要特征

与奇幻小说相伴的科幻文学的子体裁包括如太空漫游小说（space opera）、赛博朋克、硬科幻（hard SF）等（James & Mendlesohn, 2012: 2）。奇幻文学的研究包括上述各种子类型，切入点包括学术、读者和商业三个方面（James & Mendlesohn, 2012: 2）。当代科幻小说的盛行有其历史文化背景，女性主义科幻小说也是乘此潮流而起。在活跃的科幻小说文类下，又进一步发展了子门类，而女性主义的各个分支也分别与科幻小说结合，产生了相应的研究方向。推想小说被认为是创造了乌托邦的一种方式，这是因为在科幻小说塑造的未来世界中，无论是社会组织结构，还是人与人之间的关系，都表达了作者对于当下世界的想象。

科技的飞跃式发展让人们的生活充满了各种可能，改变了人们对于生活的想象，冲击了人的主体性的定义。这种变革性的力量也被借用到女性主义文学当中。随着科幻小说的繁荣，女性主义科幻小说也出现了众多的分支，包括族裔女性科幻文学、族裔女性科幻文学的残疾文学分支、同性恋分支等。这些形式无疑赋予这些女性群体更多的可能性，使她们能够反思主体性构成中身体的因素及意识的作用。

科幻小说的规则、文体风格和主题有其独特之处。对于科幻小说中传统和时间的因素，科幻小说的作者选择遵照或者改写文学传统，或者将其变形来表达自己对于另一个世界的想象。读者在阅读时必然也会用到自己掌握的背景知识与传统的认知模式对小说进行批评。认知陌生化是科幻小说的首要特征，科幻世界与现实世界形成对比，将现实世界作为参照系。因此，在分析科幻小说时，我们需要考虑人物、社会文化和政治结构的秩序，回答包括人的定义这样认识论的问题，并且强调自我和社会的关系（James & Mendlesohn，2012：12）。

9.3.3 女性主义科幻小说与女性身体

人之所以为人，其"特征"是什么？甚至在"特征"一词的定义都被质疑的当代哲学话语中，女性和男性的差别是否存在本质上的区分？从原来的二元划分，到福柯的《不正常的人》（*Les Anormaux*，1974—1975）中列举出的双性人等无法归类的个体存在，再到酷儿理论对性别的认知，这是西方当代社会对性别的认知过程。对双性人曾经的处理方式是让其不得不放弃中间的立场／空间，而选择一个身份。当代社会中对LGBTQ的包容是对两性二元定义的突破。福柯关于两性的社会历史的论述直接指向了社会运作的机制，其背后是"不正常"和"正常"的二元划分，即以"不正常"来定义"正常"。这种女性主义解读在文学作品的解读中的体现是从人物塑造到分析人物的理论变化。

阿特伍德的《使女的故事》（*The Handmaid's Tale*，1985）中，在被定义为"行走的子宫"的女主人公身上，书写了女性身体被客体化，以及作为一个生育功能符号的存在。以此为理论和现实背景，我们可以看到科幻小说中关于女性身体种种可能性的想象。卡特的小说《新夏娃的激情》以男性身体为基底，雕刻出男权社会可以想象的完美的女性身体，让一具完美的女性躯壳中存在男性的意识和记忆。

科幻小说《仿生人能梦见电子羊吗》（*Do Androids Dream of Electric Sheep?*，1968）和赛博朋克小说《神经漫游者》都从哲学层面思考人的身体与记忆、意识之间的关系。由于生物技术和信息技术的发展，人的身体可以随意"加强"为赛博格，男女生物学上的差异变得微不足道，性别在身体力量、反应速度等各个方面的差异都被抹去，甚至女性作为母亲的身体功能都被弱化。科幻小说作为一种边缘的文学类型，其地位一直不被主流严肃文学所承认，然而这恰好给了女性主义文学以发挥的空间，在边缘思考场域的问题。

赛博科幻小说在消解了肉体和精神的二元对立之后，男性和女性生物学上的差别也不再是最关键的问题。在科技无限发展的前提下，在女性主义小说家想象的乌托邦中，性别差异被抹平，或者被颠覆。人们更多关注人的主体性的确立，而非两性生物学上的差异。

在科幻小说对人的同一性、主体性的定义中，女性身体的因素是不可或缺的视角。女性主义文学创作急于寻找一种自我表达的方式。本来虚构文学就是构建一个世界，但是科幻小说的天马行空，其创造的瑰丽、诡谲、奇异的世界在激发读者想象的同时，也能够启发他们对于未来世界中人的主体性的思考，对于女性社会身份的反思，对于女性身体也能够有不同层面的认知。

9.4 其他女性主义文学

女性主义文学评价标准的改变，以及学者们重新建立女性主义文学传统的努力，都在一定程度上改变了文学研究的领域和评价文学的标准。学者们对文学历史进行了重新检视，这涉及文学标准的重新确立、对女性主义作品的美学审视，以及针对历史上对女性主义运动起到重要推动作用的文学形式的研究。

9.4.1 女性主义印刷文化和激进主义美学

女性书写本身就是一种打破沉默、表达自我与提升意识的方式。与之相关的努力还包括推进女性出版事业来增加女性发出声音的渠道。女性知识分子成立女性专有的出版社，出版针对女性作者和女性读者群体的杂志，对女性主义发展起到了不可或缺的作用。早期女性杂志的创刊和发行研究，以及女性出版史的建立都构成女性主义文学研究的重要部分，是女性主义重建自己知识历史的努力，也使女性主义图景和女性的知识历史变得更完整。

根据特里斯·特拉维斯（Trysh Travis）的研究，"女性出版运动"以女性为对象，包括"读者和作家、编辑、印刷商、出版商、分销商和零售商网络，这样，思想、对象和实践得以在连续和动态的循环中流

第9章 女性主义流行文学

动"(2008:276,转引自 Harker & Farr,2016:5)。书籍作为观点传播的工具,让第二波女性主义的思想影响了整整一代人,启迪她们争取权利,并反思父权文化。这些通讯和期刊出版宣言、表达立场的文件、诗歌、新闻和书评,构建了"一个没有父权和资本主义控制的交流网络"(Travis,2008:276,转引自 Harker & Farr,2016:5),成为女性主义精神质疑父权话语的有力工具。第二次世界大战后,经济独立的女性是不可忽视的市场,因此美国国内针对女性群体的出版社爆炸式地增长,也促使女性作家群体不断增大,新的文类不断出现,女性意识不断提升。"早期的女性主义小说包括科幻小说、前卫实验小说(avant-garde experimentation)、历史小说(historical novels)、流浪汉传奇小说(picaresques)和集体小说(collective novels)。"(Harker & Farr,2016:4)此外,针对女性读者的杂志也层出不穷。

这些出版社在创始阶段经费匮乏,其工作也依赖志愿者才得以开展。尽管编辑们缺乏出版经验,却创造出一些"最杰出的女性解放运动的产物,并推出了许多对女性解放运动和美国女性文学传统至关重要的作家和文本"(Harker & Farr,2016:6)。1968 年到 1973 年间,美国各地也出现了大量的女性主义杂志,为第二波女性主义论争助力添彩,成为大量女性主义者发声和传播其女性主义主张的渠道,从而有助于女性建立起自己的共同体。

与出版业相关的领域是专门发行女性书籍的书店的盛行,其销售的书籍包括前面提到的各种文类的作品。此类书店在美国各地出现,形成了各类读者网络,这一现象在《阅读浪漫小说》(Reading the Romance,1991)一书中得到了专门的研究。这些书店建立女性读书会,喜爱阅读浪漫小说的女性读者以读书会的方式阅读、选择并推荐书籍给读书会的其他成员,进一步拓展了女性阅读群体。这种自发的读者网络对于女性作品的发行与市场拓展起到了推动作用。小野坂顺子(Junko Onosaka)称之为"女性主义的识字革命"(Harker & Farr,2016:6),这体现为女性主义出版业的鼎盛时期有"近 200 家书店为女性主义作家和出版商提供一个全国性的网络"(Harker & Farr,2016:6)。

女性主义印刷文化不限制作品的文类和风格。从最开始出版诗歌到后来的其他文类,其中有提升女性意识的小说,也包括父权制下被经典文学界忽视的浪漫文学、哥特文学、科幻文学等。以诗歌为例,尽管被视作高雅文学的一种,但因其印刷成本较低、出版便捷,为女性主义文学家所偏爱，因而女性主义诗歌也形成了其独特美学。如凯瑟琳·弗兰纳里（Kathryn Flannery）所说："女性主义者将诗歌视作一种民主形式，为各类女性所接受。"（Harker & Farr, 2016: 7）这类文学不仅适应女性读者，也被认为具有反抗力量，是改变女性思想的手段。学者们不仅将被忽视的文类引入经典文学，而且还改变了文学作品评价的标准。朱妮·阿诺德（June Arnold）认为："这种转变不是在现实主义小说的传统情节上，而是在语言和形式上。"（Harker & Farr, 2016: 9）由此可见，女性主义学者将这种语言和形式的拓展看成女性主义政治革命的手段。

女性主义学者伯莎·哈里斯（Bertha Harris）将女同性恋女性主义与越界、抵抗的行动联系起来。她认为，女性主义写作是传统父权制下的文学不可融合的部分，强调酷儿相对极端的抵抗精神。这种对于激进女性主义文学的倡导与第二波女性主义中将女性作为一个整体提出诉求来对抗父权制的做法背道而驰，更强调女性写作的独特性和革命性。"相反，女同性恋者可能很伟大，因为某些文学作品是不可同化的、令人敬畏的、危险的、离谱的、与众不同的、杰出的。"（Harris, 1977: 6, 转引自 Harker & Farr, 2016: 9）学者们强调女性写作的独特性，并重新挖掘第二波女性主义中被忽视的作品，杰米·哈克（Jaime Harker）与塞西莉亚·康查尔·法尔（Cecilia Konchar Farr）认为，"它们融合了实验和行动主义"（2016: 9）。

女性主义出版社出版包括侦探小说、浪漫小说和科幻小说在内的类型小说。女儿公司（Daughters, Inc.）等出版社以这类平装畅销书的出版开启了利润丰厚的出版事业，不仅获得了大量的女性拥护，而且获得的利润也让其能够在经济上支持女性主义出版社和书店的发展。类似的出版社还有奈亚德出版社（Naiad Press），它于20世纪80年代针对女性读者发行的神秘小说和浪漫小说使其成为女性出版社中的翘楚（Harker & Farr, 2016: 9）。

女性主义媒体的不断涌现使女性生活经历得到讲述，从而进一步推动了女性主义的发展，"从最初的激进活动开始，女性印刷运动就痴迷于多样性和跨文化工作的问题，并致力于出版质疑多重压迫的书籍，我们现在称之为间性。种族、阶级、性属、地域和国籍的问题贯穿于女性主义出版社的出版物、期刊中的文章和评论以及女性主义小说的作者身份中"（Harker & Farr, 2016: 10）。有色人种女性的书籍也获得了出版机会，使她们发出了自己的声音。

女性主义杂志倡导一种自主的理念和独立的女性审美。尽管这类杂志涵盖的家庭空间赋予女性小说以意义，但这类小说在男性主流批评家看来是琐碎且缺乏审美的。女性主义文学批评学者则认为这种关于"审美价值之争实际上是关于评价语境的争论"（Kolodny，1985：158，转引自 Harker & Farr，2016：12）。因此，女性主义文学批评学者如凯特·米利特、伊莱恩·肖瓦尔特、尼娜·拜姆（Nina Baym）、简·汤姆金斯（Jane Tompkins）、邦妮·齐默尔曼（Bonnie Zimmerman）、芭芭拉·赫恩斯泰·史密斯（Barbara Herrnstein Smith）和珍妮丝·拉德威（Janice Radway）等都致力于重新建立女性主义文学的评价标准。

女性主义文学的标准需要重写，杂志、书籍等出版业是重新建立女性主义文学审美标准的重要一环，可以让女性主义文学有发声的渠道。当下的研究应更深入、更广泛地分析女性主义文学的发展历程，梳理其发展脉络，探究其影响因素，进而建立女性主义文学传统。

9.4.2 作为女性表达空间的杂志

女性主义文学研究不仅仅针对小说等传统文类。如果要了解女性主义思想的传播、女性逐渐走入公共领域的过程，及其重建女性知识传统的努力，还需要覆盖更全面的研究领域。女性进入新闻界也是重建知识传统的一个重要方面。从女性在杂志领域的发展可以了解女性借此发表作品，逐渐形成自己的声音，并为普通读者所知的艰辛过程。当下的女性主义文学研究者也将目光投向新闻出版领域，研究女性作家、读者、市场之间错综复杂的关系。

19世纪末，女性进入公共视野，并在公共领域获得影响力。"她们以前所未有的方式宣传自己，并以新的方式利用新闻业不断变化的境况。"（Gray，2012：1）学者们研究这一背景下从事新闻工作的女性，其目的是"展示19世纪末英国女性新闻工作的范围和质量，并研究这个独特时期的文化潮流如何促成了对女性和新闻工作者角色的重大修正"（Gray，2012：2）。"20世纪之交，女记者的工作进一步加深了我们对性别、经典性（canonicity）和文化'标准'形成之间的关系，女作家对自我和风格的战略性商品化，以及对名声与文学风格之间复杂关系的理解。"(Gray, 2012: 2)《19世纪末新闻业中的女性》(Women in Journalism at the Fin de Siecle, 2012)一书"对女性在19世纪末对这些问题的贡献,以及对期刊社本身促成、激发、限制和塑造女性写作的方式提出了新的见解"(Gray, 2012: 2)。这种研究对于建立女性主义文学传统具有重要意义,让研究者的目光不仅局限于历史上著名的女作家,还将文本的定义拓展到杂志、报纸等新闻业,将其作为女性发声的重要渠道进行研究;研究者不仅考察其叙事的策略和女性新闻工作者的身份,还关注这一领域对于女性主义运动的发展和女性自我意识提升的作用。当然,女性杂志也存在为了经济利益和商业成功而迎合主流思潮,探讨关于女性认知的问题。新闻业是一个相对边缘的文学领域,当下的研究利用福柯的身份建构、皮埃尔·布迪厄(Pierre Bourdieu)的文化资本(cultural capital)理论来分析19世纪末女性作者的艺术、自我生产的形式和风格要素,以一系列个体案例研究来分析女性从业者的成就,这有别于女性杂志中讨论的问题。女性新闻工作者包括拥有学识和文化的精英和受过教育的女孩们,其写作也是良莠不齐,有一些被认为是"风格粗劣、评论信息不足且草率和经常抄袭的例子"(Gray, 2012: 6),但是也有智力敏锐的女性抓住了不同寻常的机遇。

19世纪末,市场的迅猛发展带来了新闻业的发展,并且与当时的女性主义运动相互促进,"在19世纪末,新闻业正在发生变化,市场正在发生变化,作者身份、名声和影响力的概念以全新的方式被提出。所有这些都促成了女性身份观念发生不可逆转的变化。随着21世纪的到来,女性参与新闻工作有助于女性作家和读者了解其政治、教育、就业和家庭权利"(Gray, 2012: 9)。可见,新闻业的发展促进了女性的独立,对女性读者产生了不可忽视的影响,也对女性主义运动起到了推动作用。

9.4.3 作为女性参与政治舆论见证的女性杂志

第二次世界大战之后,在针对公共领域事务表达主张的杂志中,《时代与浪潮》(Time and Tide)一度具有广泛的影响力,网罗了致力于参与政治主张表达的女性从业者。到第二次世界大战爆发时,"女性约占记者的20%",这些女性通过杂志获得了自我表达的机会,同时也获

第 9 章 女性主义流行文学

得了就业的机会,"她们大多受雇于女性杂志,成为不稳定的自由职业者,或局限于报纸'女性版面'"(Lonsdale, 2018: 463, 转引自 Clay, 2018: 3)。这些女性进入了传统的男性公共领域,打破了曾经由男性主导的行业,让活跃的女性主义者能够有发声的渠道,这其中就包括《时代与浪潮》最早的董事之一,"著名的争取选举权运动的剧作家和女演员伊丽莎白·罗宾斯(Elizabeth Robins),她不仅影响编辑政策,还提供联络人及文学方面的建议"(Clay, 2018: 6)。她负责的这一杂志不仅刊登政论文章,还发表女性作家的文学作品,也通过刊载文学批评文章来确立女性主义文学和文化批评的标准。关于这类曾经具有广泛影响力杂志的研究揭示出两次世界大战期间文学文化批评的框架,并构建当时与女性相关的政治生态,绘制有抱负的中产阶级女性作家通过这类杂志获得创作和出版空间的文化图景。

《时代与浪潮》开拓了 20 世纪早期女性主义者发表言论的空间,与当时主导的现代主义思潮格格不入。它所发表的文学批评作品呈现出游离于现代主义之外的文学创作与批评倾向。这本杂志有其明确的政治倾向,也推动了诗人、小说家、评论家的工作。许多作家借助该杂志的平台进行自我表达,包括诗人西尔维亚·林德(Sylvia Lynd)、小说家罗斯·麦考利(Rose Macaulay)和娜奥米·罗伊德–史密斯(Naomi Royde-Smith),以及一些评论家。这些作家和评论家突破了当时学院派的批评话语,指出了在两次世界大战背景下现代主义理论视角的局限性。她们的批评彰显了曾经被现代主义理论遮蔽的其他文学批评话语(Clay, 2018: 9)。

尽管当代研究女性主义文学史的学者们认为,20 世纪初的十年,女性作家以及作品乏善可陈,但是当代学者通过对史料的挖掘,对《时代与浪潮》的研究改写了对当时历史和文学图景的认知。该研究"重新绘制英国 20 世纪初的版图,承认女性作为女性主义者、活动家、作家、记者和评论家全面参与这一时期的政治和文化"(Clay, 2018: 10)。

本章总结了女性主义文学的一些新论著,包括拥有广泛女性读者群的浪漫小说,研究其出版历史、对女性群体性别角色认知所起的作用。女性认识论的发展对女性科幻小说起到了推动作用,作为思想实验的场域,科幻小说的亚文类对女性社会建构特征的认知起到了强化作用。哥特小说具有反主流话语特征,但也逐渐呈现出被主流文学和文化同化的趋势。杂志等女性发声渠道的历史发展与影响的研究作为女性主义文学研究的一个部分被挖掘出来，成为女性主义和女性主义文学传统建立的重要组成部分。女性主义流行文学批评也为女性主义文学传统的建立和发展贡献了更多力量。

第 10 章
女性主义风格的重新解读与传统的建立

女性主义文学批评的一个方向是从女性主义视角解读历史上的女性文学，进一步挖掘文学传统中被贬低或者忽略的文体风格；以当代的情动视角去关注历史上女作家作品中表达的情感及其所处时代的情感氛围。也有学者将女性主义文学与其他领域进一步融合，通过建立女性主义文学传统发展的当代哲学视角，揭示出女性主义文学中未曾被关注的领域；或者通过宗教历史的研究揭示宗教中的女性主体性，分析宗教中的女性隐士等独特的女性群体，从各种类型的女性书写形式中了解女性生活，进而重建女性主义文学的传统。

10.1 文体风格的重新解读与传统的建立

女性主义文学历史上有一类以华丽的辞藻描写女性感官经验以及高度修饰为特点的文体风格一度在 19 世纪盛行，这是那个时代注重精雕细琢的审美愉悦的体现。对于这一风格，学者们从女性主义视角为其辩护，探索具有共同文体特征、美学标准和政治观点的作家之间的联系。一直以来，此类作品的价值未能得到应有的承认，并且会因其伤感的家庭写作和精致、华丽的风格而被批评，甚至遭到摈弃。绮丽文风（highly wrought style）不是"过度写作"的同义词，就其写作手法来说，该术语表示作品中繁复的细节、反复打磨的技艺，而不是专指 19 世纪女性写作中经常出现的情感迸发以及非理性的过度行为。学者们关注到该时期过分强调技巧的文体特征，对这类女性作家的评价常会赞扬其"非凡的描写能力，这在很大程度上弥补了……情节固有的缺陷"（Beam, 2010：3）。然而，运用女性主义文学的批评话语对其进行分析和反思之后，学者们便可以重新考量曾经被认为是缺陷的女性风格的独特性，这类研究使文学评价的标准变得更加多元。

女性作家小说的性别化风格、复杂的表达方式和暧昧不明的语言使用被认为是女性文学的特征。"精雕细琢"（wrought）一词最常用于描述需要手工制作或机器制造的物质产品，如锻铁、纺丝或锤打金属。社会通过"精雕细琢"的标签赋予女性劳动以物质性和修饰性。然而，女性通过将适当的描写和修饰风格转变为有组织、有目的的模式，重构"精雕细琢"的概念，从而使这类风格的作品在文学领域占据一席之地（Beam，2010：4）。

在这类文体风格研究中，学者们通过分析特定的词语实验、作家对其语言的反思、互文对话中的风格和性别表达，以及关于精神和审美体验本质的讨论，来呈现华丽风格的感染力和说服力。这些研究不是对词语表层进行严格的形式主义解读，而是将词语结构嵌入支持词语效果的意象库、主题逻辑和叙事结构中，分析词语结构与上下文产生的张力。对文体风格中的语言和技巧进行分析，学者们还试图揭示作者构建语言审美体验的方法，同时将其效果与文学历史语境联系起来，"通过密切关注共同的规则、文学关系及存在于特定历史时间和地点的审美价值观和问题来重建文学历史语境"（Beam，2010：27）。

多莉·彼姆（Dorri Beam）认为，"作家以精雕细琢的文风表现不受身体性别形态约束的存在方式"（2010：29），来获得精神满足和感官乐趣，她强调通过精神观念重新塑造感官体验。这些华丽风格的作家试图通过参与修饰、精神和物质的文化，以及文学话语来改变女性气质的文学和社会习俗。通过对这些作品的研究，我们可以发现当时的女性作品的地位、作家的社会角色及女性身体的文学表达倾向。这种风格体现了文学领域性别权力关系的表述，"在精心设计的、丰富的辞藻中寻求其效果的风格"（Beam，2010：29）。这样，曾被视作冗长的文本被重新定义为一种巧妙的表达方式，表现为"语言结构的体验，即风格的声音、图像、措辞、句法、模式、重复和意象"（Beam，2010：33）。

对华丽风格的作家进行研究是对西方文学传统中某一特定时期女性作家文体风格倾向的探索，也是对西方女性主义文学传统的重新挖掘和重建。对女性主义文学独特性的探索是女性主义文学研究的一个重要分支，其目的之一是通过其华丽的风格，研究女性日常生活对于其文学创作的影响。

第 10 章　女性主义风格的重新解读与传统的建立

这种风格的华丽与流行的花卉语言的习俗有关。花卉语言被视为一种语言系统、是一种"女性语言",由此衍生出"花卉词典",旨在提供开展恋情所需的代码。玛格丽特·富勒(Margaret Fuller)将花朵作为女性被奴役的典型象征。富勒笔下诡异的会说话的花强调花自己的语言,挖掘"华丽(floridity)作为女性他异性(alterity)场域的潜力"(Beam,2010: 34)。在《19 世纪美国女性创作中的风格、性别与奇幻》(*Style, Gender and Fantasy in Nineteenth-Century American Women's Writing*,2010)中,彼姆从空间的创造出发,讨论幻象、奇幻和存在感表达,以及在浪漫主义等视角下女性主义乌托邦的构建,以梦想的构建来表达政治主张的叙事形式。对于文学语言本身的研究是当下女性主义文学研究中被忽视的领域,尤其是语言华丽、辞藻堆砌且有争议的风格。类似风格的小说包括:富勒的《19 世纪的女人》(*Woman in the Nineteenth Century*,1845)、伊丽莎白·欧克斯·史密斯(Elizabeth Oakes Smith)的女性主义写作和玛丽·克莱默(Mary Clemmer)反自由爱情小说《维克图瓦尔》(*Victoire*,1864)、唐纳德·米切尔(Donald Mitchell)的《单身汉的幻想》(*Reveries of a Bachelor*,1850)、纳撒尼尔·霍桑(Nathaniel Hawthorne)的《福谷传奇》(*The Blithedale Romance*,1852)等作品。彼姆"探究了关于幻象与奇幻的地位和风格的互文对话",从而"揭示体现替代世界的政治化性别的想象"(Beam,2010: 34)。这一时期的作品具有很强烈的文体特征,体现了女性独特的风格与形式,最终建立了华丽风格这一文体特征与性别的关系。

学者从美学角度分析这种文体风格,从而发展出对这类文学作品的解读视角,同时建立女性主义文学研究独特的框架,其目的是改写父权制下对文学的评价标准、批判理论和经典确立的依据。对于华丽繁复风格的倡导并不意味着排除男性经典文学中的男性作家,如詹姆斯的语言风格所带来的审美体验。这样,类似风格的女性主义作品也能够赢得文学批评界的关注,甚至获得经典文学的地位。此种成绩的获得来自女性主义批评学者的努力,如彼姆对哈里特·普雷斯科特·斯波福德(Harriet Prescott Spofford)作品的分析及对其写作遵循的哲学的探讨(Beam,2010: 35)。

华丽风格的小说经历了一定阶段的发展,在获得学界认可之后,学者们拓展了对其研究的视角。在后期发展中,有学者将其与族裔文学研究结合,将目光投向非洲裔女性文学,探究非洲裔女性欲望的表达方式及其作品的风格形式，进而拓展非洲裔美国文学传统中的文本形式和语言风格。另一个方向是经典作家风格的研究，如在《波林·霍普金斯的巴洛克褶皱——〈维诺纳〉的风格形式》("Pauline Hopkins' Baroque Folds: The Styled Form of *Winona*", 2010) 中，彼姆研究了吉尔曼和华顿作品中的华丽文风与性别表达问题的交织，揭示了她们与先辈作家的关联性（Beam, 2010: 36）。由此可见，女性主义文体风格的视角有助于学者们挖掘经典作家曾经被忽视的一面，从而更全面地展示作品的审美意趣、语言特征以及情感模式。

10.2　早期现代女性写作研究

英国早期现代社会一般是指 1660—1832 年。这一历史时期的英国社会中君主、贵族、教会中间的关系经历了决定性的变革，促进了现代意义上的国家形成；在此期间，也出现了一些当下耳熟能详的女性作家，如简·奥斯汀。因此，对这一重要历史时期女性作家书写的女性主义视角进行深入研究很有必要。

历史事件往往以不完整和特殊的叙事形式被重述。虽然讲述女性主义及其历史的故事存在多条线索，但追踪和收集这些线索的努力往往带来否定甚至抹杀其代表性事件的风险，给出全面却简化的叙述（Guest, 2016: 1-2）。讨论女性主义历史的常见框架，如波浪或代际，以及所立足的线性的、渐进的时间性都受到了广泛关注（Guest, 2016: 2）。卡莉·格斯特（Carly Guest）着眼于英国女性主义者的声音，以理解女性主义政治意识的形成、感受、经历和记忆，这有助于理解主导性叙事（dominant narratives）的产生和延续（2016: 2-3）。格斯特"借鉴了一种叙事传统，它在许多女性主义作品中被视为质疑和瓦解公认的历史'知识'的手段"，她在研究中为这种传统"对思考女性主义及其历史的有用性进行了辩护"（Guest, 2016: 3）。格斯特认为，叙事和记忆是人类经验的核心，她采用社会学方法对女性进行采访，被采访的人分享并讨论其个人照片和公共图片，一些人分享书籍、珠宝和其他物品，她据此继续提问，以拓展对问题的理解（Guest, 2016: 5）。照片使人们得以探索个人与社会的关系，也构成了社会和文化记忆的一部分，照片和人们对于照片的解读讲述了个人、社会和文化的故事，在这一过程中，记

第 10 章　女性主义风格的重新解读与传统的建立

忆成为解释身份的核心。学者们揭示了集体（the collective）在女性主义联盟史上的重要性以及对集体本质叙事和记忆的理论关注，这使得运用群体方法探索女性主义身份具有重要意义（Guest，2016：6）。通过记忆工作（memory-work）的形式让参与者分享记忆并集体进行分析，可以唤醒记忆。通过分析对于女性和参加记忆工作小组的女性的叙述，学者们可以充分认识到女性故事的复杂性和特殊性对实现女性主义主导性叙事、题材和历史多元化的意义和价值，并更好地理解女性如何成为女性主义者（Guest，2016：9）。

学者们希望能够通过女性主义者的共同努力，挖掘湮没在文学史中的女性作家，推动女性对"早期"文本的阅读和研究，从而建起女性主义文学传统。学者们不仅以当代女性主义文学理论挖掘经典文本，还揭示了在1660—1832年这些女性作家如何在男性主导的知识和文化世界中脱颖而出，成为女性文学文化传统的一个重要部分。在重建女性在文学史里的地位的过程中，探索女性作家作品产生的广泛影响力，讨论作家与读者联系的手段、读者习惯、动机，以及读者对所阅读文本的感受等研究超越了对文学作品本身的研究，但这对建立女性主义文学传统同样具有重要意义。1660—1832年的女性作家群体所面对的书籍出版业、阅读的公众、发行的渠道和类型都影响其接受度，此外口碑、文学期刊也是十分重要的影响因素。

早期女性文本主要服务于为了娱乐而阅读的读者，而很少是出于责任或以自我提升为目的读者。女性创作诗歌、戏剧、小说或非虚构散文（游记、回忆录等）的比例高于布道、宗教和教学用作品或信息型作品。"阅读的乐趣来自多个地方：从类型小说和可以轻松阅读的诗歌到带着对知识和共情的渴望而津津有味地阅读的文本。很少有人强制阅读几位准学院派作家，如历史领域的凯瑟琳·麦考利（Catharine Macaulay）、科学领域的玛格丽特·布莱恩（Margaret Bryan）和简·马塞特（Jane Marcet）的作品。她们的作品被用于家庭教育或自学，并非在高等教育机构中，或是在强制性的课程上，而是在根据前期对她们题材的迷恋而制订的阅读清单上……对女性读者来说，这是一个从狭窄的女性领域进入启蒙的通道。"（Batchelor & Dow，2016：xvii–xviii）

女性主义文学传统发生结构性转变的过程中，传统的女作家与读者重新建立联系，对于新一代英语专业毕业生来说，这些作家就像"遗落的拼图块"一样与那些热门的、人们所熟知的男性文本并存（Batchelor &

Dow，2016：xix）。女性主义文学进入教育体系、被写入教学大纲是其成为经典并为后世所知的方式之一。21世纪以来，文学教育中的文本选择发生了多样性的变化，入选的文本更加多元，不再局限于经典的男性作家的文本，开始转向一度被边缘化或者被遮蔽、忽视的群体和文类。"分享变得更不确定：你不能再指望每个英语毕业生都读过《失乐园》(*Paradise Lost*)或莎士比亚的十四行诗，更可能的情况是遇见阅读贵格会（Quaker）自传作家或浪漫主义哥特式作家等边缘群体的读者。"（Batchelor & Dow，2016：xx）

在对漫长的18世纪女性文学史进行研究的领域存在重建历史的努力，如汇编女性主义英语文学指南或发起项目倡议，如奥兰多项目（"Orlando Project"）和女作家项目（"Women Writers Project"）。但这些资源往往是整合和纪实性质的，而不是批判性评价（Batchelor & Dow，2016：4）。"这种评估工作主要是单个作者撰写的期刊文章、书籍章节和专著的领域。尽管这些出版物覆盖的领域广泛且信息丰富，但就像它试图将其题材重新纳入到标准文学史一样，它倾向于优先考虑某些特定模式（印刷而非手稿，书面而非口头）、特定作者模式（专业而非业余）和某些特定文类（小说及在某种程度上的诗歌），而非女性在其中是成功且技术娴熟的实践者的其他模式。"（Batchelor & Dow，2016：4-5）除了这类构建女性主义文学传统，挖掘历史上被遮蔽的女性主义文学作品的努力之外，学者们仍然希望通过深入地研究具体作品，获得更细致入微的早期女性文学的写作特点、读者、出版市场等微观层面问题的答案，从而丰富女性主义文学传统。

当代女性主义文学研究者试图打破以传统男性为主导的文学标准，让文学史上更多的女性作家进入研究者的视野。研究者还通过扩大文类来拓展女性主义文学研究的领域。之前学者们的工作更多的是收集文本和汇集资料，但是对于资料的梳理与批评还数量甚少，因此在这一方面还需要继续努力并增加研究的投入。

女性主义文学研究需要考虑广义上的作者和文学。例如，在艾莱娜·麦吉尔（Elaine McGirr）关于作为作家的女演员一文中也研究了表演本身。表演不仅在男女剧作家的剧本中发挥作用，而且在传授观众如何阅读和解读剧本方面同样发挥作用（Batchelor & Dow，2016：5）。珍妮·巴切勒（Jennie Batchelor）的文章让人们注意到《女士杂志》(*Lady's Magazine*，1770—1832)中许多人用性别模糊的笔名掩盖自己的性别，

第 10 章　女性主义风格的重新解读与传统的建立

来抵制女性主义文学史的建立（Batchelor & Dow，2016：5）。巴切勒将文学类别从小说和诗歌拓展到戏剧和杂志的书写中，将后者作为发出女性自己声音的渠道以及自我表达的途径进行研究，从而丰富了女性主义文学的内容。

10.3　英国文艺复兴时期的悲伤和女作家

女性主义文学传统的建立还体现为与当下文学解读视角的结合。学者们融合当下的情动研究以及文化史的研究，从情感类别出发，研究与之相关的社会、文化、宗教仪式和生活，并以此来解读该时代女性作家的作品。这种研究能够在一定程度上呈现历史上女性的生活、社会风貌与情感表达，让人们能够在历史语境中理解女性主义文学。

从《英国文艺复兴时期的悲伤和女作家》（*Grief and Women Writers in the English Renaissance*，2015）中，我们可以看出女性主义文学的一个重要研究方向。伊丽莎白·霍德格森（Elizabeth Hodgson）以哀悼为切入点，呈现英国文艺复兴时期的社会历史面貌。都铎（Tudor）王朝和斯图尔特（Stuart）王朝的信仰、实践和社会秩序危机的压力使得英格兰的重要性愈加凸显，随着英国宗教改革（the English Reformation）中对地狱概念的解构，与死亡相关的观念也发生了变化。因此，对死者的思考和反应以新的方式受到国家和大众的监控。对于死者的关注转向对于遗留物的重视。哀悼和死亡不仅体现在神学中，还表现在生活中的各个方面：除却教义劝诫与教堂仪式和法规成为表达社会焦虑的方式，在社会政治、医疗实践和建筑风格等领域，哀悼者也以不同的角色和职能出现；皇家公告和流行惯例、纪念碑和纪念馆，以及各种各样的文学话语都体现了哀悼者的相似特征。

死者和哀悼者之间存在复杂的关系，诸如贵族家庭的继承仪式和哀悼仪式都体现了政治力量的作用。哀悼仪式在位高权重的贵族死亡事件中象征性地表达了逝者和继承人之间的关系，存在权力更迭的意味。研究文艺复兴时期作家，如彭布罗克伯爵夫人（Countess of Pembroke）与玛丽·西德尼·赫伯特（Mary Sidney Herbert）的作品中哀悼和继承之间的联系，我们可以看出当时的主导宗教已经由天主教转向新教，这种变化影响了人们表达哀悼的方式。而艾米莉亚·兰耶（Aemelia

Lanyer)的作品《向神的致敬》(*Salve Deus Rex Judaeorum*,1611)则表达了虔敬的哀悼和赞助之间的相互联系,"在斯图尔特时代英格兰忧郁的风尚中,男人和女人都被赋予一种崇高的、富有想象力的死亡,其主体融入其哀悼的明器中"(Hodgson,2015:2),并将意识形态和政治结合在一起。悲伤的表达方式也成为"高风险的联盟游戏"(Hodgson,2015:2),因为哀悼仪式中隐含着政治较量,谁可以哀悼,以何种方式实施哀悼,以及哀悼可能带来的后果都被考量。哀悼方式的复杂性体现了哀悼与象征方式、社会、纪念和政治的联系。

哀悼的形式中存在信仰、政治、宗教、仪式之间错综复杂的相互作用,这体现了当下较具影响力的情感研究方向。情感作为研究特定历史时期女性主义文学的新视角,体现了当代文学研究思潮对女性主义文学研究的影响。宗教因素将作品置于其历史语境中,通过研究文艺复兴时期的女性哀悼话语,从当时的社会文化生活语境中,我们可以获得对文本更深入的理解。社会文化生活中的宗教对于当时的哀悼形式起着决定性的作用,也反映出当时人们的情感被规训的一个方面。经历了新教改革的英国逐渐批判并改变了天主教的哀悼形式,"对过度悲伤感到模糊但持续的焦虑,改革后的英国充斥着管理、遏制和限制悲伤的尝试"(Hodgson,2015:7)。

宗教改革制定了区别于之前宗教哀悼活动的方式,并且对女性哀悼用术语做了夸张的表达。例如,安德里亚斯·海佩里乌斯(Andreas Hyperius)认为,女性的悲伤来得毫不费力,面临死亡的时候要拿出"男性气质和勇气"(1557:171,转引自Hodgson,2015:7)。托马斯·普莱费尔(Thomas Playfere)认为,女性受制于"许多深情的激情(affectionate passions)或澎湃的情感(passionate affections)"(1616:Bv–B2,转引自Hodgson,2015:7)。通过对此种话语的分析,我们可以看出女性如何被文化塑造为感性的、肆意释放个人情感的形象。

学者们揭示了哀悼中的情感因素,与之相关的社会群体的情绪,以及与悲伤相关的暴力因素,"纪念仪式、纪念碑和文本体现了巨大的文化焦虑、利益,甚至与悲伤相关的暴力"(Hodgson,2015:9)。宗教改革时期,伊丽莎白时代的主导宗教发生变化,之前的纪念碑被拆除来破除天主教的影响。我们对这种行动的分析可以揭示出当时的纪念话语建构了逝者在另一个世界的遭遇对生者的影响。此外,生者的活动也能够影响逝者在"炼狱"中的存在,"死者在大理石牌匾、带顶篷的坟墓、铺路石、雕像和肖像中提醒着生者自己的存在"（Hodgson，2015：10）。生者通过立碑达到其目的，"纪念馆和纪念碑继续作为试金石和社会地位的保障而存在，死者和生者都牵连其中，密不可分"（Hodgson，2015：10）。通过为死者立碑，生者为自己的血统关系正名、彰显作为血亲的权力，以及证明自己在家族中存在的合法性。

人们不是简单地从女性主义视角去解读所有文本，而是将女性主义作为社会网络的影响因素之一。哀悼的形式受社会因素的制约，在不同历史时期还有其他起着关键作用的因素。在重建女性文学史的过程中，学者们需要考虑多种因素的作用，融合多学科的研究成果，建立女性主义历史主义批评视角下的文学批评，从性别差异带来的差异化的生活经历和体验中建立批评范式，将女作家及其文本视为文学传统的有机组成部分，以摆脱贝蒂·谢伦伯格（Betty Schellenberg）所说的对女性作家的制约，"她们（女性作家）在当时占主导地位的男性作家的阴影下工作，她们的文学抱负注定或因适度的默许或因被边缘化的越界行为而触礁失事"（2003：88，转引自 Hodgson，2015：15）。女性主义文学批评学者试图通过这种文本的挖掘以及视角的融合来重新建构正典。她们采用历史主义的方法进行文化史的构建，从而恢复文本创造时的社会风貌，绘制了生动的女性生活史、文化史和文学史。

女性主义学者对早期女性文本的解读，强调"私人情感或家庭问题"（Smith，2005：ix，转引自 Hodgson，2015：15）。她们认为，人们不应该仅仅囿于性别视角，或者强调神学、宫廷政治、阶级等因素，简单地将女性定位为"纯粹自私的父权制下的不幸受害者"（Clarke，2001：1-2，转引自 Hodgson，2015：15），而是要像瓦莱丽·特罗伯（Valerie Traub）所说的那样，"不应该孤立地分析性别，因为它总是嵌入在社会关系网络中"，因而必须将女性放在社会环境中进行立体的分析（2012：5，转引自 Hodgson，2015：15）。从理论上讲，所有这些极其丰富和多样化的批评论点都不断回到同样的观点中，即女性主义历史主义的批评似乎是由多种力量持续驱动的。

10.4　早期现代女性写作和谦逊的修辞

学者对早期的女性表达谦逊（modesty）的研究基于文本，分析其信息的传达。她们兼顾其社会历史背景，结合女性作家的身份，分析其谦逊的修辞所表达的身份。女性作家的策略和男性作家（如但丁）的谦逊修辞话语类似，但是后世对两性谦逊修辞的解读却有所不同。但丁的谦逊被认为是其大胆表达作品神授的证明，而对于女性来说，却是真正的谦逊。尽管后世大都认为女性作家谦逊策略的目的是强调压迫，但是帕特里夏·彭德（Patricia Pender）另辟蹊径，认为谦逊修辞是女性作家获得更广泛承认的策略。"我没有将这一姿态解读为作者屈从于敌对的父权制文学和文化的直接标志，而是探讨了安妮·阿斯科（Anne Askew）、凯瑟琳·帕尔（Katherine Parr）、玛丽·西德尼·赫伯特（Mary Sidney Herbert）、艾米莉亚·兰耶（Aemilia Lanyer）和安妮·布拉德斯特里特（Anne Bradstreet）作品中五种截然不同的谦逊修辞的特异性和复杂性。"（Pender，2012：2）谦逊修辞一度被视作女性作家受到压迫的文字证据，表达了当代女性学者"对记录过去父权压迫的关注和建立女性主义先辈谱系的愿望"（Pender，2012：2）。

　　谦逊话语的使用具有作者不在场证明（authorial alibis）的功能，为早期现代社会对女性作者身份的限制提供了"借口、托词、无罪辩护（Pender，2012：3）（OED[1]）"。早期现代女性往往通过否认自己是作者来规避对其"不正当"或"不雅行为"的指控，这样的书写是早期现代女性微妙和策略性自我塑造的主要场所。彭德研究提出了对早期现代女性的谦逊修辞进行重新解读的必要性，她对形式问题的关注也使我们能够了解详细的历史特性及背景的细微差别。

10.5　宗教与女性主义文学研究

　　在女性主义文学传统建立的过程中，女性在早期现代英国社会中的女性出版业发展与出版物的作用研究是十分重要的领域。女性主义也为当代的神学研究提供了崭新的视角。在女性主义文学研究中，对女性信徒形象的分析、对经典宗教形象的解构与重塑等都让女性主义文学传统的研究图景更为完整。

　　道恩·卢埃林（Dawn Llewellyn）发现个人和公共生活（包括宗教

1　指《牛津英语大词典》(*The Oxford English Dictionary*)。

第 10 章 女性主义风格的重新解读与传统的建立

领域)都受到了性别不平等的影响(2015:2),她试图结合女性主义理解父权制以及世俗和基督教的表现形式。她发现三次女性主义浪潮中,第三次浪潮通常与间性和身份多样性理论有关;与后结构主义和后现代主义的学术领域有关;还与年轻一代的女性主义意识、行动主义、逆潮和大众文化分析有关(Llewellyn,2015:3)。近年来,英国和美国的媒体认为,第四波女性主义已经到来,如鲍姆加德纳认为,第四波浪潮始于 2008 年,并将其与在线女性主义政治行动,特别是社交媒体的运用相联系(Llewellyn,2015:3)。卢埃林将阅读、灵性、女性主义和波浪隐喻结合在一起,旨在对作为描述女性主义运动发展的普遍形象的波浪隐喻进行批判性讨论。当波浪被解释成为时代的线性叙事时,它在不同群体之间形成人为的划分,卢埃林试图通过强调隐喻的世俗特质来扩展关于波浪是否适当的争论,通过读者的阅读实践,可以建立第二波和第三波女性主义之间的联系,以及世俗领域的女性研究和宗教女性主义之间的联系(Llewellyn,2015:4)。通过对 36 名 21~80 岁基督教和后基督教女性的采访,卢埃林揭示了跨代际的阅读习惯,以及与女性主义之间的不同联系。"女性的宗教精神阅读从三个方面阐述了这种探索——过滤经典、阅读其中存在的差异和共同体——并提供了一个重叠的场所。"(Llewellyn,2015:5)

卢埃林"不是为了消解第三次浪潮,而是要建设性地重新解读这次浪潮,以模糊这一隐喻所划定的代际和世俗/宗教界限的方式来理解女性的精神阅读实践",通过考察女性主义神学(feminist theology)对文学的运用,她"将阅读看作当代基督教和后基督教时代女性的精神资源"(Llewellyn,2015:5)。第三波浪潮和女性主义神学之间的学科脱节证明了女性主义神学在参与女性主义更广泛发展中的保留态度使其无法利用新兴的第三波话语。"第三波浪潮正在寻找途径,使被视为多元化和流动性的支离破碎的女性成为共同体中女性主义的基础。"(Llewellyn,2015:6)女性精神阅读是第三波女性主义实践的方式,包括"个性、共性和共同体"(Llewellyn,2015:6)。女性主义神学在很大程度上依赖于女性批判性阅读,这是第二波的一种主要技巧,被运用在女性主义神学与文学的关系中,这种技巧倾向于将女性作家创作的、对女性经历的现实主义文学再现作为赋能女性精神生活的最恰当、最富有成效的文学作品。阅读是一个延伸的过程,是个性与共同体的体验,参与者正在创建物理意义上的个人独立阅读空间,通过推荐和讨论的机制,也在为共同体创建物理阅读空间；他们阅读体验中也可以形成亲密的想象共同体（Llewellyn，2015：7）。卢埃林提供了一个反映浪潮之间相遇的波峰和波谷的变化问题——波浪的隐喻，它造成了代际和世俗的断层。通过识别这些断层，学者们利用女性的宗教精神对其进行解读，可以在第二波和第三波女性主义，以及宗教和世俗女性主义之间建立联系，更有利于理解这些浪潮。

女性主义视角下的宗教研究不仅分析宗教中的女性主体性、宗教历史，还分析宗教中的女性隐士等独特的女性群体，以及这些群体获得的出版资源中女性宗教传统的建立。女性生活和宗教相关的文本也在一定范围内获得了学者的关注。在这类研究中，学者们首先考虑时代背景，并从各种类型的女性书写形式中了解女性生活，进而重建女性主义文学的传统；也存在对特定女性群体形象的分析，以及对宗教作为男性主导话语体系的解构。

宗教历史的研究涉及特定时代中女性书写对性别身份的呈现及对偶像崇拜的解构。在英国宗教改革中，新教取代了天主教，世俗主权逐渐成为社会生活的主导力量，在这一过程中，厌女倾向仍然十分盛行。无论其所属教派为何，女性都要付出相当大的代价来维护自己的信仰，女性的身体成为宗教改革中各方势力交锋的场域，因而当代研究需要重新认识宗教和女性的性别身份确立之间的关系（Chappell，2014：4）。此类研究可以让人窥见当时社会的面貌，从而建立对当时的历史更为全面的认知，而且女性主义角度的重新解读可重现当时公开的或是私下传播的思想、女性抗争的努力。她们"在一个主要在纸张、羊皮纸、石板和木板上抹去和重新书写自我的时代，试图抹去、重新书写、重新想象其宗教、性别身份"（Chappell，2014：4）。

女性在早期现代英国出版业中起到了重要作用。我们可以从赞助人体系、政治和宗教地位中了解当时身居高位的女性的命运书写所呈现的宗教影响下的社会生态。女性宗教文学研究对象包括女性生活及与女性相关的文本，如信件、自传、哥特小说等虚构文类，还有努力构建宗教领域中一度被忽视的文化史。学者们对曾经被认为是次要的、过渡性的、具有传统女性特质的都铎王室女性形象进行重新解读，包括教堂的捐助人，以及"富有智慧与有影响力的基督教人文主义者"（Chappell，2014：9），将女性在英国宗教改革以来的社会文化变迁中的作用更丰富、更完整地揭示出来，进而重新解读其性别和宗教身份。这样，历史文本

第10章　女性主义风格的重新解读与传统的建立

和虚构作品的界限不再分明，结合女性主义理论和文学批评的方法，可以得到更立体、全面的女性形象，并改写女性主义文学的图景。

中世纪女性隐士书写也可以被视作一种形象研究，呈现了女性主义视角下的女性生活。在基督教神义中，道成肉身（incarnation）构成了西方逻各斯话语的基础，耶稣兼具神性和人性。被神学家解读为神话或者隐喻的道成肉身在其他学术领域被看作"历史事件或者本体论现实"（Holmes，2013：1）。而女性主义者认为，白人种族主义为传统的基督教教义父权制提供了信仰的支撑，并且将"权力、理性、神性和规范的人性都假定为男性"（Holmes，2013：3），这样，逻各斯话语中上帝和耶稣均以男性的形象出现。

在神学历史上，女性是男性的附属，而男性被看成人类规范和代表，男性被树立为人类中心。然而，女性主义运动和后殖民理论的发展也影响了神学家对于基督教的解读，一些后殖民神学家开始论证耶稣的普遍性和包容性。当下的女性主义在解读基督教逻辑时，指出其中圣母的处女产子表达了其性的纯洁性，并且认为圣母的"独特的童真与母亲身份的结合保证了圣子的道成肉身成为可能"（Holmes，2013：4-5）。

从女性主义的角度来看，关于耶稣最令人着迷的是他的神性和肉体神化的潜力。女性主义者有意忽略作为隐喻的道成肉身，转而强调耶稣道成肉身中所表达的"肉体神化的潜力"（Holmes，2013：5）。在《圣经》中，耶稣的肉身是男性，他却反抗了罗马的性别、阶级和种族等制度，并且将其"与穷人和被边缘化的人、妇女和税吏联系在一起"（Holmes，2013：7）。因此，耶稣身上体现了"对弱者和被排斥者的关心和同情"（Oduyoye，2010：181，转引自 Holmes，2013：7），而这些恰恰被看作女性的显著特征。女性主义圣经学者和神学家一再指出，耶稣的教导和实践削弱了对父权、暴力、剥削和排斥的话语。在女性主义者的研究中，基督的神性以性别和非性别的方式出现，包括具身性和超验性（transcendent）。女性主义者弱化道成肉身的逻辑中耶稣的性属，转而强调其普遍人性，并声称其道成肉身包含女性特质，或者将耶稣描绘成一位颠覆了基于统治关系的先知和偶像的破坏者。她们强调"耶稣的神职、他对社会秩序的逆转、他的关怀实践以及他拒绝基于统治的社会分裂和关系"（Holmes，2013：14）。耶稣具有包容性体现为他对各种人，包括残疾人，以及被边缘化的女性群体的接纳。肉身成为神圣恩典标志的道成肉身原则，使具身性本身成为圣事（Bacon，2009：238，转引自 Holmes，2013：18）。

这些女性主义神学家挖掘耶稣反对父权、暴力等话语的一面，将其塑造为偶像破坏者，甚至进行了颠覆性的重新书写，将其化身转为黑人女性，解构经典的耶稣形象。学者们也研究了种族、民族、国家在宗教传播与基督教思想和符号中受到的反向影响，如被奴役的非洲人对基督教思想和符号的过滤，"在黑人女性经历中发现的这位基督是一名黑人女性"（Grant，1989：216–217，转引自 Holmes，2013：20）。这些例子都说明了女性主义解读视角对宗教的重构和解释，这种对耶稣道成肉身的人性解读拓展了神学研究的领域，使其兼顾残疾、女性、族裔、种族和不同国家的人群。

10.6 女性作家和替代宗教

在当下对女性作家的分析中，学者们重新考虑替代宗教（alternative religion）在女性主义文学中的作用。对于替代宗教，学者们可能三缄其口，将其与原始、邪教等名词相联系，但是这种忽视却无法解释女性的生活状态，也无法分析享誉世界文坛的作家对此类宗教的描写和使用。这一领域的研究体现了女性主义文学中利用此类精神力量反对主流宗教及主流文化的反叛力量。

一直以来，新灵性（new spiritualities）都处于学术边缘。20世纪，宗教有回归的趋势，而且无论是普通人还是学者都对各种形式的灵性主题重新产生兴趣，这包括神秘主义（occultism）和神秘主题。此外，"学术界不同的文化转向——如表演性、反身性或偶像的转向（the performative, reflexive or iconic turn）——已经清楚地表明，文化知识的变化在很大程度上取决于这些转向所达成的媒介功能的变化"（Wallraven，2015：1）。在此种情况下，文学是表达灵性与神秘学（the occult）的一种中心媒介。文化和文学研究中的宗教转向与20世纪灵性和神秘学在文学中的复兴是"相互关联的现象"（Wallraven，2015：1）。

神秘主义文学（occult literature）在现代和后现代文学历史上都是不可或缺的部分。若要理解这类文学，确定其审美原则，就要了解与之相关的神秘主义的历史。这是人类解释自然的方式之一，其研究也是我

第10章 女性主义风格的重新解读与传统的建立

们当下理解神秘主义倾向回归必不可少的一个环节。我们可以将神秘主义、文本和性别之间建立联系，通过交叉融合来推进文学和文化研究，以新的方法研究文学在社会中的作用和功能，并为文化知识的传播提供新的视角。因此，神秘转向（the occult turn）并不位于边缘，而是处于文化和文学研究的中心（Wallraven，2015：2）。

神秘主义和灵性文本的存在挑战了对文化、信仰和文本的一维分析，被认为更具有鲜活的力量。在流行文化中对于神秘主题的兴趣愈发浓厚，但是当下对这一主题的文学文本形式和功能研究较少。这一研究也是20世纪精神生产的一个部分，用来解构神秘世界和神秘主义的主观性。一些灵性／神秘主义女性作家的作品被认为是新灵性文本的重要部分。学者们认为需要研究"性别和神秘主义的因素如何相互加强，这些观点如何在文学文本中得到构建，女性作家如何应对宗教传统、新灵性运动和整个社会中的性别限制"（Wallraven，2015：3）等问题。

当下，学者们对于奥义（the esoteric）的兴趣日渐浓厚，但是也较为谨慎，这导致女性作家的新灵性文本可能会被忽视，描述女巫（witches）、女性路西法（female Lucifers）、女性神秘主义者（women occultists）、女性祭司（priestesses）等神秘主题的小说会被边缘化。一些学者试图分析被边缘化的宗教，从而帮助其获得权威和权力。到了21世纪，这种状况发生了一定的变化。宗教逐渐世俗化，因此也产生了新的神话。宗教逐渐从公共领域撤退，信仰的地位也发生了变化，现代的主流宗教被侵蚀。在研究领域被边缘化的灵性在当代社会中被商品化、私有化和再神圣化，成为人们的精神产品，也成为女性提升自身地位的方式之一。"后现代小说和现代文学文本都来自西方奥义传统的思想和话语的复兴，并与从根本上影响了20世纪的女性主义观点相结合。"（Wallraven，2015：6）西方奥义传统是一种独立的哲学和精神传统，与基督教相伴相随。奥义传统被认为是处在疯狂的边缘，是人类身上非理性的部分。这种传统在女性作家的作品中较为频繁地出现。

女性作家关注神秘主义的一个表现是在虚构文本中对于神圣女性（the divine feminine）的刻画。"女性参与奥义主义（esotericism）在现实中总是受到阻碍，因为她们被系统地排除在许多秘密秩序和奥义圈子之外。因此，这种排斥使得研究西方奥义主义史上特殊的女性传统几乎是不可能的。"（Wallraven，2015：8）因此，只有极少数女性的形象留存下来，而当代女性作家则采用重新构建撒旦和女巫的主题，呈现魔法

(magic)、奥义和灵性的当代话语。对这类作品的研究采用的理论视角是将奥义和神秘主义"视为历史认识论范畴和特定的精神传统，以具体的形式填充灵性定义的框架和话语领域，包括信仰体系、文本和实践"（Wallraven，2015：9）。夏琳·斯普瑞特奈克（Charlene Spretnak）将灵性描述为"神圣的感觉——我们对宇宙中更大现实、终极奥秘或创造力的感知"（1991：2，转引自 Wallraven，2015：9）。这个词经常被用来描述20世纪女性运动之前的女性灵性，之后这个定义不断地被丰富和完善，当下灵性这个词主要被用作"一个总括性术语，包括与制度化宗教（institutional religion）无关的一切，因此主要是指制度化宗教之外的个人和个人信仰、实践和经验，在狭义上是指自我的神圣化和'新时代'背景下超验经验的主观性"（Wallraven，2015：9）。与这个词相呼应的是替代宗教的概念，用以表达非制度化、组织化的精神领域。这种宗教的兴起和流行也表达了个人的生活态度与对精神世界的感受，它有别于对上帝的制度化信仰或崇拜，更多的是表达女性在处于特殊精神状态和人生实践中的超验追求。

"虽然通常被称为'新宗教运动'（new religious movement），但属于西方奥义传统（包括重视女性从业者）的团体和运动，如灵性主义运动（the spiritualist movement）、神智学（theosophy）、女神运动（the Goddess movement），经常将自己定义为'灵性'，而不是'宗教'。"（Wallraven，2015：10）这种以通灵、神秘体验为基础的个人宗教具有存在的价值，并广为女性主义者所接受。其中反抗主流的意蕴在女性主义文学中也被用来解释具有神秘体验的情节与人物。这种边缘化的个人体验容易走入偏执，因而也让另一些女性主义者充满警惕，将其看作异类。尽管如此，这种对女性生命体验的认知仍然是女性主义研究视野中不可或缺的一个部分，同时也是认识女性主义文学的一个研究取向。

宗教、女性主义和偶像破坏

就女性作家在其作品中对宗教的再现问题而言，一个重要的批评方向是分析其中的宗教元素。学者们希望找到一个既不是盲从，也非彻底反对宗教的中间道路。对宗教的理解成为对一向"享有特权的男性、神祇、逻各斯相对于女性、欲望和身体的优势"（Raphael，2019：1）进行的一种重新解读。

在一些女性作家的作品中，宗教话语是十分重要的方面。在女性主

第 10 章　女性主义风格的重新解读与传统的建立

义小说当中,主体是形成性的,而传统的宗教话语中同样以男权为中心。性与谱系学中体现了宗教信条和观念的内化对人们行为潜移默化的影响。解构宗教对于身体的统治、宗教对于女性的性压抑、重新书写情欲与神性之间的联系是女性主义宗教研究的重要方面。天主教女性主义者将宗教作为男权话语的一种形式,解构宗教话语并反抗其中关于女性身份的构建。主流宗教中树立的偶像和女性精神占据统治地位,对女性主义者构成了压力,限制了她们的想象力,因此成为女性主义者试图推翻的体系。尽管一些西方女性主义者自认为无神论者,实际上她们在宗教和精神上依然需要摧毁现存的偶像,从而将"上帝从被称为上帝的神中解放出来",并"通过对现存的定义女性的人和神的观点进行激烈批判,来定义或再创造女性"(Raphael,2019:8)。女性主义者不仅试图摧毁传统宗教塑造出来的女性形象,还针对当下女性形象的图像化呈现做出反击。在主流话语塑造的女性形象中,偶像塑造过程存在复杂的权力关系,并且混杂着消费和欲望。例如,高跟鞋凸显女性某一身体特征,目的是增强性吸引力。类似的主流话语中的形象对女性产生潜移默化的影响。格蕾丝·伍德沃德(Grace Woodward)认为,"女性可能是这些图像的奴隶"(Raphael,2019:9),当下泛滥的偶像崇拜(idolatry)影响着女性的行为,使其对这些图像不加质疑地接受。

"偶像崇拜"的历史影响着人们对女性美的认知,也带来对女性的压抑和约束。从女性主义视角分析偶像崇拜是为了打破女性被异化、被客体化的形象,让女性重新获得主体性,摆脱之前的宗教-政治意识形态的遮蔽。这种文化历史研究有助于我们理解并区分文学作品中女性形象的来源、形成的社会背景及将女性客体化的机制。女性主义者希望通过多种方式打破现有的女性的虚假形象,"一些女性主义者使用经典的戏剧中破坏偶像的方法来展示她们对自我疏离的抵抗",因为话语通过形象实现对意识的控制,而不是继续受控于"疏离的、客体化的女性形象"(Raphael,2019:10)。女性形象背后一个重要的力量是"宗教政治意识形态的利益"(Raphael,2019:10),因此破除宗教影响、破坏宗教意义上的偶像具有十分重要的意义。

偶像被定义为"文化表征中传播错误观念的人和神的形象"(Raphael,2019:10),从文化中形象构建的视角去解构其内涵和作用方式,这意味着分析现存的文化体系对于其成员的作用方式。这种定义有别于传统的宗教偶像崇拜,不仅表达宗教本身,还捕捉了当下文化体系中被尊为偶像的人。偶像被定义为"虚假和有害的形象""超越了某种真理或善良，本身没有任何力量"，而偶像破坏（idoloclasm）则是指"女性主义批评打破对女性有害的想象形象，具有解放性的力量"，其目的是使用非暴力手段，颠覆不同信仰的人建立的"宗教政治优势"（Raphael，2019：11）。这种偶像破坏可以被看成一种解构的努力，通过批评来认知偶像的建构与作用机制，其根本目的是检视那些占领了意识形态领域且"过分推崇非人力量的人对人性的异化和抽离"（Raphael，2019：12）。

人类历史上，偶像破坏一直都是"宗教间仇恨和宗教内暴力（惩罚那些以错误的方式崇拜正确的上帝的人们）的原因和表现"，在帝国主义的殖民征服中，将被殖民者的宗教定义为拜物教或者偶像崇拜，并用原始、未开化等标签定义其宗教一直以来更是屡见不鲜（Raphael，2019：13）。甚至在西方主流宗教中，剥夺圣母玛利亚或者其他女圣徒的地位也是实现对女性控制的常规手段。因此，当下的女性主义者试图通过建立和破坏偶像来实现对父权话语的解构。

通过解构偶像，女性主义者揭示了父权制秩序的确立与维系。父权制秩序的确立在历史上不仅体现在物质领域，也体现为精神领域的控制。父权统治者通过话语建构，借用君权神授的逻辑，将自己的统治地位合法化，就像是通过神的荣耀获得的权力。领土的控制和扩张不仅要通过偶发的流血事件来实现，而且要通过父系血统对性别和种族他者的生殖和体力劳动的所有权来实现，父系血统一直都是利用其肉体生产来巩固和充实自己的权力（Raphael，2019：15）。

此外，女性主义者也揭示了偶像化的女性形象建构对女性的规约作用。女性气质蕴含着意识形态，这对女性来说是一种控制手段，将隐含的对女性形态的规约当成自然的事情，并通过社会化的过程达成对女性身体的控制。社会话语建构通过塑造理想化的、标准的女性形象，让女性选择去迎合标准的刻板形象及其背后占主导地位的价值观和主流需求。娜奥米·格尔顿伯格（Naomi Goldenberg）认为："任何被刻板印象化或更确切地说是原型化的社会群体或性别，都认为她的原型（archetype）是不可避免的，并且被有效地阻止，不去试图偏离（其）预定的范畴。"（1979：60，转引自 Raphael，2019：16）由此可见，无论其具体方式如何，女性气质的意识形态是通过控制女性的思想来控制其身体的一种手段。

第 10 章　女性主义风格的重新解读与传统的建立

　　本章论述的女性主义文学包括女性"精雕细琢"写作风格的建立，以及以此来建立的女性主义文学传统，也将谦逊作为一种叙事策略来分析女性写作，揭示男女作家被区别对待的境遇。学者们以哀悼作为切入点来研究并还原历史上女性的生活，体现了跨学科研究的力量。关于替代宗教、偶像破坏、新灵性运动等与女性主义文学互动的研究在某种程度上体现了女性主义文学的独特性，其中包括女性叙事策略、语言风格特征，以及女性以非组织化的思想运动来对抗并试图发出女性的独特声音。

第11章
物质文化研究与女性主义

物质文化的研究也植根于女性主义对于身体的关注，无论是食物中体现的阶级、文化、民族、性别的差异，还是服饰文化传递的女性自我表达的方式，都体现了食物等与身体有关的物质在女性生活中所起到的重要作用，以及在女性写作中的多重象征意义。"食物的研究可以成为了解历史与当代社会的重要途径"（Avakian & Haber, 2005: vii），在一定意义上可以被看成身体书写的一部分。食物可以被看成西苏所说的性欲，表达身体和性体验。如海伦娜·米基（Helena Michie）所说："如果夏娃对苹果的渴望代表了女性权力的去中心化力量，那么它也与权威问题及最后的作者身份问题紧密相连。"（1987: 28，转引自 Heller & Moran, 2003: 2）女性和食物的关系是性别化的，可以被视作禁忌知识、关怀，表现出紊乱及征候特性。其研究的文本既有文学作品，也有回忆录、文学理论乃至广告等形式。物质文化视角可以连接社会历史、政治、女性主义理论、文学和文化研究等诸多领域。例如，"维多利亚文学中谦卑的厌食症患者形象"（Heller & Moran, 2003: 3）研究、对女性消费主义的研究，以及用食物隐喻来探索女性身份和自我表达的复杂问题等，都让食物和饮食这一女性生活的核心问题成为文学研究的一个重要领域。

文学作品的食物文化研究也融入了殖民文化等因素，将食物作为"家"的隐喻，在"移民叙事或者后殖民文本中呈现本土文化和殖民文化之间的紧张关系，其中充满了对传统食物的怀旧回忆"（Heller & Moran, 2003: 7）。烹饪回忆录也是十分重要的文学样式，食谱、个人经历、家族历史等复杂的形式构成了一种与官方历史对抗的私人历史叙事。饮食研究中也存在母女关系的问题，包括神经性厌食症及青春期少女被要求的自我克制，这都体现了作为道德导师的母亲的作用，食欲的控制被当成性欲控制的一个重要指标，象征着女性的道德纯洁。在一些女性作家的小说中，"性别角色混乱以饥饿和进食的意象为媒介得以呈现，展示了一些关于文化错位（cultural dislocation）的叙事是如何将女性与食物的关系刻画为一种紧张关系"（Heller & Moran，2003：16）。喂养是母女关系中的重要一面，正如塔玛尔·海勒（Tamar Heller）和帕特里夏·莫瑞恩（Patircia Moran）所说，"伊里加蕾通过窒息、呼吸受阻、憋闷、冰冻和饥饿的意象传递了母女关系中痛苦的、受阻碍的、非象征性的力量"（2003：20），隐藏着符号的秩序以及母女关系的重建。

如前所述，食物不单纯是生物学上的概念，也包含了食欲、味觉、仪式和进食的象征性礼仪，女性在其中涉及权力和服务。女性摄入食物或许体现了她们对于自我身体界限的认知，同时可以说食物在某种程度上具有普遍意义，超越了文化差异。女性作家在其作品中用食物表达欲望、被控制的身体，以及食物与自我意识的关系。如阿特伍德在小说中对食物、进食和饥饿的描写突出了"女性的商品化、性侵犯的两面性或者受害者的消极力量"（Sceats，2000：4）。也有像莱辛这样的作家以食物表达母女关系，女主人公"重新审视对母亲的依恋，通过与食物及其制作的感官联系，以及与宗教、文化、男性，尤其是与过去和现在的其他女性的关系，发现她们自己独立的物质性（physicality）"（Sceats，2000：5）。

在女性主义者看来，食物和食谱体现了女性的多重身份，对这一主题的研究可以从女性和性别心理学视角入手，并"将思想、行为和个人关系归因于心理学、女性研究、社会学、历史学、人类学、文化研究、食物研究、族裔研究和美国研究等学科的结合"（Dottolo & Dottolo，2018：xvi）。食物可以和"性别、性属、族裔、种族、阶级、权力、环境、健康、移民、政治和文化"（DeSalvo & Giunta，2002：3，转引自Dottolo & Dottolo，2018：xvi）等相关联。女性主义学者的研究还体现为以食物为主线，关注一些历史文本，如分析精英女性的文本，将诗作、产妇护理的小册子、日记，以及散文等文本整理归纳，试图理解其中"利用食物交换行为作为沟通或建立政治权利的方式"（Bassnett，2016：2）的女性。对历史上女性生活记录的研究可以阐释与食物相关的实践和政治行为之间的关系，并揭示其在家庭管理模式中施加影响的方式，例如芭芭拉·哈里斯（Barbara Harris）对都铎贵族女性参与政治活动进行的

第 11 章 物质文化研究与女性主义

有影响力和开创性的研究（Bassnett，2016：4）。学者们探讨了食物交换与政治联盟的建立和维持之间的关系，也分析食物在维护地方秩序中所起到的作用，此外，喂养在彰显宗教中"上帝的仁慈管理"（Bassnett，2016：8）方面也起着至关重要的作用。

与食物类似的物质文化研究还有服饰等与女性身体相关的视角，包括当下对女性衣饰时尚的研究，其中表达的对女性正常身体的定义，以及对异性恋、苗条身材的引导，也包括着装的物理和社会空间研究，如有人认为，"衣服仅仅是消费品，所以我们应该能够对其进行控制和管理"（Banim et al.，2001：3）。学者们可以在服饰研究中表达对女性生活经验的关注，同时也表达父权制接受的女性身体标准，接受一个人为制造的意义体系。有人认为，"时尚体系是限制性的，也可以是压迫性的"（Banim et al.，2001：7），所以对于衣饰风格的接受或反抗，似乎可以说明女性是否在展示真实的自我。但实际上服装的意义是稳定的，而人的身份并非固定不变，人们可以在衣饰的选择中寻找身份，构建公众场合中的形象和地位，"揭示或者隐藏私人自我（private self）"（Banim et al.，2001：8）。从衣饰的视角去研究文本，可以在建构文化历史的同时，从新视角去解读文本。本章主要以食物和服饰为例，探讨过去十年与其相关的女性主义研究，展现与女性相关的物质文化研究的一个重要侧面。

11.1 食物中的女性主义身体政治

食物和烹饪在日常生活中起着重要的作用，在女性写作中也具有多重象征意义。它们与女性的身体相关，用来表达权力和欲望，尤其是性欲。在作为性欲象征时，它们存在于"有关非法性行为和渴望权力的女性的故事中"（Heller & Moran，2003：2）。学者们从食物出发，探讨食物的性别化特征以及其中蕴含的禁忌。食物除了维持人的生存之外，其中体现的混乱与秩序可以用来表达女性的欲望、自我否定等文化结构。通过对文学文本、回忆录甚至是广告的分析，我们可以看出食物对女性身份构建与认同的作用。

关于食物的书写可以涵盖诸多方面，包括对厌食症等饮食失调的症状进行研究，可以探究社会、历史、政治和女性主义理论，从而丰富女性文学和文化研究。女性的食欲可以被视为一个连续体（从厌食症到贪食症），包含食物的摄入、制作、食物烹饪方式的撰写、烹饪食物的空间等将个体与社会、历史、文化联系在一起的线索。而文学语境中的食物书写比比皆是，从童话中白雪公主的苹果，到《圣经》中夏娃的苹果，都将食物与女性身份联系，构成关于女性身体与身份的叙事。西苏认为："夏娃大胆地吃下禁果是女性反抗父权制规范的隐形消极力量的一个典型时刻。"（Heller & Moran, 2003: 5）此外，有些作品以食物作为隐喻表达女性的同性恋倾向，体现了性爱生活与食物的关系。

关于食物的另一个重要的研究领域是将食谱作为文学创作的形式，分析食谱分享在女性共同体建构中的作用。此外，在移民叙事或者后殖民叙事对传统食物的回忆中，女性角色的作用更是必不可少的因素。母语中食物的名称代表了与故国的联系，尤其是餐具叮当的响声、食物的色香味都唤醒了对故国的思念。因此，烹饪回忆录（culinary memoir）中体现的食谱、个人经历、家族历史、公共历史、照片等多种形态的媒介都将食物作为故事讲述的线索，从而呈现了丰富的女性生活。

由于女性在食物制作中的重要责任，烹饪也成为研究女性身份与权力的重要政治领域，可以揭示女性的从属地位与反抗手段。意大利裔美国女性的族裔身份在食物中的体现就是一个例子。食物代表了家庭、逝去的时光、怀旧心理、性别、社会阶层和权力，也代表了身份认同。学者们研究食物和食谱，从中分析身份的多样性和复杂性，心理学的视角可以揭示意大利裔美国人的身份和食物的关系。食物也可以揭示族裔身份、阶级、性别、年龄、代际关系等问题。意大利女性事实上也是一个集合的概念，因为意大利人本身也有地域特征。因此，"仅仅说一个人是意大利人是不够的，经常需要了解一个人的家庭来自意大利的哪个地区。这些植根于刻板印象的地理差异隐含着气质、阶级和烹饪偏好"（Dottolo & Dottolo, 2018: xix）。

食物也代表了代际关系中最核心的母女关系。学者们采用女性主义、心理学、社会和文化理论等跨学科方法来研究这一领域。食物中的母女关系体现为母亲对女儿食欲的控制，并进一步延伸为对女儿性冲动的遏制。从女儿的视角来看，食物则是体现自信、表达愤怒情绪和叛逆的媒介。审美标准从以维多利亚时代的沙漏型女性身体为美发展为以孩子气的、青春期之前的女孩身体为美，这一审美观念的变化表达了人们对青春的追求及对体重标准化的要求。而饮食失调中体现的母女问题也成为学者们关注的焦点。超重的身体成为肉欲的象征，带来女性内心的不安与自我谴责。食物中传递的母性也可以表现为后殖民社会以及移民群体中传统的传承，同时又要逃离父权制的二元认知。母亲和女儿在缺少伊里加蕾所说的"女性谱系"和"女性象征"的情况下相互哺育（Heller & Moran, 2003: 20）。格罗兹认为，女性谱系涉及"新的语言种类、新的命名体系、新的社会和经济交换关系——换句话说，社会秩序的完全重组"（Grosz, 1989: 123，转引自 Heller & Moran, 2003: 20）。由此可见，食物、身体、母女关系中存在的符号秩序体现了母亲的母性功能以及女性之间的互惠关系。

食物也具有道德隐喻，引发女性对自己身体的憎恶。有些食物，如红肉，被认为可能会导致女性情欲的泛滥，使女性变得不可控。因此，19世纪的文学文本中也会出现贪婪的吸血鬼形象。可见，受控的食物隐喻着受控的身体。但是女性对于自己身体的控制也可能发展为将厌食作为反抗策略，因此"女性的消瘦、疾病和死亡可以表达对于家庭生活的反抗，而不仅仅是默许家庭生活对女性权力的限制"（Heller & Moran, 2003: 25）。

11.2 女性主义文学与服饰

除了少数女性能够拥有的文字、出版、书籍之外，针线（缝纫）也是女性自我表达的工具之一，其独特性在于其作为女性专有的领域。奥利弗·施莱纳（Olive Schreiner）将其视为"富有创造性和想象力的活动"（KortsCh, 2009: 1）。缝纫被认为可以达成多种目标，包括"反思、发挥创造力、有效沟通和财务自由"（KortsCh, 2009: 1-2），即一种自我表达的创造活动和一种经济行为，它能够促进女性的团结。克里斯汀·贝勒斯·科奇（Christine Bayles Kortsch）对维多利亚时代女性的创作和生活进行研究时发现，缝纫起到一种双重识字（dual literacy）的作用，其中涉及"女性教育、劳动、艺术和行动主义等问题的融合"（2009: 2）。在当时的社会文化环境中，双重识字是指手工艺的学习及在这种过程中习得文字，并借缝纫发挥自己的艺术想象力和创造力。

女性的缝纫和服饰具有两面性，可以被看成压迫女性的"表征"，也可以被视为"女性知识、创造力和权力的一种形式"（KortsCh, 2009:

2)。18世纪和19世纪的女性作家需要为自己从事的活动做辩解,说明自己写作的目的是赚钱而不是自我表达,而且写作活动也并未影响其从事家务劳动等经济活动。这种辩解的必要性在于她们进入了对于女性来说是禁忌的男性领域。

19世纪30年代,女孩很少接受过基础写作以外的教育,而许多工人阶级女孩根本没有接受过正规教育;那些受过教育的女孩,如中上层和上层阶级的女孩,接受的是历史学家劳伦斯·克雷明(Lawrence Cremin)称之为"惰性识字"(inert literacy)的教育:具备阅读、记忆或背诵他人想法的能力,但不能形成自己的观点(KortsCh,2009:3)。正如语言人类学家詹姆斯·柯林斯(James Collins)和理查德·布洛特(Richard Blot)所说:"女性可以阅读、倾听、接受教育,但不能公开参与演讲和出版活动。"(2003:79,转引自 KortsCh,2009:3)维多利亚时代的女孩学会了两种语言的双重识字——布语(language of cloth)和印刷语言(language of print)(KortsCh,2009:4)。

所有阶层的维多利亚女性都在科奇所说的"服饰文化"(dress culture)中锻炼识字的能力——纺织和解释布料和家庭纺织品的相关技能。她所说的"服饰文化"不仅包括服装和纺织品的穿戴、生产、购买或装饰,还包括管理和解释男女服饰的活动(KortsCh,2009:4)。在《女性读者》(The Woman Reader,1993)中,凯特·弗林特(Kate Flint)研究了女作家和读者如何使用替代性话语体系(alternative discursive systems)及传统的男性知识结构(1993:40,转引自 KortsCh,2009:4)。在所有阶层的女性都应该精通布语成为广泛接受的观念之后,布语便是一种具有自身历史、价值观和关切的物质文化。"在维多利亚社会实践中,服饰文化中的识字(literacy in dress culture)被视为一种女性知识,这意味着它可以被用作主流、父权制话语的替代品。"(KortsCh,2009:4-5)

服饰文化可以为女性提供一种私人语言和文化,因此传统上被理解为是女性的文化。然而这种知识实际上得到了维多利亚时代主流社会的认可,甚至是授权。玛丽·普维(Mary Poovey)表明,行为得体的女性是由父权制规范和期望定义的,此外,女性气质要求女性能够熟练地阅读织物,"因此服饰文化中的识字可以同时作为替代话语和传统话语一道发挥作用"(KortsCh,2009:5)。

维多利亚时代女性的双重识字创造了将她们与其他女性联系起来的

第11章 物质文化研究与女性主义

沟通模式,本尼迪克特·安德森(Benedict Anderson)在讨论民族主义时称之为"想象的共同体"(imagined community)。"随着19世纪初工业主义(industrialism)的变革——期刊文化的兴起、纸张图案的发明、国家通过蒸汽机和便士邮政建立起新的连接性——女性共同体发展成为国家'女性'身份。"(KortsCh,2009:10)印刷文化的发展使生活在英国不同地区的女性虽然有着迥然不同的教育和经历,但仍可以认为自己是同一女性共同体的一部分。

与小说一样,女性杂志对创建想象的共同体产生了深远的影响。特别是在19世纪下半叶,女性杂志的范围急剧增加。"从时尚杂志到女性主义杂志,它们都是对时尚、礼仪、教育和女性选举权等方面进行辩论和提出建议的平台。"(KortsCh,2009:11)杂志带来了服饰文化的发展,影响着女性对于阅读材料和织物的认知,形成一个想象的共同体。

科奇以新兴学术研究为榜样,重新定义维多利亚晚期文化的类别。为此,她考虑服饰和缝纫的物质文化,并分析如施莱纳、莎拉·格兰德(Sarah Grande)、埃拉·赫普沃斯·迪克森(Ela Hepworth Dixon)、玛格丽特·奥利芬特(Margaret Oliphant)和格特鲁德·迪克斯(Gertrude Dix)等维多利亚时代晚期女性作家采用双重识字的原因及方式。科奇的服饰文化研究主要专注于文学分析,但也采用物质和文化分析。除了仔细阅读小说外,她还探索了女性教育的历史、缝纫和针线活、主流时尚和另类服饰运动、纺织业的工人阶级劳动力和社会行动主义的形式,提供美国和英国档案馆实物的阅读材料——采样器、紧身胸衣、连衣裙、绘画和插图——以阐释研究论点。她不仅关注"新女性"(New Woman)作家,还追溯了持各种不同观点的作家参与的对话和辩论。科奇还通过研究流行作家奥利芬特和社会主义作家迪克斯来论证女作家使用双重识字如何使当时的文学联盟概念复杂化。

女性的阶级地位塑造了其审美能力以及对于社会正义的界定。女性希望通过写作来创造美,并且描述一个更公平的社会。服饰文化是女性作家的一种表达方式,对其进行研究可以揭示并重新定义女性的社会角色,重塑女性的文学传统。纺织文化(textile culture)体现了女性多元文化的复杂性,维多利亚时代晚期女性作家通过纺织文化与读者沟通,包括使用纺织品来表达自己,其中也涉及女主人公的中产阶级身份、她们与工人阶级相比的优势,以及中下层阶级女性通过针线获得经济和艺术的自由。"缝纫和写作是女性的作品",两者作为女性作家自我表达的方式需要得到进一步研究以获得 19 世纪末的文化图景（KortsCh，2009：21）。

科奇对服饰的研究以发展的、当下的眼光重新解读当时女性主义作家的生命和观点。这种书写是在建立女性主义文学传统的努力中，像拼贴画一样补上缺失，有助于女性主义发展历史的建立，也有助于更全面地理解女性主义文学所展现的女作家的生活。她们的身份、国籍都让她们的女性权利诉求与争取权利的方式、路径存在差异。生命书写本身的研究也是让人们认识到拓展文学定义的方式。

历史上的纺织文化研究体现了女性自我表达的方式，我们也可以将目光投向当代，探究服饰中体现的权力关系、阶层因素、个体的自我认同等，将个人的身体与社会公共空间联系起来。关于服饰，女性会考虑到其适合的场合和观众，表达了女性对于当时自我状态的认知。影响女性选择衣服的因素除了情感和情绪以外，还包括文化、年龄和性别取向等。衣服不仅被视作消费品，具有物质特征，还有其存在的寿命。这种寿命并非仅仅出于实用性的考虑，更受时尚的影响。埃弗拉特·策龙（Efrat Tseëlon）认为："在关于时尚风格和流行趋势、历史记录或心理实验的大量符号学和社会学分析中，缺少的是穿着者自己给出的论证。"（1995：3，转引自 Banim et al.，2001：4）女性与其衣着的关系不断地变化。在日常生活中，女性受制于时尚体系的意义霸权。常规的女性身体是理想化的、异性恋的身体，这种身体标准出现在大众媒体中，对女性施加压力。因而，正常的、可接受的女性身体标准实际上是父权话语的产物，而与之有所背离的身体则被赋予边缘的地位。

衣服象征地位和权力，也是女性在工作中获得地位和权力的策略之一。此外，某些特殊女性群体的自我认知也受到衣服的影响，如"乳房切除术对女性与其身体和衣服的关系的影响"（Banim et al.，2001：9）。女性受到时尚体系控制的程度也需要进一步探讨，从而了解女性在与时尚意义系统的互动过程中是否能够获得某种控制服饰意义的力量，诸如个人风格的选择、舒适度和个人习惯的问题。在布迪厄的物质资本（physical capital）的理论中，个体的衣服选择实际上传递了阶级、性别、地位、年龄等信息，"身体的衣着允许一个女人既复制惯习，又颠覆惯习"（Banim et al.，2001：11）。

女性通过衣着来构建公共自我的过程也体现为"形成性"，这是一个动态的过程，似乎永远也不会结束。随着年纪的增长，女性需要

第 11 章 物质文化研究与女性主义

穿着象征权威和地位的服装,可以将这种衣服视作"权力套装",并且"作为她们衡量自己风格选择的视觉尺度"(Banim et al., 2001: 13)。女性在社会化的过程中被要求特定的外表和身体姿势,并且避免吸引他人对自己身体的不必要关注。例如,族裔女性特有的族裔服装可能引起"负面联想",并且"成为另类的象征"(Banim et al., 2001: 14)。

人们可以从多个视角去探究女性服饰,其中体现了权力、地位、个人的性取向、族裔等多层面的问题。这种研究对于读者理解并阐释文学作品也起着十分关键的作用。

11.3 女性小说中的食物与女性气质

关注身体形象、身体记忆、物质习惯、皮肤的感觉等与身体相关的具体内容,探究这些因素对于女性身份构建的作用,我们可以发现"身体的格式塔既是铭文表面,也是可理解的文本;既是图像,也是语境;既是物质,也是智力。它的文本性(textuality)可以被'解读'为文化和生物学的场所。身体是所有人类表达和人类解释文化和物质体验联系的媒介"(Adolph, 2009: 5)。而与身体相关的食物摄入量以及烹饪工作等都表达了一种与象征性身体的联系。体重的控制则是表达了身体的可塑性,用来揭示"身体的污损:身体通过整形手术、饮食和锻炼重建的能力"(Adolph, 2009: 6)。

食物之所以被看作身心交汇之处,是因为"进食是为了基本生存而必须定期发生的行为,既是女性也是男性的一项基本活动"(Adolph, 2009: 10)。女性的食品摄入与消耗被认为是女性生命体验的一种形式,也是身体演变的形式。对这类活动的研究也是当代日常生活批判十分重要的一项内容。日常生活实践可以包括交谈、阅读、行走、购物、烹饪等。食物和女性的联系通过提供服务和进食来表达。进食是从出生到死亡不可或缺的过程,它也打破了身体与世界的界限,可能会带来外部事物"入侵"的恐惧感,造成主客体之间隔断的消解。可见,女性进食是一个十分重要的视角,我们可以"通过它来审视女性主体性、能动性、具身性和性行为等相互关联的品质之间存在的联系"(Adolph, 2009: 14)。

安德烈娅·阿道夫（Andrea Adolph）研究了20世纪英国女性小说中的食物与女性气质，她将带有插图的美容和饮食建议类书籍作为研究的对象之一，揭示道德和身体标准的建立与传播，以及这些书籍表达的社会功能和道德监管功能。这类施加影响的媒介包括超市中售卖的流行读物以及引导人们锻炼的读物，还包括绘画、摄影、电影、视频等，都渗透了男性的凝视以及对于女性的影响。饮食失调、整形手术以及节食等控制身体的行为都表达了社会对个体的影响。这些内容在一定程度上延续了身心的二元划分，例如一些家庭手册为家庭主妇提供了对家庭这个私人领域进行一般维护的标准，家庭制度中的清洁和秩序问题"最终扩展到居住在其中的个人主体"（Adolph，2009：23）。

11.4　饮食、烹饪、阅读和女性小说

将食物作为精神分析的一个立脚点是物叙事的一种，也是建构和想象主体性的方式。从精神分析的角度来看，食物是爱的表现。学者们从精神分析的视角，以解构的方式关注文学作品中的身体，将阅读、进食和女性生产食物联系起来。另一种是马克思主义视角，将食物作为经济学的基础，是劳作的根本目的，并以此为基础讨论饮食的问题。"现代小说中有一些关于食物的作品，特别是与种族和后殖民主义有关的作品，电影中有更多关于食物的作品，但即使是关于18世纪和19世纪文学中身体的研究也或多或少地忽略了食物和人们如何对待食物。"（Moss，2009：6）

玛丽·道格拉斯（Mary Douglas）和拜伦·伊舍伍德（Baron Isherwood）的《商品的世界》（*The World of Goods*，1979）从物质文化学者的视角去阅读食物，对消费和消费主义的跨学科研究主要集中在购物（耐用消费品）、时尚、礼物、建筑、景观和室内设计在后文艺复兴身份形成中的作用，但普遍的日常食物购买、培育、准备、摄入和消化似乎排斥这种细致分析。莎拉·莫斯（Sarah Moss）研究写作中食物起到的作用，以及食物和文本之间的复杂关系。食物代表了金钱、爱情和秩序，这种观点也影响着文本解读。

浪漫主义时代的女性小说家在谈到物质生活、家庭生活和经济状况

时，与同时代诗人对食物的认识截然不同。"对沃斯通克拉夫特来说，良好的母性包括良好的写作，依赖于良好的饮食，这意味着对潜在的紊乱食欲的持续监视。"(Moss, 2009: 10) 在莎拉·莫斯看来，18世纪的食物如同当今的石油一样，是"政治性的"，是人们生活必备之物，而且也体现了差异，"浪漫主义时代的饮食方式使得餐桌上的戏剧格外丰富"(Moss, 2009: 12)。

当代小说充分挖掘了不断变化的进餐时间表的潜力。小说中的人物在主人准备晚餐时期待正餐(dinner)，他们试图以此来证明自己的社会优越感（通常表现出无所事事和奢侈的习惯）。像弗朗西斯·伯尼(Frances Burney)笔下的塞西莉亚(Cecilia)这样的女主人公，在早餐供应前几个小时通过寻找早餐来显示美德。"18世纪早期，由社会地位决定的优先权已经支配了用餐习俗，它不仅规定了用餐者进入餐厅的顺序，还规定了他们坐的位置及提供的食物。"(Moss, 2009: 13) 从物质文化的视角去分析小说中的人物，有助于理解人物身份、行事动机，体现更全面、丰富的个体。

11.5 当代女性小说中的食物、进食与身体

饮食不仅是生物学意义上让有机体存活、补充能量的方式，更具有象征性。学者们从仪式和进食礼仪出发，探究特定文化背景中食物的交流和分类及其蕴含的心理、道德和情感意义。饮食行为中，个体与外界的界限被模糊，食物定义了个体身份，因而也蕴含着性别的因素。"在特定情况下，特定食物和饮食习惯的象征意义是由各种传统和仪式确立的。"(Sceats, 2000: 2) 食物摄取中存在的文化压力影响着女性对于食物的观点，女性写作显示出食物、饮食行为中的权力和政治责任，也存在着对于女性性行为的描述。这是因为饮食和性行为的意义都是"在心理、社会和政治层面构建的，象征、习俗和行为是文化调节的指征和结果"(Sceats, 2000: 3)。

阿特伍德的《可食的女人》(*The Edible Woman*, 1969) 中存在食物的隐喻和象征，其中女性被商品化，身体遭到性掠夺。类似的作家还有米歇尔·罗伯茨(Michèle Roberts) 和艾丽丝·托马斯·埃利斯(Alice Thomas Ellis)，其作品大量地使用了食物和进食的隐喻，其中隐含了权

力的斗争。"现代世界表现出一种强烈的人类对整体性、统一性或完整性的渴望,这种渴望明显表现在食欲、性欲、宗教狂热、身体饥饿、'回到子宫'的冲动及死亡愿望中。"(Sceats, 2000: 5)

食物也成为性的隐喻,有时甚至表现为带有恶意的性欲,其中存在某种致命的东西,甚至暗示着求死欲,如卡特的《霍夫曼博士的魔鬼欲望机器》及莱辛作品中的欲望表达。超出常规的食物摄取中体现的约束与自我毁灭的倾向也将食物与欲望联系在一起。莎拉·斯基茨(Sarah Sceats)揭示了食物中体现的"渴望或饥饿、食物与精神之间的深刻联系,特定的社会文化压力(特别是对女性身体的压力),文化和艺术铭文",以及"食物及与之相关的活动提供的多种表达和行动的可能性"(2000: 8)。食物和礼仪中体现的微观权力、身份特征等方面都值得审视,从而揭示其社会意义。

物质文化研究体现了文学研究中的物转向,是对当下"对象导向本体论"的一种回应。本章以服饰和食物的相关女性主义研究为例,总结了过去十年女性主义文学中物研究的一些成果。其中,服饰可以被看作人的第二层皮肤,表达了对女性身体的认知、约束和判断。食物作为一种十分重要的物质文化研究对象,在女性主义文学中体现了与女性身体相关的物质活动、女性的主体性及对女性气质的定义等女性主义批评学者所关注的议题。在本章所总结的研究论著与观点中,我们可以看到物质文化研究从一个新的层面揭示了女性生活、女性身体的话语构建,也体现了文化理论、文学作品及哲学之间互动所产生的新视角、新观点。

参考文献

罗纳德·M.德沃金. 2013. 生命的自主权——堕胎安乐死与个人自由的论辩. 郭贞伶, 陈雅汝, 译. 北京: 中国政法大学出版社.

罗斯玛丽·帕特南·童. 2002. 女性主义思潮导论. 艾晓明, 等译. 武汉: 华中师范大学出版社.

欧翔英. 2010. 西方当代女权主义乌托邦小说研究. 成都: 四川大学出版社.

桑德拉·吉尔伯特, 苏珊·古芭. 2014. 阁楼上的疯女人: 女性作家与19世纪文学想象. 杨莉馨, 译. 上海: 上海人民出版社.

索菲亚·孚卡, 瑞贝卡·怀特. 2003. 后女权主义. 王丽, 译. 北京: 文化艺术出版社.

唐娜·哈拉维. 2012. 类人猿、赛博格和女人: 自然的重塑. 陈静, 吴义诚, 译. 郑州: 河南大学出版社.

托莉·莫伊. 2017. 性与文本政治: 女权主义文学理论: 第2版. 杨笛, 译. 南京: 江苏凤凰教育出版社.

伊莱恩·肖瓦尔特. 2011. 她们自己的文学: 英国女小说家——从勃朗特到莱辛. 韩敏中, 译. 杭州: 浙江大学出版社.

珍妮斯·A.拉德威. 2020. 阅读浪漫小说: 女性、父权制和通俗文学. 胡淑陈, 译. 南京: 译林出版社.

周敏. 2022. 作为一种文化实践的世界文学——以加勒比文学为中心的思考. 中国社会科学报, 2月7日.

Adams, K. 2009. *Owning Up: Privacy, Property, and Belonging in U.S. Women's Life Writing*. New York: Oxford University Press.

Adolph, A. 2009. *Food and Femininity in Twentieth-Century British Women's Fiction*. Farnham: Ashgate.

Ahmed-Ghosh, H. (Ed.). 2015. *Contesting Feminisms: Gender and Islam in Asia*. New York: State University of New York Press.

Alaimo, S. & Hekman, S. (Eds.). 2008. *Material Feminisms*. Bloomington/Indianapolis: Indiana University Press.

Alcoff, L. M. 1990. Feminist politics and Foucault: The limits to a collaboration. In A. Dallery & C. Scott (Eds.), *Crises in Continental Philosophy*. New York: State University of New York Press, 69–86.

Alcoff, L. M. 2000. Phenomenology, post-structuralism, and feminist theory on the concept of experience. In L. Fisher & L. Embree (Eds.), *Feminist Phenomenology*. Dordrecht: Springer-Science + Business Media, B.V., 39–56.

Alexander, S. 1994. *Becoming a Woman, and Other Essays in 19th and 20th Century Feminist History*. London: Virago.

Anderson, B. 1991. *Imagined Communities: Reflections on the Origin and Spread of Nationalism*. New York: Verso.

Armstrong, J. 2006. *Water and Indigenous Peoples*. Paris: UNESCO.

Arnold, J. 1976. Feminist presses and feminist politics. *Quest*, 3(Summer): 18–26.

Arp, K. 2000. A different voice in the phenomenological tradition: Simone de Beauvoir and the ethic of care. In L. Fisher & L. Embree (Eds.), *Feminist Phenomenology*. Dordrecht: Springer-Science + Business Media, B.V., 71–82.

Arredondo, G. F. et al. (Eds.). 2003. *Chicana Feminisms: A Critical Reader*. Durham/London: Duke University Press.

Åsberg, C. 2013. The timely ethics of posthumanist gender studies. *Feministische Studien*, 31(1): 7–12.

Attebery, B. 2002. *Decoding Gender in Science Fiction*. New York: Routledge.

Aune, K. & Dean, J. 2015. Feminism resurgent? Mapping contemporary feminist activisms in Europe. *Social Movement Studies*, 14(4): 375–395.

Avakian, A. V. & Haber, B. (Eds.). 2005. *From Betty Crocker to Feminist Food Studies: Critical Perspectives on Women and Food*. Amherst/Boston: University of Massachusetts Press.

Bacon, H. 2009. A very particular body: Assessing the doctrine of incarnation or affirming the sacramentality of female embodiment. In G. Howie & J. Jobling (Eds.), *Women and the Divine: Touching Transcendence*. New York: Palgrave Macmillan, 227–251.

Ball, A. 2012. *Palestinian Literature and Film in Postcolonial Feminist Perspective*. New York / London: Routledge.

Banet-Weiser, S. 2012. *Authentic: The Politics of Ambivalence in a Brand Culture*. New York: New York University Press.

Banet-Weiser, S. 2018. *Empowered: Popular Feminism and Popular Misogyny*. Durham/London: Duke University Press.

Banim, M., Green, E. & Guy, A. 2001. Introduction. In A. Guy, E. Green & M. Banim (Eds.), *Through the Wardrobe: Women's Relationships with Their Clothes*. Oxford / New York: Berg, 1–17.

Barad, K. 1998. Getting real: Technoscientific practices and the materialization of reality. *A Journal of Feminist Cultural Studies*, 10(2): 87–128.

Bartky, S. L. 1988. Foucault, femininity, and the modernization of patriarchal power. In I. Diamond & L. Quimby (Eds.), *Feminism and Foucault: Reflections on Resistance*. Boston: Northeastern University Press, 61–86.

Bassnett, M. 2016. *Women, Food Exchange, and Governance in Early Modern England*. Cham: Palgrave Macmillan.

Batchelor, J. & Dow, G. (Eds.). 2016. *Women's Writing, 1660–1830: Feminisms and Futures*. London: Palgrave Macmillan.

Batchelor, J. & Kaplan, C. (Eds). 2005. *British Women's Writing in the Long Eighteenth Century: Authorship, Politics and History*. Basingstoke: Palgrave Macmillan.

Baumgardner, J. 2011a. *F'EM! Goo Goo, Gaga, and Some Thoughts on Balls*. Berkeley: Seal Press.

Baumgardner, J. 2011b. Is there a fourth wave? Does it matter? *Feminist*. Retrieved January 10, 2014, from Feminist website.

Baumgardner, J. & Richards, A. 2000. *Manifesta: Young Women, Feminism and the Future*. New York: Farrar, Straus and Giroux.

Beam, D. 2010. *Style, Gender and Fantasy in Nineteenth-Century American Women's Writing*. New York: Cambridge University Press.

Beauman, N. 1983. *A Very Great Profession: The Woman's Novel 1914–39*. London: Virago.

Becker, S. 2012. *Gothic Forms of Feminine Fictions*. Manchester: Manchester University Press.

Behar, K. (Ed.). 2016. *Object-Oriented Feminism*. Minneapolis/London: University of Minnesota Press.

Benhabib, S. 1985. The generalized and the concrete other: The Kohlberg-Gilligan controversy and feminist theory. *PRAXIS International*, (4): 402–424.

Bergoffen, D. B. 2000. From Husserl to Beauvoir: Gendering the perceiving subject. In L. Fisher & L. Embree (Eds.), *Feminist Phenomenology*. Dordrecht: Springer-Science + Business Media, B. V., 57–70.

Bergoffen, D. B. 2016. The flight from vulnerability. In H. Landweer & I. Marcinski (Eds.), *Dem Erleben Auf Der Spur: Feminismus Und Die Philosophie Des Leibes*. Bielefeld: Transcript Verlag, 137–151.

Bloom, C. 2002. *Bestsellers: Popular Fiction Since 1900*. Basingstoke: Palgrave Macmillan.

Bohrer, A. J. 2021. Translator's introduction. In F. Vergès (Ed.), *A Decolonial Feminism*. A.

J. Bohrer & F. Vergès (Trans.). London: Pluto Press, xi–xvii.

Braidotti, R. 1994. *Nomadic Subjects: Embodiment and Sexual Difference in Contemporary Feminist Theory*. New York: Columbia University Press.

Braithwaite, A. 2004. Politics and/of backlash. *Journal of International Women's Studies*, 5(5): 18–33.

Brook, B. 2014. *Feminist Perspectives on the Body*. London / New York: Routledge.

Brooks, A. 1997. *Postfeminisms: Feminism, Cultural Theory and Cultural Forms*. London: Routledge.

Brown, C. A. 2012. *The Black Female Body in American Literature and Art: Performing Identity*. New York: Routledge.

Brown, K. N. 2010. *Writing the Black Revolutionary Diva: Women's Subjectivity and the Decolonizing Text*. Bloomington/Indianapolis: Indiana University Press.

Brown, W. 1995. *States of Injury: Power and Freedom in Late Modernity*. Princeton: Princeton University Press.

Burns, A. 2015. In full view: Involuntary porn and the postfeminist rhetoric of choice. In C. Nally & A. Smith (Eds.), *Twenty-First Century Feminism: Forming and Performing Femininity*. Basingstoke: Palgrave Macmillan, 93–118.

Burton, A. 1994. *Burdens of History: British Feminists, Indian Women, and Imperial Culture 1865–1915*. Chapel Hill: University of North Carolina Press.

Butler, J. 1990. *Gender Trouble: Feminism and the Subversion of Identity*. London / New York: Routledge.

Butler, J. 1993. *Bodies that Matter: On the Discursive Limits of "Sex"*. New York: Routledge.

Butler, J. 2007. *Gender Trouble: Feminism and the Subversion of Identity* (4th ed.). London: Routledge.

Butler, J. 2016. *Frames of War: When Is Life Grievable?* London: Verso.

Callaghan, D. (Ed.). 2016. *A Feminist Companion to Shakespeare*. Chichester: John Wiley & Sons.

Calvin, R. 2016. *Feminist Science Fiction and Feminist Epistemology: Four Modes*. Cham: Palgrave Macmillan.

Caputi, M. 2013. *Feminism and Power: The Need for Critical Theory*. Lanham: Lexington Books.

Chamberlain, P. 2017. *The Feminist Fourth Wave: Affective Temporality*. London: Palgrave Macmillan.

Chanfrault-Duchet, M.-F. 1991. Narrative structures, social models and symbolic representation in the life story. In S. B. Gluck & D. Patai (Eds.), *Women's Words:*

The Feminist Practice of Oral History. New York / London: Routledge, Chapman and Hall, 77–92.

Chappell, J. A. 2014. Introduction. In J. A. Chappell & K. A. Kramer (Eds.), *Women During the English Reformations: Renegotiating Gender and Religious Identity.* New York: Palgrave Macmillan, 1–14.

Chappell, J. A. & Kramer, K. A. (Eds.). 2014. *Women during the English Reformations: Renegotiating Gender and Religious Identity.* New York: Palgrave Macmillan.

Chatterjee, P. 1989. The nationalist resolution of the women's question. In K. Sangari & S. Vaid (Eds.), *Recasting Women: Essays in Colonial History.* New Delhi: Kali for Women, 233–253.

Clarke, D. 2001. *The Politics of Early Modern Women's Writing.* New York: Longman.

Clay, C. 2018. *Time and Tide: The Feminist and Cultural Politics of a Modern Magazine.* Edinburgh: Edinburgh University Press.

Clough, P. T. 2012. Feminist theory: Bodies, science and technology. In B. S. Turner (Ed.), *Handbook of Body Studies.* New York: Routledge, 94–105.

Cochrane, K. 2013. *All the Rebel Women: The Rise of the Fourth Wave.* London: Guardian Books.

Collard, A. & Contrucci, J. 1989. *Rape of the Wild.* Bloomington/Indianapolis: Indiana University Press.

Collins, J. & Blot, R. 2003. *Literacy and Literacies: Texts, Power, and Identity.* Cambridge: Cambridge University Press.

Collins, P. H. 1990. *Black Feminist Thought: Knowledge, Consciousness, and the Politics of Empowerment.* New York: Routledge.

Connor, S. 1996. *The English Novel in History, 1950–1995.* London: Routledge.

Cox, F. 2011. *Sibylline Sisters: Virgil's Presence in Contemporary Women's Writing.* Oxford: Oxford University Press.

Cremin, L. A. 1988. *American Education: The Metropolitan Experience 1876–1980.* New York: Harper & Row.

Crow, C. L. (Ed.). 2014. *A Companion to American Gothic.* Malden/Oxford: John Wiley & Sons.

Culley, A. 2014. *British Women's Life Writing, 1760–1840: Friendship, Community, and Collaboration.* Basingstoke: Palgrave Macmillan.

Dasgupta, S. & Das, D. 2017. Introduction. In Das, D. & Dasgupta, S. (Eds.), *Claiming Space for Australian Women's Writing.* Cham: Palgrave Macmillan, 1–33.

Davion, V. 1994. Is ecofeminism feminist? In K. Warren (Ed.), *Ecological Feminism*. London / New York: Routledge, 8–28.

Davis, A. 2012. *Modern Motherhood: Women and Family in England 1945–2000*. Manchester / New York: Manchester University Press.

Davis, L. J. 2006. Introduction. In L. J. Davis (Ed.), *The Disability Studies Reader*. New York: Routledge, xv–xviii.

Day, S. K., Green-Barteet, M. A. & Montz, A. L. 2014. *Female Rebellion in Young Adult Dystopian Fiction*. Burlington: Ashgate.

Deb, B. 2015. *Transnational Feminist Perspectives on Terror in Literature and Culture*. New York: Routledge.

Delphy, C. 1993. Rethinking sex and gender. *Women's Studies International Forum*, 16(1): 1–9.

DeSalvo, L. & Giunta, E. (Eds.). 2002. *The Milk of Almonds: Italian American Women Writers on Food and Culture*. New York: The Feminist Press.

Dever, C. 1998. *Death and the Mother from Dickens to Freud: Victorian Fiction and the Anxiety of Origins*. Cambridge: Cambridge University Press.

Diamond, E., Varney, D. & Amich, C. (Eds.). 2017. *Performance, Feminism and Affect in Neoliberal Times*. London: Palgrave Macmillan.

Dillon, G. L. 2012. *Walking the Clouds: An Anthology of Indigenous Science Fiction*. Tucson: University of Arizona Press.

Dolezal, L. 2015. *The Body and Shame: Phenomenology, Feminism, and the Socially Shaped Body*. Lanham / Boulder / New York / London: Lexington Books.

Dottolo, A. L. & Dottolo, C. 2018. *Italian American Women, Food, and Identity: Stories at the Table*. Cham: Palgrave Macmillan.

Douglas, M. & Isherwood, B. 1996. *The World of Goods: Towards an Anthropology of Consumption* (Rev. ed.). London: Routledge.

Du Bois, W. E. B. 1935. *Black Reconstruction*. Millwood: Kraus Thomson.

Dulfano, I. 2015. *Indigenous Feminist Narratives I/We: Wo(men) of an (Other) Way*. Basingstoke: Palgrave Macmillan.

Durham, G. D. 2016. *Technosex: Precarious Corporealities, Mediated Sexualities, and the Ethics of Embodied Technics*. New York: Palgrave Macmillan.

Dutton, J. 2000. Meet the new housewife wannabes. *Cosmopolitan*, (June): 164–167.

Dyhouse, C. 1978. Towards a "feminine" curriculum for English schoolgirls: The demands of an ideology. *Women's Studies International Quarterly*, 1(4): 297–311.

Edmundson, M. 2018. *Women's Colonial Gothic Writing, 1850–1930: Haunted Empire*. Cham: Palgrave Macmillan.

Espinosa-Miñoso, Y., Lugones, M. & Maldonado-Torres, N. 2021. Decolonial feminism in the Caribbean, Meso, and South America: An introduction. In Y. Espinosa-Miñoso, M. Lugones & N. Maldonado-Torres (Eds.), *Decolonial Feminism in Abya Yala: Caribbean, Meso, and South American Contributions and Challenges*. Lanham / Boulder / New York / London: Rowman & Littlefield, ix–xxix.

Estok, S. 2009. Theorizing in a space of ambivalent openness. *ISLE*, 16(2): 203–225.

Faludi, S. 1991. *Backlash: The Undeclared War Against Women*. London: Chatto & Windus.

Ferly, O. 2012. *A Poetics of Relation: Caribbean Women Writing at the Millennium*. New York: Palgrave Macmillan.

Fielding, H. A. & Olkowski, D. E. (Eds.). 2017. *Feminist Phenomenology Futures*. Bloomington: Indiana University Press.

Fields, R. M. 1985. *The Future of Women*. Bayside: General Hall.

Fields, R. M. 2013. *Against Violence Against Women: The Case for Gender as a Protected Class*. New York: Palgrave Macmillan.

Fineman, M. A. 2008. The vulnerable subject: Anchoring equality in the human condition. *Yale Journal of Law and Feminism*, 20(1): 1–23.

Fischer, C. & Dolezal, L. 2018. Contested terrains: New feminist perspectives on embodiment. In C. Fischer & L. Dolezal (Eds.), *New Feminist Perspectives on Embodiment*. Gewerbestrasse: Palgrave Macmillan, 1–13.

Fisher, L. 2000. Feminist phenomenology. In L. Fisher & L. Embree (Eds.), *Feminist Phenomenology*. Dordrecht: Springer-Science + Business Media, B. V., 1–15.

Fisher, L. & Embree, L. (Eds.). 2000. *Feminist Phenomenology*. Dordrecht: Springer-Science + Business Media, B.V.

Fisher, T. 2012. *What's Left of Blackness: Feminisms, Transracial Solidarities, and the Politics of Belonging in Britain*. New York: Palgrave Macmillan.

Fitzpatrick, L. 2010. Signifying rape: Problems of representing sexual violence on stage. In S. Gunne & Z. B. Thompson (Eds.), *Feminism, Literature and Rape Narratives: Violence and Violation*. New York / London: Routledge, 183–199.

Flanagan, M. & Booth, A. (Eds.). 2002. *Reload: Rethinking Women and Cyberculture*. Cambridge: MIT Press.

Flannery, K. 2005. *Feminist Literacies 1968–75*. Urbana: University of Illinois Press.

Flint, K. 1993. *The Woman Reader 1837–1914*. Oxford: Clarendon Press.

Floridi, L. 2014. *The Fourth Revolution: How the Infosphere Is Reshaping Human Reality*. Oxford: Oxford University Press.

Foucault, M. 1979. *Discipline and Punish: The Birth of the Prison*. A. Sheridan (Trans.). New York: Vintage Books.

Fraser, N. 1995. From redistribution to recognition? Dilemmas of justice in a "post-Socialist" age. *New Left Review*, (212): 68–93.

Fraser, N. 2013. Against symbolicism: The uses and abuses of Lacanianism for feminist politics. In N. Fraser (Ed.), *Fortunes of Feminism: From State-Managed Capitalism to Neoliberal Crisis*. New York / London: Verso, 139–158.

Freedman, C. 2000. *Critical Theory and Science Fiction*. Hanover/London: Wesleyan University Press.

Fryer, P. 1984. *Staying Power: Black People in Britain Since 1504*. Atlantic Highlands: Humanities Press.

Fujiwara, L. & Roshanravan, S. (Eds.). 2018. *Asian American Feminisms and Women of Color Politics*. Seattle: University of Washington Press.

Fukuyama, F. 2002. *Our Posthuman Future*. New York: Farrar, Straus and Giroux.

Gaard, G. 2003. Explosion. *Ethics and the Environment*, 8(2): 71–79.

Gaard, G., Estok, S. C. & Oppermann, S. (Eds.). 2013. *International Perspectives in Feminist Ecocriticism*. New York: Routledge.

Gago, V. 2020. *Feminist International: How to Change Everything*. L. Mason-Deese (Trans.). London: Verso.

Gallop, J. 1982. *Feminism and Psychoanalysis: The Daughter's Seduction*. London: Palgrave Macmillan.

Genz, S. 2009. *Postfemininities in Popular Culture*. London: Palgrave Macmillan.

George, R. M. 2006. Feminists theorize colonial /postcolonial. In E. Rooney (Ed.), *The Cambridge Companion to Feminist Literary Theory*. Cambridge: Cambridge University Press, 211–231.

Giele, J. Z. 1995. *Two Paths to Women's Equality: Temperance, Suffrage and the Origins of Modern Feminism*. New York: Twayne Publishers.

Gill, R. 2007. Postfeminist media culture: Elements of a sensibility. *European Journal of Cultural Studies*, 10(2): 147–166.

Gill, R. 2016. Post-postfeminism: New feminist visibilities in postfeminist times. *Feminist Media Studies*, 16(4): 610–630.

Gill, R. & Scharff, C. 2013. *New Femininities: Postfeminism, Neoliberalism, and Subjectivity*. London: Palgrave Macmillian.

Ging, D. & Siapera, E. (Eds.). 2019. *Gender Hate Online: Understanding the New Anti-Feminism*. Cham: Palgrave Macmillan.

Giroux, H. 2014. The new authoritarianism in an age of manufactured crises. *Truthout*. Retrieved November 6, 2016, from Truthout website.

Glissant, É. 1990. *Poétique de la Relation*. Paris: Gallimard.

Goddu, T. A. 1997. *Gothic America: Narrative, History, and Nation*. New York: Columbia University Press.

Goldenberg, N. 1979. *Changing of the Gods: Feminism and the End of Traditional Religions*. Boston: Beacon Press.

Goldy, C. N. & Livingstone, A. (Eds.). 2012. *Writing Medieval Women's Lives*. New York: Palgrave Macmillan.

Grant, J. 1989. *White Women's Christ and Black Women's Jesus: Feminist Christology and Womanist Response*. Atlanta: Scholars.

Grant, J. 2021. *Fundamental Feminism: Radical Feminist History for the Future* (2nd ed.). New York: Routledge.

Gray, F. E. (Ed.). 2012. *Women in Journalism at the Fin de Siecle: Making a Name for Herself*. New York: Palgrave Macmillan.

Griffin, F. J. 2007. That the mothers may soar and the daughters may know their names: A retrospective of black feminist literary criticism. *Signs: Journal of Women in Culture and Society*, 32(2): 483–507.

Grosz, E. A. 1989. *Sexual Subversions: Three French Feminists*. Sydney: Allen.

Grosz, E. A. 1994. *Volatile Bodies: Toward a Corporeal Feminism*. Bloomington: Indiana University Press.

Guest, C. 2016. *Becoming Feminist: Narratives and Memories*. New York: Palgrave Macmillan.

Gunne, S. & Thompson, Z. B. (Eds.). 2010. *Feminism, Literature and Rape Narratives: Violence and Violation*. New York / London: Routledge.

Guy, A., Green, E. & Banim, M. (Eds.). 2001. *Through the Wardrobe: Women's Relationships with Their Clothes*. Oxford / New York: Berg.

Hall, A. 2016. *Literature and Disability*. London / New York: Routledge.

Hall, K. Q. (Ed.). 2011. *Feminist Disability Studies*. Bloomington/Indianapolis: Indiana University Press.

Haney, K. 2000. Edith Stein: Woman and essence. In L. Fisher & L. Embree (Eds.), *Feminist Phenomenology*. Dordrecht: Springer-Science + Business Media, B. V., 213–236.

Hansen, E. T. 1997. *Mother Without Child: Contemporary Fiction and the Crisis of Motherhood*. Berkeley: University of California Press.

Hanson, C. (Ed.). 2000. *Hysterical Fictions: The "Woman's Novel" in the Twentieth Century*. Basingstoke: Palgrave Macmillan.

Haraway, D. 1992. Ecce Homo, ain't (ar'n't) I a woman, and inappropriate/d others: The human in a post-humanist landscape. In J. Butler & J. W. Scott (Eds.), *Feminists Theorise the Political*. London: Routledge, 86–100.

Haraway, D. 2000. *How Like a Leaf: An Interview with Thyrza Nichols Goodeve*. New York / London: Routledge.

Haraway, D. 2008a. Otherworldly conversations, Terran topics, local terms. In S. Alaimo & K. Hekman (Eds.), *Material Feminisms*. Bloomington/Indianapolis: Indiana University Press, 157–187.

Haraway, D. 2008b. *When Species Meet*. Minneapolis: University of Minnesota Press.

Harding, S. 2004. *The Feminist Standpoint Theory Reader: Intellectual and Political Controversies*. New York: Routledge.

Harker, J. & Farr, C. K. (Eds.). 2016. *This Book Is an Action: Feminist Print Culture and Activist Aesthetics*. Urbana/Chicago/Springfield: University of Illinois Press.

Harman, G. 2002. *Tool-Being: Heidegger and the Metaphysics of Objects*. Chicago: Open Court.

Harris, B. 1977. What we mean to say: Notes toward defining the nature of lesbian literature. *Heresies, 1*(3): 5–8.

Harris, B. J. 1990. Women and politics in early Tudor England. *Historical Journal, 33*(2): 259–281.

Hartsock, N. 1996. Bringing together feminist theory and practice: A collective interview. *Signs: Journal of Women in Culture and Society, 21*(4): 917–951.

Harvey, D. 2007. Neoliberalism and the city. *Studies in Social Justice, 1*(1): 1–13.

Harzewski, S. 2011. *Chicklit and Postfeminism*. Charlottesville: University of Virginia Press.

Heaney, E. 2017. *The New Woman: Literary Modernism, Queer Theory, and the Trans Feminine Allegory*. Chicago: Northwestern University Press.

Heinamaa, S. 1999. Simone de Beauvoir's phenomenology of sexual difference. *Hypatia, 14*(4): 114–132.

参考文献

Heller, T. & Moran, P. (Eds.). 2003. *Scenes of the Apple: Food and the Female Body in Nineteenth- and Twentieth-Century Women's Writing*. New York: State University of New York Press.

Herman, D. F. 1978. The rape culture. In J. Freeman (Ed.), *Women: A Feminist Perspective*. Mountain View: Mayfield, 41–63.

Herrera, C. 2014. *Contemporary Chicana Literature: (Re)Writing the Maternal Script*. Amherst: Cambria Press.

Higgins, L. A. & Silver, B. R. 1991. Introduction: Rereading rape. In L. A. Higgins & B. R. Silver (Eds.), *Rape and Representation*. New York: Columbia University Press, 1–11.

Hoad, N. 2000. Arrested development or the queerness of savages: Resisting evolutionary narratives of difference. *Postcolonial Studies*, 3(2): 133–158.

Hodgson, E. 2015. *Grief and Women Writers in the English Renaissance*. Cambridge: Cambridge University Press.

Holmes. E. A. 2013. *Flesh Made Word: Medieval Women Mystics, Writing, and the Incarnation*. Waco: Baylor University Press.

Horner, A. & Zlosnik, S. (Eds.). 2016. *Women and the Gothic: An Edinburgh Companion*. Edinburgh: Edinburgh University Press.

Hunt, S., Benford, R. D. & Snow, D. A. 1994. Identity fields: Framing processes and the social construction of movement identities. In E. Larana, H. Johnston & J. R. Gusfield (Eds.), *New Social Movements: From Ideology to Identity*. Philadelphia: Temple University Press, 185–208.

Huzar, T. J. & Woodford, C. (Eds.). 2021. *Toward a Feminist Ethics of Nonviolence: Adriana Cavarero with Judith Bulter, Bonnie Honig and Other Voices*. New York: Fordham University Press.

Hyperius, A. 1557. *The Practise of Preaching, Otherwise Called the Pathway to the Pulpit*. London: Thomas East.

Iling, S. 2017. Why humans are cruel: An interview with Paul Bloom. *Vox*. Retrieved December 14, 2017, from Vox website.

Irshai, R. 2012. *Fertility and Jewish Law: Feminist Perspectives on Orthodox Responsa Literature*. J. A. Linsider (Trans.). Waltham: Brandeis University Press.

Jackson, E. 2010. *Feminism and Contemporary Indian Women's Writing*. London: Palgrave Macmillan.

James, E. & Mendlesohn, F. (Eds.). 2012. *The Cambridge Companion to Fantasy Literature*. Cambridge: Cambridge University Press.

Jameson, F. 1994. *Postmodernism, or the Cultural Logic of Late Capitalism*. Durham: Duke University Press.

Joannou, M. 2012. *Women's Writing, Englishness and National and Cultural Identity: The Mobile Woman and the Migrant Voice, 1938–1962*. New York: Palgrave Macmillan.

Johnson, A. 2000. Understanding children's gender beliefs. In L. Fisher & L. Embree (Eds.), *Feminist Phenomenology*. Dordrecht: Springer-Science + Business Media, B. V., 133–152.

Jones, E. L. 2015. *Medicine and Ethics in Black Women's Speculative Fiction*. New York: Palgrave Macmillan.

Jones, J. M. et al. 2001. Disordered eating attitudes and behaviours in teenaged girls: A school-based study. *Canadian Medical Association Journal*, 165(5): 547–552.

Khader, S. J. 2019. *Decolonizing Universalism: A Transnational Feminist Ethics*. London: Oxford University Press.

King, J. 2013. *Discourses of Ageing in Fiction and Feminism: The Invisible Woman*. London: Palgrave Macmillan.

King, M. L. 1997. Women's voices, the early modern, and the civilization of the West. In L. Barroll (Ed.), *Shakespeare Studies*. East Brunswick: Associated University Presses, 21–31.

Kingston, A. 2004. *The Meaning of Wife*. London: Piatkus.

Kolodny, A. 1985. Dancing through the minefield: Some observations on the theory, practice and politics of a feminist literary criticism. In E. Showalter (Ed.), *The New Feminist Criticism: Essays on Women, Literature and Theory*. New York: Pantheon, 144–167.

Kordecki, L. 2011. *Ecofeminist Subjectivities: Chaucer's Talking Birds*. New York: Palgrave Macmillan.

KortsCh, C. B. 2009. *Dress Culture in Late Victorian Women's Fiction: Literacy, Textiles, and Activism*. Burlington: Ashgate.

Kovalova, K. (Ed.). 2016. *Black Feminist Literary Criticism: Past and Present. With an Introduction by Cheryl A. Wall*. Oxford / New York: Peter Lang.

Krimmer, E. 2018. *German Women's Life Writing and the Holocaust: Complicity and Gender in the Second World War*. Cambridge / New York: Cambridge University Press.

Larbalestier, J. 2002. *The Battle of the Sexes in Science Fiction*. Middletown: Wesleyan

University Press.

Larrabee, M. J. 2000. Autonomy and connectedness. In L. Fisher & L. Embree (Eds.), *Feminist Phenomenology*. Dordrecht: Springer-Science + Business Media, B. V., 267–292.

Leeb, C. 2017. *Power and Feminist Agency in Capitalism: Toward a New Theory of the Political Subject*. New York: Oxford University Press.

Lejeune, P. 1982. The autobiographical contract. In T. Todorov (Ed.), *French Literary Theory Today: A Reader*. Cambridge: Cambridge University Press, 192–223.

Leland, D. 2000. Authenticity, feminism, and radical psychotherapy. In L. Fisher & L. Embree (Eds.), *Feminist Phenomenology*. Dordrecht: Springer-Science + Business Media, B. V., 237–248.

Leopardi, G. 1981. *Pensieri*. W. S. Di Piero (Trans.). Baton Rouge: Louisiana State University Press.

Leonardi, S. J. & Pope, R. A. 1996. *The Diva's Mouth: Body, Voice, Prima Donna Politics*. New Brunswick: Rutgers University Press.

Lever, J. & Schwartz, P. 1971. *Women at Yale: Liberating a College Campus*. Indianapolis: Bobbs Merrill.

Levesque-Lopman, L. 2000. Listen, and you will hear: Reflections on interviewing from a feminist phenomenological perspective. In L. Fisher & L. Embree (Eds.), *Feminist Phenomenology*. Dordrecht: Springer-Science + Business Media, B. V., 103–132.

Llewellyn, D. 2015. *Reading, Feminism, and Spirituality: Troubling the Waves*. New York: Palgrave Macmillan.

Loh, J. & Coeckelbergh, M. (Eds.). 2019. *Feminist Philosophy of Technology*. Berlin: J. B. Metzler.

Lonsdale, S. 2018. "The sheep and the goats": Interwar women journalists, the Society of Women Journalists, and the woman journalist. In C. Clay et al. (Eds.), *Women's Periodicals and Print Culture in Britain, 1918–1939*. Edinburgh: Edinburgh University Press, 463–476.

Loomba, A. 1993. Tangled histories: Indian feminism and Anglo-American feminist criticism. *Tulsa Studies in Women's Literature*, 12(2): 271–278.

Lugo-Lugo, C. R. & Bloodsworth-Lugo, M. K. 2017. *Feminism after 9/11: Women's Bodies as Cultural and Political Threat*. New York: Palgrave Macmillan.

Mackenzie, C., Rogers, W. & Dodds, S. 2014. Introduction: What is vulnerability, and why does it matter for moral theory? In C. Mackenzie, W. Rogers & S. Dodds

(Eds.), *Vulnerability: New Essays in Ethics and Feminist Philosophy*. New York: Oxford University Press, 1–29.

Makay, F. 2015. *Radical Feminism: Feminist Activism in Movement*. London: Palgrave Macmillan.

Mangham, A. & Depledge, G. (Eds.). 2011. *The Female Body in Medicine and Literature*. Liverpool: Liverpool University Press.

Marsh, K. A. 2016. *The Submerged Plot and the Mother's Pleasure from Jane Austen to Arundhati Roy*. Columbus: The Ohio State University Press.

Maximin, D. 2006. *Les Fruits du Cyclone: Une Géopoétique de la Caraïbe*. Paris: Le Seuil.

McBride, W. L. 2000. Sexual harassment, seduction and mutual respect: An attempt at sorting it out. In L. Fisher & L. Embree (Eds.), *Feminist Phenomenology*. Dordrecht: Springer-Science + Business Media, B. V., 249–266.

McCluskey, A. T. 2014. *A Forgotten Sisterhood: Pioneering Black Women Educators and Activists in the Jim Crow South*. Lanham / Boulder / New York / London: Rowman & Littlefield.

McCormack, D. 2014. *Queer Postcolonial Narratives and the Ethics of Witnessing*. New York / London / New Delhi / Sydney: Bloomsbury.

McRobbie, A. 2009. *The Aftermath of Feminism: Gender, Culture and Social Change*. London: Sage Publications.

Mehnert, A. 2016. *Climate Change Fictions: Representations of Global Warming in American Literature*. Cham: Palgrave Macmillan.

Melzer, P. 2006. *Alien Constructions: Science Fiction and Feminist Thought*. Austin: University of Texas Press.

Mendes, K. 2015. *Slutwalk: Feminism, Activism and Media*. Basingstoke: Palgrave Macmillan.

Merchant, C. 1980. *The Death of Nature: Women, Ecology, and the Scientific Revolution*. San Francisco: Harper Collins.

Merleau-Ponty, M. 2012. *Phenomenology of Perception*. D. A. Landes (Trans.). New York: Routledge.

Michie, H. 1987. *The Flesh Made Word: Female Figures and Women's Bodies*. New York: Oxford University Press.

Miller, S. C. 2012. *The Ethics of Need: Agency, Dignity and Obligation*. New York: Routledge.

Mintz, S. B. 2007. *Unruly Bodies: Life Writing by Women with Disabilities*. Chapel Hill:

University of North Carolina Press.

Moers, E. 1976. *Literary Women*. London: Women's Press.

Mohanty, C. 1988. Under western eyes: Feminist scholarship and colonial discourses. *Feminist Review*, 30(1): 61–88.

Mohanty, C. 2003. *Feminism Without Borders: Decolonizing Theory, Practicing Solidarity*. Durham: Duke University Press.

Moore, S. 2013, September 30. Why I hate Bridget Jones. *The Guardian*.

Moss, S. 2009. *Spilling the Beans: Eating, Cooking, Reading and Writing in British Women's Fiction, 1770–1830*. Manchester / New York: Manchester University Press.

Mousli, E. & Roustang-Stoller, E. (Eds.). 2009. *Women, Feminism, and Femininity in the 21st Century: American and French Perspectives*. New York: Palgrave Macmillan.

Moylan, T. 1980. Beyond negation: The critical Utopias of Ursula K. Le Guin and Samuel R. Delany. *Extrapolation*, (21): 236–253.

Munroe, J. & Laroche, R. (Eds.). 2011. *Ecofeminist Approaches to Early Modernity*. New York: Palgrave Macmillan.

Nally, C. & Smith, A. (Eds.). 2015. *Twenty-First Century Feminism: Forming and Performing Femininity*. Basingstoke: Palgrave Macmillan.

Negra, D. 2009. *What a Girl Wants? Fantasizing the Reclamation of Self in Postfeminism*. London / New York: Routledge.

Neimanis, A. 2017. *Bodies of Water: Posthuman Feminist Phenomenology*. London / New York: Bloomsbury Academic.

Nicholas, L. 2014. *Queer Post-Gender Ethics: The Shape of Selves to Come*. Hampshire / New York: Palgrave Macmillan.

Noddings, N. 1984. *Caring: A Feminine Approach to Ethics and Moral Education*. Berkeley: University of California Press.

Noddings, N. 1989. *Women and Evil*. Berkeley: University of California Press.

Nussbaum, F. 1989. *The Autobiographical Subject: Gender and Ideology in Eighteenth Century England*. Baltimore: Johns Hopkins University Press.

Nussbaum, M. 2006. *Frontiers of Justice: Disability, Nationality, Species Membership*. Cambridge: Harvard University Press.

Oduyoye, M. A. 2010. Jesus Christ. In K. Pui-lan (Ed.), *Hope Abundant: Third World and Indigenous Women's Theology*. Maryknoll: Orbis Books, 167–185.

Olkowski, D. E. & Fielding, H. A. 2017. Introduction. In H. A. Fielding & D. E. Olkowski (Eds.), *Feminist Phenomenology Futures*. Bloomington: Indiana University

Press, xxiii–xxxv.

O'Neill, J. 2006. Who speaks for nature? In Y. Haila & C. Dyke (Eds.), *How Nature Speaks: The Dynamics of the Human Ecological Condition*. Durham/London: Duke University Press, 261–278.

Onosaka, J. 2006. *Feminist Revolution in Literacy: Women's Bookstores in the United States*. New York: Routledge.

Pender, P. 2012. *Early Modern Women's Writing and the Rhetoric of Modesty*. New York: Palgrave Macmillan.

Peterson, L. H. 1999. *Traditions of Victorian Women's Autobiography: The Poetics and Politics of Life Writing*. Charlottesville: University Press of Virginia.

Philips, D. 2014. *Women's Fiction: From 1945 To Today* (2nd ed.). London / New Delhi / New York / Sydney: Bloomsbury Academic.

Phoca, S. & Wright, R. 1999. *Introducing Postfeminism*. Cambridge: Icon Books.

Pinto, S. 2013. *Difficult Diasporas: The Transnational Feminist Aesthetic of the Black Atlantic*. New York / London: New York University Press.

Playfere, T. 1616. *The Meane in Mourning a Sermon Preached at Saint Maries Spittle in London on Tuesday in Easter Weeke, 1595*. London: Nicholas Okes for Matthew Law.

Pollock, A. 2015. Heart feminism. *Catalyst: Feminism, Theory, Technoscience*, 1(1): 1–30.

Poovey, M. 1984. *The Proper Lady and the Woman Writer*. Chicago: University of Chicago Press.

Rao, R. 2020. *Out of Time: The Queer Politics of Postcoloniality*. New York: Oxford University Press.

Raphael, M. 2019. *Religion, Feminism, and Idoloclasm: Being and Becoming in the Women's Liberation Movement*. London / New York: Routledge.

Ravi, S. 2007. *Rainbow Colors: Literary Ethnotopographies of Mauritius*. New York: Lexington Books.

Reger, J. 2012. *Everywhere and Nowhere: Contemporary Feminism in the United States*. New York: Oxford University Press.

Retallack, H., Ringrose, J. & Lawrence, E. 2016. "Fuck your body image": Teen girls' Twitter and Instagram feminism in and around school. In J. Coffey, S. Budgeon & H. Cahill (Eds.), *Learning Bodies. Perspectives on Children and Young People* (Vol. 2). Singapore: Springer, 85–103.

Rhode, D. L. 2014. *What Women Want: An Agenda for the Women's Movement*. New York: Oxford University Press.

Rice, C. 2014. *Becoming Women: The Embodied Self in Image Culture*. Toronto/Buffalo/ London: University of Toronto Press.

Rivers, N. 2017. *Postfeminism(s) and the Arrival of the Fourth Wave: Turning Tides*. Cham: Palgrave Macmillan.

Rooney, E. (Ed.). 2006. *The Cambridge Companion to Feminist Literary Theory*. Cambridge: Cambridge University Press.

Rottenberg, C. 2018. *The Rise of Neoliberal Feminism*. New York: Oxford University Press.

Rye, G. 2018. Moms or dads? Lesbian mothers in France. In G. Rye et al. (Eds.), *Motherhood in Literature and Culture: Interdisciplinary Perspectives from Europe*. New York / London: Routledge, 98–110.

Rye, G. et al. 2018. Introduction. In G. Rye et al. (Eds.), *Motherhood in Literature and Culture: Interdisciplinary Perspectives from Europe*. New York / London: Routledge, 1–13.

Salzman, P. C. 2008. Arab culture and postcolonial theory. In P. C. Salzman & D. R. Divine (Eds.), *Postcolonial Theory and the Arab-Israel Conflict*. Abingdon: Routledge, 160–166.

Savigny, H. & Warner, H. (Eds.). 2015. *The Politics of Being a Woman: Feminism, Media and 21st Century Popular Culture*. Hampshire / New York: Palgrave Macmillan.

Sceats, S. 2000. *Food, Consumption and the Body in Contemporary Women's Fiction*. Cambridge: Cambridge University Press.

Schaub, M. 2013. *Middlebrow Feminism in Classic British Detective Fiction: The Female Gentleman*. London: Palgrave Macmillan.

Schellenberg, B. 2003. Beyond feminist literary history? Re-historicizing the mid-eighteenth century woman writer. In K. Binhammer & J. Wood (Eds.), *Women and Literary History: For There She Was*. Newark: University of Delaware Press, 74–91.

Schreiner, O. 1982. *From Man to Man, or, Perhaps Only*. London: Virago.

Schües, C. 2017. The transhuman paradigm and the meaning of life. In H. A. Fielding & D. E. Olkowski (Eds.), *Feminist Phenomenology Futures*. Bloomington: Indiana University Press, 218–241.

Showalter, E. 1978. *A Literature of Their Own: British Women Novelists from Brontë to Lessing*. London: Virago.

Smith, A. 2015. Introduction. In C. Nally & A. Smith (Eds.), *Twenty-First Century Feminism: Forming and Performing Femininity*. Basingstoke: Palgrave Macmillan, 1–16.

Smith, R. 2005. *Sonnets and the English Woman Writer, 1560–1621: The Politics of Absence*.

New York: Palgrave Macmillan.

Smitherman, G. 2000. *Black Talk: Words and Phrases from the Hood to the Amen Corner* (Rev. ed.). Boston: Houghton Mifflin.

Spelman, E. V. 1988. *Inessential Woman: Problems of Exclusion in Feminist Thought*. Boston: Beacon Press.

Spretnak, C. 1991. *States of Grace: The Recovery of Meaning in the Postmodern Age*. San Francisco: Harper.

Stoler, L. A. 1997. Racial histories and their regimes of truth. In D. Davies (Ed.), *Political Power and Social Theory*. Westport: Jai Press, 183–206.

Thomlinson, N. 2016. *Race, Ethnicity and the Women's Movement in England, 1968–1993*. Houndmills / Basingstoke / Hampshire / New York: Palgrave Macmillan.

Thompson, Z. B. 2010. The wound and the mask: Rape, recovery and poetry in Pascale Petit's *The Wounded Deer: Fourteen Poems after Frida Kahlo*. In S. Gunne & Z. B. Thompson (Eds.), *Feminism, Literature and Rape Narratives: Violence and Violation*. New York / London: Routledge, 200–216.

Thompson, Z. B. & Gunne, S. 2010. Introduction: Feminism without borders: The potentials and pitfalls of retheorizing rape. In S. Gunne & Z. B. Thompson (Eds.), *Feminism, Literature and Rape Narratives: Violence and Violation*. New York / London: Routledge, 1–20.

Thorslev, P. L. 1962. *The Byronic Hero: Types and Prototypes*. Minneapolis: University of Minnesota Press.

Thrift, N. 2012. The insubstantial pageant: Producing an untoward Land. *Cultural Geographies, 19*(2): 141–168.

Traub, V. 2012. June 21. Early modern embodiment, degrees of difference, and the prehistory of normality. Keynote Address at the Attending to the Early Modern Woman Conference, Milwaukee.

Travis, T. 2008. The women in print movement: History and implications. *Book History*, (11): 275–300.

Treadwell, J. 2005. *Autobiographical Writing and British Literature 1783–1834*. Oxford: Oxford University Press.

Trier-Bieniek, A. (Ed.). 2015. *Feminist Theory and Pop Culture*. Rotterdam/Boston/Taipei: Sense Publishers.

Tseëlon, E. 1995. *The Masque of Femininity: The Presentation of Woman in Everyday Life*. London: Sage.

Turcotte, G. 2009. *Peripheral Fear: Transformations of the Gothic in Canadian and Australian Fiction*. Brussels: Peter Lang.

Tyagi, R. 2013. *Ananda Devi: Feminism, Narration and Polyphony*. Amsterdam / New York: Rodopi B. V.

Ukockis, G. 2019. *Misogyny: The New Activism*. New York: Oxford University Press.

Vakoch, D. A. & Mickey, S. (Eds.). 2018. *Women and Nature? Beyond Dualism in Gender, Body, and Environment*. New York: Routledge.

Vergès, F. 2021. *A Decolonial Feminism*. A. J. Bohrer & F. Vergè (Trans.). London: Pluto Press.

Wacjman, J. 2010. Feminist theories of technology. *Cambridge Journal of Economics*, 34(1): 143–152.

Wall, C. A. 2005. *Worrying the Line: Black Women Writers, Lineage and Literary Tradition*. Chapel Hill: University of North Carolina Press.

Wallraven, M. 2015. *Women Writers and the Occult in Literature and Culture: Female Lucifers, Priestesses, and Witches*. New York: Routledge.

Warren, K. 1996. The power and the promise of ecological feminism. In K. Warren (Ed.), *Ecological Feminist Philosophies*. Bloomington: Indiana University Press, 19–41.

Washington, H. A. 2006. *Medical Apartheid: The Dark History of Medical Experimentation on Blacks from Colonial Times to the Present*. New York: Anchor Books.

Watkins, M. 1986. June 15. Sexism, racism and black women writers. *New York Times*, (1): 35–37.

Weiss, G. 1999. *Body Images: Embodiment as Intercorporeality*. New York: Routledge.

Weiss, G. 2017. The "normal abnormalities" of disability and aging: Merleau-Ponty and Beauvoir. In H. A. Fielding & D. E. Olkowski (Eds.), *Feminist Phenomenology Futures*. Bloomington: Indiana University Press, 203–217.

Welter, B. 1966. The cult of true womanhood: 1820–1860. *American Quarterly*, 18(2): 151–174.

Whelehan, I. 2000. *Overloaded: Popular Culture and the Future of Feminism*. London: The Women's Press.

White, M. 2015. *Producing Women: The Internet, Traditional Femininity, Queerness, and Creativity*. New York: Routledge.

Whorf, B. 1956. *Language, Thought, and Reality: Selected Writings*. Cambridge: MIT Press.

Wichelns, K. 2017. *Henry James's Feminist Afterlives: Annie Fields, Emily Dickinson, Marguerite Duras*. New York: Palgrave Macmillan.

Wieser, K. G. 2017. *Back to the Blanket: Recovered Rhetorics and Literacies in American Indian*

Studies. Norman: University of Oklahoma Press.

Winch, A. 2013. *Girlfriends and Postfeminist Sisterhood.* Hampshire / New York: Palgrave Macmillan.

Wisker, G. 2016. *Contemporary Women's Gothic Fiction. Carnival, Hauntings and Vampire Kisses.* London: Palgrave Macmillan.

Wojtaszek, M. 2019. *Masculinities and Desire: A Deleuzian Encounter.* London: Routledge.

Wolmark, J. 1994. *Aliens and Others: Science Fiction, Feminism and Postmodernism.* Iowa City: University of Iowa Press.

Woodward, G. 2014. Can a feminist love Allen Jones? *Royal Academy.* Retrieved November 17, 2014, from Royal Academy website.

Wootton, S. 2016. *Byronic Heroes in Nineteenth-Century Women's Writing and Screen Adaptation.* Basingstoke/Hampshire: Palgrave Macmillan.

Yang, K. Y. 2018. Introduction. In D. A. Vakoch & S. Mickey (Eds.), *Women and Nature? Beyond Dualism in Gender, Body, and Environment.* New York: Routledge, 3–9.

Zerilli L. 2005. *Feminism and the Abyss of Freedom.* Chicago: Chicago University Press.

Zoonen, L. V. 2015. Forward. In H. Savigny & H. Warner (Eds.), *The Politics of Being a Woman: Feminism, Media and 21st Century Popular Culture.* Hampshire / New York: Palgrave Macmillan, v–xiv.

术 语 表

奥义主义	esotericism
白人性	whiteness
白人至上主义	white supremacy
拜伦式英雄	Byronic hero
包容性	inclusion
包容性政治	inclusive politics
本构现象学	constitutive phenomenology
本体论	ontology
本质主义	essentialism
边界身份	borderline identity
边缘化	marginalization
变革性能动性	transformative agency
变性者	transsexual
变音	diacritics
变装	cross-dressing
表演	performance
表演性	performativity
表征	representation
波	wave
波浪叙事	wave narrative
不定性	precarity
不可见性	invisibility
部落文化	tribal culture
残疾	disability
草根行动主义	grassroots activism
超感	hyperempathy
超级女性	superwoman
超级人文主义	super-humanism
超可见性	hypervisibility
超人类主义	transhumanism

成本效益计算	a cost-benefit calculus
成人礼	rite of passage
城市小说	urban fiction
传奇	romance
创伤	trauma
雌雄同体	androgyny
脆弱性	vulnerability
存在	being
存在现象学	existential phenomenology
大男子气概	machismo
大学小说	college novel
代际	generation
单身女性	singleton
道成肉身	incarnation
道德相对主义	moral relativism
等级对立	hierarchical opposition
等价系统	system of equivalences
低俗小说	lowbrow fiction
地理本体论	geontology
地缘政治	geopolitics
地质时代	geological era
第二波女性主义	the second wave of feminism
第三波女性主义	the third wave of feminism
第三帝国	the Third Reich
第三世界女性主义	the Third World feminism
第三世界后殖民女性主义	the Third World postcolonial feminism
第三世界主义	Third-worldism
第四波女性主义	the fourth wave of feminism
第一波女性主义	the first wave of feminism
定居殖民主义	settler colonialism
动图	GIF
动物寓言	bestiary
独立个人主义	independence individualism
对象	object

术语表

多模态修辞	multimodal rhetoric
多样性	multiplicity
多元化	diversity
多元文化女性主义	multicultural feminism
二元概念化	binaristic conceptualization
二元论	dualism
二元性别主义	bigenderism
反帝国主义女性主义	anti-imperialist feminism
反女性主义	anti-feminism
反乌托邦	Dystopia
反叙事	counternarrative
反英雄	anti-hero
反殖民女性主义	anti-colonial feminism
反种族主义	anti-racism
泛非主义	pan-Africanism
泛加勒比主义	pan-Caribbeanism
纺织文化	textile culture
非人类	nonhuman
非人类中心主义	nonanthropocentrism
非人性化	dehumanization
非同一性	non-identity
非性别	non-gender
分离主义女性主义	separatist feminism
服饰文化	dress culture
符号主义	symbolism
父权制	patriarchy
复调性	polyphony
赋权	empowerment
感性	sensuality
感知	perception
高雅文学	highbrow literature
哥特式恶棍	Gothic villain
哥特式恐怖	Gothic horror
哥特文学	Gothic literature

革命女性主义	revolutionary feminism
革命天后	revolutionary diva
格式塔理论	Gestalt laws
个人主义	individualism
根茎理论	rhizome theory
根茎现象学	rhizomatic phenomenology
根茎学	rhizomatics
根性思维	root thought
工具化	instrumentalization
工业主义	industrialism
公共主体	public subject
功利主义	utilitarianism
共构物质性	co-constitutive materiality
共构性	co-constitutive nature
共同体	community
关怀	care
关怀伦理	ethic of care
关怀伦理学	ethics of care
关系论的本体论	relational ontology
关系诗学	poetics of relation
官方叙事	official narrative
规范性	normativity
规范主义	normativism
鬼故事	ghost story
合理性	rationality
合作女性主义	collaborative feminism
黑人性	blackness
宏大叙事	grand narrative
后建构主义	post-constructionism
后结构主义	poststructuralism
后女性主义	postfeminism
后人类	posthuman
后人类女性主义	posthuman feminism
后人类女性主义现象学	posthuman feminist phenomenology

后人类主义	posthumanism
后现代主义	postmodernism
后现代女性主义	postmodern feminism
后现代性	postmodernity
后性别伦理	post-gender ethics
后异性恋父权制	post-heteropatriarchy
后殖民跨国女性主义	postcolonial transnational feminism
后殖民女性主义	postcolonial feminism
后殖民主义	postcolonialism
环境保护主义	environmentalism
环境伦理	environmental ethic
环境女性主义	environmental feminism
环境优生学	environmental eugenics
环境正义	environmental justice
环境政治	environmental politics
基督教原教旨主义	Christian fundamentalism
激进女性主义	radical feminism
激进主义	radicalism
集体小说	collective novel
集体主义组织	collectivist organization
纪实小说	docunovel
技术科学	technoscience
技术女性主义	techno-feminism
技术身体	technobody / technological body
技术性	technosex
技术性属	technosexuality
技术哲学	philosophy of technology
家庭哥特	domestic Gothic
家庭生活	domesticity
间性	intersectionality
间性者	intersex
贱斥	abjection
健全主义	ableism
健身房文化	gym culture

阶级	class
街头文学	street lit
结构功能主义社会学	structural-functionalist sociology
结构主义	structuralism
解构	deconstruction
姐妹情谊	sisterhood
解释学现象学	hermeneutical phenomenology
经典性	canonicity
经验主义	empiricism
精神分析	psychoanalysis
精神共同体	spiritual fellowship
竞争性	agonism
镜像	mirror image
具身（性）	embodiment
具身存在	embodied existence/being
具身体验	embodied experience
具身现象学	embodied phenomenology
具身性属	embodied sexuality
具身自我	embodied self
具身主体	embodied subject
具身主体性	embodied subjectivity
卡哇伊文化	kawaii culture
科幻小说	science fiction
科技性	technicity
可见性	visibility
可生存性	livability
可视化	visualization
客体	object
客体化	objectification
口述历史	oral history
酷儿	queer
酷儿哥特	queer Gothic
酷儿后殖民性	queer postcoloniality
酷儿政治	queer politics

跨国女性主义	transnational feminism
跨性别恐惧症	transphobia
跨性别者	transgender
跨性女性气质	transfemininity
跨文化空间	transcultural space
跨主体／客体性	trans(subj/obj)ectivity
浪漫小说	romance
类型小说	formula fiction
离散个人主义	discrete individualism
离散人群	diaspora
理性	reason
理性主义	rationalism
历史唯物主义	historical materialism
历史小说	historical novel
联结性	connectedness
灵媒	psychic
灵性	spirituality
流动性	mobility
流亡写作	exile writing
流行女性主义	popular feminism
流行文化	popular culture
流行厌女症	popular misogyny
流浪汉传奇小说	picaresque
伦理学	ethics
伦理自我	ethical self
逻各斯	logos
（后）马克思主义女性主义	(post-)Marxist feminism
矛盾性	ambivalence
"美味妈妈"流派	the "yummy mummy" genre
面向对象本体论	object-oriented ontology (OOO)
面向对象女性主义	object-oriented feminism (OOF)
民粹主义	populism
民族	nationality
民族志	ethnography

民族主义	nationalism
母亲缺席	maternal absence
母性	maternity/motherhood
母性叙事	narrative of mothering / matrifocal narrative
穆斯林女性主义	Muslim feminism
男同性恋	gay
男性凝视	male gaze
男性气质	masculinity
男性中心主义	androcentrism
能动性	agency
能力主义	ableness
匿名性	anonymity
年龄歧视	ageism
凝视	gaze
奴隶叙事	slave narrative
女儿身份	daughterhood
女孩力量	girl power
女孩文化	girls' culture
女同性恋	lesbian
女同性恋女性主义	lesbian feminism
女性哥特	female Gothic
女性特征	femaleness
女性气质	femininity
女性写作	écriture féminine / feminine writing
女性主义	feminism
女性主义后人类主义	feminist posthumanism
女性主义伦理学	feminist ethics
女性主义认识论	feminist epistemology
女性主义认识论科幻小说	feminist epistemological science fiction
女性主义身体物质主义	feminist corpomaterialism
女性主义神学	feminist theology
女性主义现象学	feminist phenomenology
女性主义叙事学	feminist narratology
女性主义游牧主义	feminist nomadism

女友文化	girlfriend culture
欧洲中心主义	Eurocentrism
偶然性	contingency
偶像崇拜	idolatry
偶像破坏	idoloclasm
烹饪回忆录	culinary memoir
批判性后人类主义	critical posthumanism
普世主义	universalism
普世主义女性主义	universalist feminism
奇幻小说	fantasy
奇卡诺	Chicano
绮丽文风	highly wrought style
迁徙主体	migratory subject
前卫实验小说	avant-garde experimentation
前殖民地女性主义	ex-colonial feminism
强奸文化	rape culture
强奸叙事	rape narrative
倾向	inclination
情动	affect
情感环境	affective environment
情感经济学	affective economics
情感时间性	affective temporality
情境性	situatedness
情境知识	situated knowledge
去国籍化	denationalization
去殖民化	decolonization
去殖民化诗学	decolonizing poetics
去殖民女性主义	decolonial feminism
去中心化	decentration/decenter
权力剥夺	dispossession
权力女性主义	power feminism
全球化	globalization
全球女性主义	global feminism
群岛写作	archipelagic writing

人类世	Anthropocene
人类世女性主义	Anthropocene feminism
人类中心主义	anthropocentrism
人造身体	prosthetic body
认识论	epistemology
认识论的创伤	epistemological trauma
荣誉犯罪	honor crime
荣誉杀害	honor killing
肉身（性）	corporeality
肉身女性主义	corporeal feminism
肉体图式	corporeal schema
弱势主体	vulnerable subject
赛博格	cyborg
赛博格女性主义	cyborg feminism
赛博格身份	cyborg identity
赛博女性主义	cyber feminism
赛博朋克	cyberpunk
色情	the erotic
色情文学	pornography
商品拜物教	commodity fetish
商品化	commodification
社会建构	social construction
社会性	sociality
社会学	sociology
社会语言学	sociolinguistics
社会主义女性主义	socialist feminism
社交媒体	social media
身份	identity
身份认同	identification
身份政治	identity politics
身体脆弱性	corporeal vulnerability
身体间性	intercorporeality
身体图式	body/bodily schema
身体羞耻感	body shame

身体意象	body image
身体政治	body politics
身体主体	body-subject
身体自我	bodily self
绅士风度	gentlemanliness
神秘学	the occult
神秘主义	occultism
神秘主义文学	occult literature
神学	theology
神智学	theosophy
生命书写	life writing
生命政治	biopolitics
生态	ecology
生态主义	ecologism
生态女性主义	ecofeminism
生态正义	eco-justice
生物二态性	biological dimorphism
生物伦理学	bioethics
生物性别	biological sex
圣徒传记	hagiography
施暴者	perpetrator
时间性	temporality
实际体验	lived experience
实体	entity
实用主义	pragmatism
世俗女性主义	secular feminism
世俗主义	secularism
视觉文化	visual culture
手稿文化	manuscript culture
受害者	victim
受害者身份	victimhood
庶民	subaltern
数字文化	digital culture
双声话语	double-voiced discourse

双性人/恋	bisexual
水体	body of water
顺式	cis
顺式逻辑	cis logic
顺性主义	cissexism
私有化	privatization
斯多葛学派	Stoicism
素食生态女性主义	vegetarian ecofeminism
他异性	alterity
他者	other
替代宗教	alternative religion
天后	diva
同性恋恐惧症	homophobia
同质化	homogenization
统一性	unity
图像	image
土著女性主义	indigenous feminism
推想小说	speculative fiction
外亲性	extimacy
威权主义	authoritarianism
文本细读	close reading of text
文本性	textuality
文化场域	cultural location
文化错位	cultural dislocation
文化间性	interculturality
文化图像	cultural image
文化误现	cultural misrepresentation
文化相对主义	cultural relativism
文化资本	cultural capital
文明女性主义	civilizational feminism
乌托邦	Utopia
污名化	stigmatization
无国界女性主义	feminism without borders
无形顶障	glass ceiling

无政府女性主义	anarcha-feminism
物	thing
物品	stuff
物性	thingness
物叙事	thing narrative
物哲学	philosophy of things
物质	material/matter
物质后果	material consequence
物质化	materialization
物质女性主义	material feminism
物质文化	material culture
物质性	materiality/physicality
物质资本	physical capital
嘻哈一代	hip-hop generation
戏剧易装癖	theatrical transvestism
先锋主义	avant-gardism
现代性	modernity
现象学	phenomenology
现象学心理学	phenomenological psychology
相对主义	relativism
响应性	responsiveness
想象的共同体	imagined community
象征秩序	symbolic order
消费主义	consumerism
小妞文学	chick lit
心理主义	psychologism
新法西斯主义	neofascism
新历史主义	new historism
新灵性	new spirituality
新物质主义	new materialism
新自由主义	neoliberalism
新自由主义合理性	neoliberal rationality
新自由主义女性主义	neoliberal feminism
新自由主义资本主义	neoliberal capitalism

新殖民主义	neocolonialism
行动主义	activism
行为主体	agent
形成	becoming
性	sex
性变态者	sexual pervert
性别	gender
性别表演性	gender performativity
性别化身体	gendered body
性别酷儿	genderqueer
性别流动性	gender fluidity
性别化美学	gendered aesthetics
性别化权力结构	gendered power structure
性别歧视	sexism
性别取消主义	gender eliminativism
性别认同	gender identity
性别意识	gender consciousness
性别越界	gender transgression
性别越界美学	gender-transgressive aesthetics
性别政治	gender politics
性存在	sexual being
性发展	sexual development
性贩运	sex trafficking
性化	sexualization
性化表征	sexualized representation
性化身体	sexualized/sexed body
性少数群体	lesbian, gay, bisexual, transgender, queer (LGBTQ)
性身份	sex identity
性属	sexuality
性学	sexology
性异常者	sexual deviant
性政治	sexual politics
性主体性	sexual subjectivity
羞耻	shame

叙事断裂	narrative rupture
选择女性主义	choice feminism
学术精英主义	academic elitism
学术女性主义	academic feminism
雅家小说	Aga-saga
厌女症	misogyny
阳具中心主义	phallogocentrism
异化	alienation
异女性主义	xeno-feminism
异性恋	heterosexuality
异性恋父权制	heteropatriarchy
异性恋规范	heteronormativity
异性恋环保主义	heterosexual environmentalism
伊斯兰女性主义	Islamic feminism
伊斯兰法西斯主义	Islamofascism
伊斯兰恐惧症	Islamophobia
异性恋主义	heterosexism
意向性	intentionality
印刷文化	print culture
硬科幻	hard SF
幽闭恐惧	claustrophobia
犹太复国主义	Zionism
犹太女性主义	Jewish feminism
游牧主体	nomadic subject
有色人种女性	woman of color / colored woman
愉悦	jouissance
语言决定论	linguistic determinism
阈限	liminality
阈限位置	liminal position
寓言	fable
原型	archetype
原住民女性	native woman
杂糅女性主义	hybrid feminism
在线女性主义	online feminism

在线厌女症	online misogyny
侦探小说	detective fiction
真实性	authenticity
政治框架性主体	political subject-in-outline
政治体	body politic
政治正确性	political correctness
政治主体	political subject
知觉现象学	phenomenology of perception
直觉	intuition
职业主义	careerism
制度化宗教	institutional religion
治理术	governmentality
中产趣味小说	middlebrow fiction
中央集权机制	statist mechanism
种族	race
种族化叙事	racialized narrative
种族主义	racism
主体	subject
主体间性	intersubjectivity
主体性	subjectivity
主体性匮乏	subjective destitution
注意力经济	attention economy
传记	biography
自决权	self-determination
自我民族志传记	auto-ethnographic biography
自由主义	liberalism
自由主义女性主义	liberal feminism
自主性	autonomy
自传	autobiography
自传式的互动	autobiographical transaction
族裔	ethnicity
族裔女性主义	ethnic feminism
作者不在场证明	authorial alibi